A MALDIÇÃO DA CASA DAS FLORES

A MALDIÇÃO DA CASA DAS FLORES

Trang Thanh Tran

Tradução: Patrícia Benvenuti

Editora
Natália Ortega

Editora de arte
Tâmizi Ribeiro

Produção editorial
Andressa Ciniciato, Brendha Rodrigues e Thais Taldivo

Preparação de texto
Alexandre Magalhães

Revisão de texto
Carlos César da Silva, Fernanda Costa e Mariana C. Dias

Design da capa Thy Bui **Ilustração da capa** © 2023 Elena Masci

Foto da autora Heather Wall

Dados Internacionais de Catalogação na Publicação (CIP)
Angélica Ilacqua CRB-8/7057

T345m

Than, Trang Thanh
A maldição da casa das flores / Trang Thanh Tran;
tradução de Patrícia Benvenuti. — Bauru, SP : AstralCultural, 2024.
288 p.

ISBN 978-65-5566-497-3
Título original: She is a hauting

1. Ficção infantojuvenil norte-americana I. Título II. Benvenuti, Patricia

24-0829 CDD 028.5

Índice para catálogo sistemático:
1. Ficção infantojuvenil norte-americana

BAURU
Rua Joaquim Anacleto
Bueno 1-20
Jardim Contorno
CEP: 17047-281
Telefone: (14) 3879-3877

SÃO PAULO
Rua Augusta, 101
Sala 1812, 18º andar
Consolação
CEP: 01305-000
Telefone: (11) 3048-2900

E-mail: contato@astralcultural.com.br

Para minha mãe e a dela, e a dela.

Para as meninas bravas,
para aquelas se descobrindo:
vocês sempre são o suficiente.

boca

ESTA CASA DEVORA E É DEVORADA.

Memórias danificam a madeira, marcam a lápis a altura de crianças, e exibem as marcas de pés muito amados. Há ecos que não param de ecoar, presos em cantos e cortinas velhas, até serem reencontrados — ainda gritando ou rindo, as vozes silenciosas ou ausentes. As partes não digeridas permanecem aguardando. Não há um órgão real aqui para apodrecer, apenas a madeira macia, que os cupins apreciam e as vespas escavam. Mas feche bem a porta e algo ainda pode morrer.

O corpo se torna cheio de coisas que não pediu.

Então, quando uma porta se abre, é isto: a primeira página de um cardápio.

1

SOU UMA TURISTA NO PAÍS ONDE MEUS PAIS NASCERAM. ATÉ AS minhas roupas já estiveram aqui antes de mim. Todas feitas no Vietnã, por mãos vietnamitas, depois mandadas para o exterior onde uma garota vietnamita-americana (sou eu) as escolhe em uma arara e, um dia, as leva para um lugar que elas podem chamar de lar, mas a garota, não, isso se objetos inanimados pudessem reivindicar alguma coisa. Não estou amargurada ou confusa, nem um pouco.

Meus dedos apertam o carrinho que empurro na saída do aeroporto de Đà Lạt. Há um fluxo de pessoas ao meu redor, movendo-se sob mochilas gigantescas, o que, realmente, é a única coisa que poderia deixar mais explícito que eu não me encaixo. Nem pensar que eu faria uma daquelas viagens de "autodescoberta".

Só tenho este verão para conseguir dinheiro para a Universidade da Pensilvânia.

Mentir para a mamãe sobre ter conseguido uma bolsa de estudos integral foi a única maneira de impedi-la de fazer empréstimos, sendo que ela já trabalha setenta e duas horas por semana no salão de manicure. Meus finais de semana no Walmart e meio expediente servindo "Creme congelado da felicidade!"[1] todo verão no Rita's foi o suficiente para cobrir apenas a inscrição do vestibular e as taxas de matrícula da faculdade, depois

---

1 "Ice Custard Happiness" é o slogan do Rita's, uma espécie de sorveteria que serve "creme congelado", um tipo de sorvete feito com claras de ovo, creme e açúcar. (N. T.)

das despesas do clube da minha irmãzinha. Sobra o Ba. O dinheiro dele é a chave de tudo, e eu preciso vê-lo.

Essa é a sua condição.

— Ali está ele! — Lily grita, soltando o carrinho para correr em direção aos carros parados. Ba desce de uma caminhonete surrada, abrindo os braços para minha irmã. Ele ainda é magro, com um bronzeado marrom-avermelhado e cabelos pretos curtos. Lily já está contando tudo que ele perdeu nos últimos, ah, é mesmo, quatro anos de ligações minguadas.

— Jade — ele diz quando finalmente os alcanço.

— Pai. — Tem sons demais na minha boca. Nesta língua inexperiente. Não sei como dizer "olá" ou "saudades" em vietnamita. Nós nunca fomos muito de dizer nenhum dos dois, e eu não sinto saudades dele. Eu o odeio.

Ba aperta o ombro de Lily, mas seus olhos permanecem em mim. Temos quase a mesma altura agora.

— Onde está o seu irmão?

— Ele ficou em Saigon com a mamãe — digo. Bren mal se lembra do Ba, ou é o que ele diz, então preferiu curtir com nossos primos por parte de mãe pelo resto da viagem.

Nós nos encaramos antes de eu jogar ambas as malas na traseira da caminhonete, afastando tábuas de madeira. Assumo o lugar do meio, na frente, já que o cinto é uma merda, e Lily faz uma careta falsa de raiva até Ba entrar no carro. Ele muda de marcha, e estamos a caminho.

Está tudo quieto, e fica ainda mais quando os outros carros e motos somem à distância. A voz de Lily é familiar como os batimentos do coração, preenchendo o espaço entre nós. O ar é gelado contra o meu rosto, cheirando a pinheiros e flores em vez dos pulmões manchados de fumaça de Saigon. Verde e cinza, leves toques de amarelo e um nascer do sol rosado se desenrolam à minha direita.

Montanhas erguem-se da névoa como velas em um creme de manteiga irregular. Quero derrubá-las com os meus polegares. É absurdo que Đà Lạt seja tão bonita quando estou tão brava.

— Estamos a quinze minutos da cidade — Ba diz. — Mais perto de nossa casa.

Quero corrigi-lo: a casa não é minha. Eu não me encaixo aqui. "Passe o verão aqui, cinco semanas, e você vai conseguir o que quer", ele me disse pelo telefone durante a ligação de abril. Será? Ba passou anos construindo casas perfeitas que não eram nossas, todo o tempo perdido em um buraco negro onde uma menina de treze anos teve de se tornar pai dos próprios irmãos.

— Como está sua mãe?

— Você poderia ligar para ela. — Minha tentativa de soar casual sai grosseira, o que Lily confirma ao enfiar um cotovelo na minha costela. Dou um pisão em seu pé. — Mas ela está bem.

É a primeira vez que mamãe volta em décadas, desde que entrou em um barco flutuando rumo ao sonho americano. No momento em que pousamos em Saigon, vindos da Filadélfia, mamãe começou a chorar, e então a soluçar e rir enquanto abraçava as irmãs e os irmãos. Sua família é sufocante da melhor maneira possível, e a semana toda teve comida, karaokê e muitas risadas dela. Me incomoda como eu poderia tê-la impedido dessa visita por causa de dinheiro para a mensalidade.

Ba diminui em outra curva na estrada. A floresta se fecha, os galhos próximos o bastante para roçarem no capô do carro, como dedos trançados nos incitando a voltar para a terra. Estamos tão escondidos que ninguém conseguiria ouvir um grito. Vidro cintila entre os topos das árvores, os olhos escuros de casas abandonadas.

— Foram abandonadas pelos franceses, depois de os americanos fugirem — Ba diz. Reviro os olhos. Comunismo: ruim para o mercado imobiliário.

A caminhonete vira em uma entrada suja cercada por um aglomerado de pinheiros. O perfume inebriante de flores fica mais forte, nos atraindo para mais perto. Nós paramos.

A casa se projeta para cima, amarela e emaranhada em vinhas. Raízes cruzam a estrutura, crescem na madeira, e a arrastam por inteiro para a encosta. Hortênsias escalam as paredes em ruínas ao lado de janelas compridas e finas, suas flores brancas beijadas por abelhas preguiçosas. Nada é mais amado do que elas aqui.

Permaneço à sombra, tonta ao olhar para cima, talvez pelo *jet lag* ou por todas essas malditas flores, não sei. Uma sacada antiquada, com ferro moldado em ângulos estranhos, inclina-se do segundo andar.

Logo abaixo, uma garota está sentada no corrimão da escada, se balançando precariamente, seu cabelo brilhante como óleo sobre ferro fundido.

Ao meu lado, Ba apresenta seu sócio, Ông Sáu, que se juntou a nós do outro carro estacionado. O homem careca acena.

— Esta é a minha sobrinha, B...

— Florence — a garota interrompe, com um sorriso serrilhado.

— Prazer em te conhecer, Florence — digo, sem emoção, com a mesma simpatia com que cumprimento pessoas brancas. Sem apertos de mão, porém. Arrasto a mala até ela, torcendo para não estar tão oleosa quanto me sinto.

Sua barriga está exposta embaixo de uma jaqueta bomber folgada. Ela movimenta uma sobrancelha antes de girar a mão como se terminasse um truque de mágica.

— O prazer é meu — ela fala em inglês, mas com um sotaque vietnamita.

Os dois sócios estão alheios ao nosso embaraço, conversando sobre os próximos reparos antes da grande inauguração da casa. Enquanto Lily se agita ao lado do nosso pai, Florence está perto de mim no topo das escadas, seus olhos castanhos e inteligentes se estreitando como se compartilhássemos um segredo. Ela escorrega pelo corrimão. Parte de mim sente-se atraída, querendo descobrir como sua boca perfeita se move entre nossos idiomas.

É o som da risada de Ba que me faz entrar. Eu pensava que apenas a mamãe pudesse extravasar uma alegria assim, mas estou errada, como sempre, a respeito dele. Equívocos demoram um instante para serem desvendados, e eu quase cometi vários agora. Muita coisa está em jogo nessas próximas cinco semanas para eu me enredar na falsa esperança de reconciliação com Ba ou em conhecer esta garota.

A porta se fecha atrás de mim, e é como se eu tivesse voltado para o calor denso de Saigon. Algo aqui foi lixado recentemente, a tinta ainda fresca. Sinto o cheiro de uma vida desconhecida me pressionando, antes que um perfume doce me traga de volta para Đà Lạt. Hortênsias em tom pastel estão plantadas ao longo das janelas, suas sombras grandes desenrolando-se sobre quartos vazios. Precisando fugir, subo os degraus encurvados de dois em dois e acabo em um corredor de portas fechadas. Todas, exceto uma. Uma lâmina de luz corta a escuridão, e eu a sigo.

O quarto me engole em claridade. Sancas de gesso pesam nas paredes com bordas tão sofisticadas e afiadas que eu esperava encontrar os anjos de Michelangelo entre elas. A estrutura da cama, entalhada com rosas, tem uma cabeceira estofada em veludo, também sofisticada, e eu me atiro na cama sem barulho. Minha mala cai, enquanto as vozes lá fora diminuem e um carro dá partida.

Fico desse jeito por um instante, sozinha, porque esta é a verdade: Ba nos deixou, nós três com a mamãe e sem pensão. Ele não merece voltar para nossas vidas.

+

Cochilo até depois do meio-dia. Tudo dói quando me lembro de onde estou. Entre o *jet lag* e a minha dedicação a ver meu pai o mínimo possível, levo alguns minutos para admitir que meu estômago está quase devorando a si mesmo.

— Merda.

Paro de encarar o teto pálido com uma piscada e me levanto. Os lençóis agarram-se a mim, a estampa mal escondendo o contorno suado do meu corpo. Nojento. As janelas contemplam uma faixa de pinheiros sobre as montanhas, e as hortênsias erguem suas cabeças, dando uma espiadinha para dentro. Destranco a janela mais próxima à mesa e tateio à procura do levantador, mas algo felpudo é esmagado contra meus dedos. Insetos — muitos olhos, pernas demais, e, às vezes, sem asas — sujam o parapeito inteiro.

— Puta que pariu — murmuro.

Eles não estão esmagados ou envoltos em teias de aranha. É como se tivessem caído mortos. Mesmo as teias nos painéis de vidro estão imóveis, com aranhas cinza deitadas de costas. Não me surpreende que Ba tenha borrifado veneno em todos os cantos e ainda chamado o lugar de lar.

Ignorando as carcaças, tento abrir a janela de novo. Quando ela não cede, vou até as outras. Levanto, empurro, prendo a respiração e expiro; nenhuma se move. Acho que eu vou derreter aqui mesmo.

Meu estômago ronca.

— Tá bom. — *Seu órgão traidor.*

Em silêncio, vou para o corredor. Uma porta diferente foi deixada aberta desta vez. Detrás dela, galhos estendem-se sobre o papel de parede esmeralda. De início, eu os confundo com as raízes que se aprofundam na casa, porém, chegando mais perto, vejo que são desenhados. Pássaros repousam sobre as decorações, vigiando a maravilhosa banheira com pés e detalhes dourados. Este cômodo já foi reformado pelo Ba, o máximo que ele pôde, de qualquer forma, já que partes do papel de parede se desgastaram com o tempo.

Minhas mãos estão grudentas de suor e, provavelmente, tripas de inseto, então corro para me ensaboar na pia. Limpo embaixo das minhas unhas curtas e penso no que dizer ao Ba, caso seja necessário. Nós mal nos falamos antes da ligação em abril.

Antes das bolsas de estudo: 60 mil dólares ao ano. Depois: 38.755 dólares. Este é o valor do verão, mais os juros que seriam somados aos empréstimos. Resolver os anos seguintes será um problema para a Jade do futuro.

Minha ansiedade decide, então, criar preocupações sem fundamentos. *Não olhe no espelho.* É uma distração ruim. O site de saúde mental surge no meu cérebro.

Primeiro, reconheça o pensamento. Este é um pensamento intrusivo.

Em seguida, aceite-o e deixe-o ir. Não há nenhum significado oculto.

Olho para cima. Meu reflexo me encara de volta. Estou sozinha, exceto pelos olhos acetinados dos pássaros que me observam às minhas costas. Fecho a torneira e saio. Ela pinga atrás de mim, mas como não sou responsável por *esta* conta, nem olho.

A casa é ridiculamente grande, pelo menos o dobro da nossa casa na Filadélfia, mesmo com todas as hortênsias crescendo no interior. Meus passos diminuem na sala de estar, onde os espaços vazios pairam sobretudo acima da lareira, escura e semelhante a um túnel. Torna-se ainda mais austera pelas paredes pálidas como ossos para sopa. Mamãe, Bren, Lil e eu sorrimos em molduras baratas, encolhendo ainda mais nesta sala imensa. A casa foi projetada para fazer as pessoas sentirem-se pequenas. Não preciso me aproximar para saber que as fotos são antigas.

Meu estômago faz com que eu me afaste. Encontrar a cozinha é fácil: a frigideira chiando me chama. Ba está curvado acima do fogão no ambiente bem iluminado, virando-se para olhar quando ouve o rangido sob meus pés.

— Estou fazendo *bánh xèo*.

Era o favorito de Bren; a única comida que ele devorava cada bocado aos três anos de idade. E já se passaram três anos desde a última vez que ele pediu por ela. De repente, os legumes deixaram de ter um gosto bom, mas eu acho que é porque ele não queria ser lembrado de quem os cozinhava melhor.

— Ok, mas a Lily é vegana agora — digo.

O rabo de cavalo dela se inclina para o lado quando ela me diz, apenas com gestos, para calar a boca. Com pressa de encobrir minha gafe, ela diz em voz alta:

— Eu posso comer sem a carne e o camarão.

Faço um sinal de negativo para ela; não comecei a comer tofu no mínimo duas vezes na semana para permitir que Ba se safasse.

Acendo incenso no pequeno altar na lateral da cozinha, queimando três para a estátua de Quan Âm e um para minha avó paterna. Oração não é exigida na casa de mamãe, e não frequentamos o templo a não ser no Tết, mas sempre parece estranho passar pelo altar e não prestar homenagens. Ba modela a massa de farinha de arroz na frigideira, sua presença real demais, então fecho os olhos.

Querida Bà Nội, por favor, faça com que seu filho não me irrite muito. Cuide de nós, e da minha mãe, e do Bren também. Depois, lembrando que ela não sabia nada de inglês, balbucio uma versão vietnamita esdrúxula. Cinza desprende-se do incenso até a vasilha cheia de arroz. Uma placa de madeira com o nome dela está em um nível abaixo de Quan Âm.

BÙI TUYẾT MAI

A única foto dela está enfiada na carteira de Ba. "Percebe, Jade", ele dizia, mostrando-a. "Você tem os olhos dela. *Đôi mắt bồ câu.*" Grandes como os de uma pomba. Será que ele não percebia que eram iguais aos dele também? Isso tinha mais importância para mim, já que eu não conhecia sua família tão bem quanto a de mamãe. Ele é o mais novo de seis, o único a chegar aos Estados Unidos, e nunca contou nada sobre os irmãos. Ele e Bà Nội conversavam ao telefone semanalmente, mas nós, nunca; a barreira do idioma era considerável demais.

Posicionando-me em uma mesa empurrada contra a parede, mexo o *nước mắm* para que o alho e os pedaços de pimenta chili rodopiem por inteiro. Depois de me lançar outro olhar que nitidamente diz "sem brigas ou te mato", Lily vai para o banheiro. Minha irmãzinha é um doce, até deixar de ser. Vejo Ba pelo canto do olho, a tinta borrada em seus jeans enrugando-se.

Ele coloca um prato à minha frente.

— A sua mãe disse para o Brendan não vir?

— Ele tem oito anos. Decidiu por conta própria. — A azia em meu estômago borbulha, e minha cabeça se inclina para trás, para que nossos olhos se encontrem. — Você pode perguntar pessoalmente se voltar com a gente, mas o acordo é que eu fique aqui, certo?

— Eu sei qual é o acordo. Sou o pai dele. Sou o seu pai. — O descontentamento é claro: Não fale comigo desse jeito.

Eu preferiria não falar nada, pai.

Você me pediu para vir. *Você* balançou o dinheiro na minha frente. Eu sou um *gremlin* ambicioso, então é lógico que quero o dinheiro. Eu vou aceitá-lo, mas isso não significa que preciso respeitar você.

O cheiro de crepe crocante, amarelado com cúrcuma e recheado com barriga de porco brilhante, camarão e brotos de feijão, faz a azia se acalmar em meu estômago. Por um segundo, queria que Brendan também tivesse vindo. Ele saberia o nome de todos os insetos mortos. Ele teria sido o auxiliar de Lily, tão fofo ou irritante que Ba e eu não teríamos de conversar um com o outro.

Eu sirvo o *nước mắm* em uma tigela pequena e me atenho aos fatos.

— Aliás, minhas janelas não abrem.

— Eu repintei elas — Ba diz, embrulhando seu *bánh xèo* com alface. — Depois eu conserto. — Imagino a superfície sendo perfeitamente selada, coberta por tinta seca, mantendo o calor. É lógico que ele as pintaria do jeito que estão. Ele sempre amou um atalho.

— Então — digo, engolindo uma bocada —, você e Ông Sáu estão transformando a casa em uma pousada? — Uma ideia ousada, para ser honesta. Eu preferiria comer e dormir em casa por zero dólares a ouvir a transa de aniversário de algum velho pelas paredes.

— Correto. Nós começaremos a aceitar reservas para a alta temporada assim que você e Florence terminarem o site.

Eu paro.

— O quê? — Camarão cai do meu *bánh xèo*. O site sempre fez parte do acordo, graças às aulas de programação, mas ele não disse nada sobre um projeto em grupo.

— Ela vai traduzir tudo para o vietnamita pra você. O Google sempre erra — ele diz. Não estou nem aí para o Google ferrando tudo. Este verão precisa ser o mais descomplicado possível, o que significa nada de distrações, nada de trabalho em grupo, e nada de amizades. — Ela também é boa com computadores. Nasceu aqui, mas frequentou o internato nos Estados Unidos.

— Eu nem a conheço — argumento, mesmo que soe imaturo.

— Ela vai ser aluna da Universidade Temple ano que vem. Você vai conhecê-la.

— Não quero ser amiga dela. — Uma risada escapa da minha garganta. Como ele poderia entender? Não só a Universidade da Pensilvânia é a minha primeira opção de faculdade, como também é onde minha vida vai mudar. Onde poderei estar perto de casa, mamãe, Lily e Brendan, mas não estar em casa de fato. Me sinto deslocada de maneiras que não posso descrever em palavras, confusa de outras, mas isso pode mudar na faculdade. Posso descobrir quem eu sou, e de quem gosto, sem consequências. Halle, minha melhor amiga, é a única outra pessoa que quero manter por perto. Era, quero dizer. Esqueci que ela não é mais minha amiga. — Tudo bem.

Comemos em silêncio. A casa nos cerca como um casulo, e me pergunto se Ba acreditou que ela daria à luz a uma versão nova e preciosa de nós. Não, isso me deixa preocupada demais.

Eu tenho a minha tarefa.

Uma gota de suor desliza para o prato gorduroso.

— Como você vai chamar este lugar?

Contra as linhas retas de armários perfeitos demais, as costas dele estão um pouco arqueadas, provavelmente doendo de todo o trabalho. Ele guarda a massa que não foi usada em uma das prateleiras da geladeira, deixando escapar a leve podridão de coisas abandonadas por tempo demais.

— Nhà Hoa.

Casa das Flores. Simples, exuberante, e arrebatador.

2

TODA MANHÃ INICIA COM BA ME DECEPCIONANDO. A CONDENSAÇÃO se agrupa em cada uma das janelas, cobrindo o vidro com um brilho. Poças d'água se formam sob as pontas do meus dedos a cada toque, depois escorrem como lágrimas. As janelas permanecem teimosamente fechadas e mantêm um calor sufocante. Passaram-se três dias, embora pareça bem mais — devagar, como o tempo que imagino levar para derreter uma casa deste tamanho em uma massa de cera.

É difícil se concentrar aqui. Voltando ao site da Nhà Hoa no meu celular, acrescento: "Venha para Đà Lạt suar o traseiro em uma nobre casa colonial francesa". Ba estava errado sobre Florence ser boa com computadores; ela é *incrível* em programação de sites. É mais complicado do que eu havia aprendido, e meu plano tinha sido usar um modelo pronto. Ela deixou um espaço reservado para todos os seis quartos, cada um com seu próprio tema.

Esse instinto marqueteiro teria me impressionado, se não tivesse destruído meu plano de enviar seções inteiras para Florence traduzir apenas no fim. Agora, eu preciso que ela me diga quais são os temas antes mesmo de eu começar. Me arrependo cem por cento de ter respondido ao convite de ontem para trabalharmos juntas com um "*não, obg*". Eu nem tenho o costume de usar abreviações, portanto devo estar transbordando de confiança ao evitar a garota gata.

Às dez, eu redijo uma mensagem de texto bem direta pedindo a informação. O que recebo, cinco minutos depois, é um quiz televisivo. "*O que está atrás da porta #1, quarto dos fundos?*", seguido por vários emojis sem sentido.

— Estrela, triângulo, lâmpada — murmuro, fazendo uma careta. Para meu desespero, há emojis para cada quarto.

Quando mando meu cronograma de cinco semanas para a criação de sites em vez de entrar na brincadeira, sua próxima mensagem vem com o emoji de um polegar para baixo, e em caixa-alta: "*BOOOO SEM GRAÇA*". Ela lista os temas em seguida: Maria Antonieta, Paris à Noite, Napoleão, Refúgio Francês no Campo, e o simbólico Amantes na Guerra, emocionantemente descrito por dois emojis de dançarinos, a bandeira francesa versus a bandeira vietnamita, uma faca e um coração. Ela deixa o último tema para mim, no que acredito ser um gesto de boa vontade.

É fácil imaginar aqueles olhos escuros enrugados pela travessura. Minha resposta é simples. "*Uau.*"

O nome dela pisca no meu telefone um segundo depois: "*As pessoas gostam dessa (emoji de cocô)*".

Tentada a enviar um emoji de volta, deixo o celular de lado. Ela fala comigo como se já fôssemos amigas. Com familiaridade. Com afeto. Ela deve ser assim com todo mundo, portanto isso não é nada especial. Agarro o telefone de volta, mas não há mensagens novas.

Está calor demais para pensar.

Seco suor da testa, olhando de relance para as janelas que Ba prometeu consertar e não cumpriu. Mais alguns insetos estão mortos no parapeito acima da mesa, apesar de eu ter limpado ontem. É legal ter uma ideia do meu temperamento ideal: morta por dentro e despreocupada.

Antes que eu decida ficar na cama para sempre, me levanto. Debaixo da bagunça adolescente que domina o quarto, o tema Maria Antonieta fica claro. A cabeceira é aveludada em um tom antigo de rosa, uma cor que está por toda parte. Uma pintura de um bolo de três andares está pendurada próxima à porta. Tem aquele estilo extravagante perfeito que oscila entre "poderia estar em um museu" e "merda, que desperdício de tinta". As flores geladas são macias sob meus dedos. Já que limpar este quarto temporário está bem abaixo na minha lista de prioridades, saio para conferir os outros.

A decoração insinua opulência, mas padece de um glamour silencioso, então uso palavras como "charme do velho mundo" e "tesouro escondido" em meu bloco de notas do celular. Cada parte dos móveis foi polida até brilhar, mas arranhões minúsculos transmitem suas imperfeições. As poltronas restauradas ainda mantêm a curva da bunda atrevida e antiquada de alguém nos assentos. O quarto Francês no Campo é como chantilly, com camas gêmeas de solteiro e lençóis de linho. Minhas palmas pressionam as ranhuras profundas no batente da porta, onde há muito tempo alguém registrou a altura dos filhos. Eles deviam ter planejado continuar aqui para sempre.

No quarto de Lily, Paris à Noite, tudo é romântico e melancólico. Um lustre de estrelas balança sobre a cama, uma combinação de vidro e pontas de metal que realmente não deveria estar em cima dela enquanto ela dorme. Vou até a janela, com vista para os fundos da casa. Enquanto Ba orienta a equipe de reformas dispondo estacas e terra para um terraço, Lily cuida da horta. As plantas não são tão grandes quanto as hortênsias, mas seu crescimento é farto e verdejante. Como ele consegue tempo para cuidar de tudo isso?

Não permaneço muito tempo antes de ir até o quarto de Ba. É provável que fosse o plano do meu discreto coração desde o início, esse coração que oculta pensamentos de mim e, em vez disso, apenas exige.

"Você não me proibiu" está a postos na minha língua enquanto dou uma olhada por trás do ombro para a escadaria vazia. Um ventilador de chão joga ar quente no meu pescoço quando entro. As pás giram, e eu sacudo a camiseta como se o ato me refrescasse, como se os movimentos pudessem impedir minha mente de acelerar.

Meu olhar passeia das roupas dobradas em cima de um pufe até o relógio digital, que parece deslocado. Tudo o que está aqui foi escolhido para fazer parte de sua nova vida. Ele passou a maior parte do ano passado viajando entre o Vietnã e os Estados Unidos, sem compartilhar novidades de seu "empreendimento" até ligarmos atrás de informações para os requerimentos de ajuda financeira. Ele queria que a casa ficasse pronta primeiro — uma surpresa que ninguém esperava.

Eu me aproximo da mesinha de cabeceira, onde vários cadernos estão empilhados juntos. Os papéis estão enrugados como se os tivessem ensopado em água ou chorado em cima deles. Folheio as páginas com uma escrita confusa que alterna entre inglês e vietnamita.

Não é um diário, tenho certeza disso, já que Ba me ensinou — quando eu tinha sete anos — que era ingenuidade manter meus segredos onde pudessem ser lidos. O cadeado do meu diário de um dólar tinha quebrado com facilidade em suas mãos enormes.

"Stella é tão bunita. Qeria que ela foce minha miga. Gosto tanto de..."

— Chega. — Minha voz é firme contra a lembrança, mas é demais. Tem algo nesta casa e em seu perfume enjoativo que arranca coisas indesejadas de mim.

"Quem é Stella?", ele perguntou, a voz afiada com algo sombrio.

Não importa a resposta que eu dê.

"Meninas gostam de meninos, entendeu? É isso. Você é pequena demais para saber."

Só que eu não era. Depois dela vieram Jenns, Margie e sua gêmea Max, e uma Sierra. De qualquer forma, a lição foi aprendida: não tenha um diário, e não faça nada que permita que as pessoas saibam quem você é. Cada nome foi mantido junto ao meu coração, até que Halle e eu nos tornamos amigas no primeiro ano. Então sussurrei os nomes para ela durante a noite, tão preciosos quanto pedidos de aniversário. Entretanto, nunca contei a ela ou a ninguém sobre o diário. É uma dor, e um segredo, que transformei em uma pedra na boca do meu estômago.

Ser traída pelo próprio pai é uma das piores sensações do mundo. E eu me pergunto: *E por uma filha?*

Bater a ponta do dedos no papel faz uma vibração poderosa correr pelo meu corpo. Começa com uma lista de reparos, que continua por algumas páginas, números intercalados entre itens riscados. Os rabiscos são confusos e, mais adiante no caderno, a planta de Nhà Hoa desenhada à mão me observa de volta. Linhas duras, corredor estreito — mas os móveis mudam a cada repetição. Anotações de cor e estilo estão rabiscadas ao lado de cada formato. Ba tem decorado a casa.

— Incrível. — O mesmo homem que odiava tanto escolher a decoração para a casa que, certa vez, voltou com as primeiras cortinas que encontrou no cesto de descontos: monstruosidades em veludo amarelo-mostarda que duraram mais que o relacionamento dele com mamãe. Sou avarenta demais para substituí-las, e mamãe considera os esforços dele charmosos em vez de medíocres.

Estas cortinas silvam nos varões quando eu as movimento. A vista é parecida com a minha: verde e marrom infinitos.

— Aproveite vistas panorâmicas em nosso quarto napoleônico — digo. — Onde cretinos sentir-se-ão em casa ao evitar seus entes queridos por anos a fio. — O silêncio perdura, exceto por batidas distantes em algum outro lugar da casa.

Deixo o quarto dele da forma como o encontrei, com as lombadas dos cadernos desencontradas e a porta entreaberta. Agora só falta o quarto principal. Examino a minha lista cuidadosamente. Em um giro lento, conto os quartos de novo.

Um.

Dois.

Três.

Quatro.

Cinco.

Não há um sexto quarto.

Florence deve ter contado errado quando esteve aqui. Não dá para ser um prodígio em todos os assuntos, mesmo que seja matemática básica. Balançando a cabeça, rolo o modelo do site até embaixo, deleto o espaço extra, e encaro o quarto principal.

Sua maçaneta de vidro é gelada ao toque. Quando a giro, claridade atinge meus olhos em um lampejo intenso. Nenhuma cortina está pendurada nas janelas de painel branco. As portas da sacada estão abertas, oscilando com a brisa de Đà Lạt.

Uma cama de dossel *king-size* ocupa grande parte do quarto, os cantos com lanças esculpidas e afiadas.

— Atualizar Amantes na Guerra para Masmorra do Sexo — dito para o meu telefone. A madeira suspira sob meus pés. Consigo entender o porquê de Florence tê-lo nomeado assim. Há uma mistura de design europeu com ilustrações vietnamitas.

Este é um quarto para admirar e ser admirado, onde a luz do sol é tão clara quanto ondas quebrando na costa. Ficar nesta casa é claustrofóbico como estar em uma clareira na floresta, cercada por bosques que viram mais do que você — este quarto, mais do que qualquer outro. É simples e claro, e, mesmo vazio, sinto como se o tivesse invadido.

Eu contorno a cama até a sacada, franzindo a testa para manchas escuras de mofo na madeira bem no batente da porta. Estas portas devem ter sido deixadas abertas durante a tempestade de ontem. As nuvens vêm e vão muito rápido, o céu fica cinza-escuro e com tons instáveis de azul, e chove. Vai ficar mais úmido em agosto, mas eu terei ido embora antes da pior época da estação.

Meu calcanhar acerta uma tábua podre no chão quando tento pular por cima dela. Eca. Ela goteja delicadamente, o que torna fácil imaginar o chão se rompendo. Ser liberada do hospital seria uma maneira agradável de encerrar esta visita mais cedo. Ba, contudo, argumentaria que não cumpri o nosso acordo, que ainda precisamos definir. De alguma forma, Lily complica as coisas estando por perto, embora ela devesse saber que sou mesquinha demais para uma reconciliação verdadeira.

Testo a firmeza da sacada com os dedos do pé primeiro. Quando não cede, piso na área externa. Vinhas se enrolam no ferro, atando-se em cordas grossas que se estendem em direção às portas da varanda. Folhas balançam e, por um segundo, acho que uma aranha está rastejando entre as folhagens. Mas ela não foge. Me abaixo para uma inspeção mais próxima, porque, se há aranhas, eu não deveria precisar limpar carcaças de insetos todas as manhãs. Uma mecha de cabelo está amarrada em um laço elegante, esvoaçando.

Ela se solta quando eu puxo uma ponta.

O cabelo pende dos meus dedos, mais comprido que o de Lily. Mais escuro e maior que o meu. Um vento forte sopra, roubando os fios para um céu que ameaça mais chuva. Faço uma careta. Nosso cabelo se enreda em tudo. Em casa, nosso gato, o Senhor Mia-Muito, tem uma chance de cinquenta por cento de vomitar uma bola de nosso cabelo em vez de uma de pelos. Bren tentou nos convencer a fazer um corte joãozinho, mas se eu não tenho permissão para tosar Mia-Muito até ele ficar como veio ao mundo, então estamos quites.

Deve ser nosso, já que ninguém mais esteve aqui.

Fico tonta ao me levantar, e o mundo gira em um borrão com pontos brilhantes. Minha pele formiga, como se puxada por um ímã até o chão. Procuro algo para me estabilizar; ferro congelado fere minhas mãos. A lanugem das vinhas roça nos nós dos meus dedos até a tontura passar, quase um segundo depois. Minha visão fica nítida. Ai, preciso ter mais cuidado. Voltando ao quarto, fecho as portas para a sacada, o que, imediatamente, sela o calor no interior. Madeira esponjosa volta a saltar no formato dos meus pés em retirada, deixando escapar um guincho encatarrado.

Quando o quarto é fechado atrás de mim, juro que ouço as portas da sacada se abrirem de novo. Venta muito em Đà Lạt, então é fácil perder as coisas, mesmo que estejam na sua cabeça, mesmo que estejam sendo seguradas pela casa.

rim

CARNE VOLTA A ATRAVESSAR. DO MODO COMO DEVE SER. A FORÇA vital de uma casa.

Convites foram enviados. Os tapetes batidos. Anos demais passados em ruínas.

Bem-vindos, a casa range. *Silêncio,* para os convidados a longo prazo. Não se assustem ainda.

Mãos reforçam sua estrutura, reparam as paredes, e conectam novos tendões. *Fiquem.*

Eles não notam.

Esta casa se lembrará deles, no fim.

3

A CASA SE ASSENTA COM O TEMPO. O SOLO MUDA, DEPOIS MUDA de novo, e a madeira precisa conhecer o local em que se apoia.

Foi isso o que Ba me disse quando perguntei sobre o assoalho rangendo e as leves batidas em algum lugar do sótão. "Uma das primeiras casas de campo que os franceses construíram aqui. 1920. É antiga." A "Pequena Paris" do Vietnã, cidade onde sempre é primavera, é como Đà Lạt é anunciada. Quanto mais fico aqui, mais me convenço de que deveria ser renomeada para "Cidade das casas barulhentas".

Passei todo o dia de ontem e a manhã de hoje redigindo novas descrições para o site antes de compartilhar o documento com Florence. A resposta dela vem rápido: "*Ok chị*".

Chị é um honorífico para irmã mais velha e, às vezes, é usado como algo carinhoso, como *em* ou *anh*. Eu nunca ouvi como meus pais se cumprimentavam, ou não me lembro. Brendan e Lily não me chamam de *chị*, mas é porque falamos inglês em casa, mesmo que isso faça a mamãe quase surtar. O vietnamita tem tantas maneiras de indicar proximidade que ainda estou aprendendo. Este não é o caso aqui.

Florence está me zoando. Nós não mandamos mensagem em vietnamita porque sou muito ruim, de alguma forma pior do que quando a minha boca tenta. Eu não deveria morder a isca. Ela sabe que não estou aqui para fazer amigos. Mesmo se acabarmos na mesma cidade depois, ela é próxima demais. A família dela conhece a minha, e não estou pronta para maiores complicações. A tela pisca e escurece.

Eu mordo a merda da isca.

Agraciada com mais suor noturno embaixo dos peitos (eca), levanto da cama até a mesa ao lado da janela estragada. Com protetor labial borrado — porque meus lábios estão rachados, e nada além disso —, antes de tirar uma foto, inclino a clavícula para criar um vazio e para evitar uma atenção especial à minha camiseta grunge ensopada. Na foto, estou mostrando o dedo do meio, o que escurece metade do meu rosto. A luz doura a outra metade, onde a sombras das pétalas presas à janela desce pela minha bochecha como lágrimas artificiais. Escrevo "saudações" antes de enviar a selfie.

Ela, em uma fixação mútua e descarada pelo seu telefone, reage com um coraçãozinho um minuto depois.

Minha pele formiga diante da sensação de estar sendo observada. A casa sopra calor pelo meu pescoço, embora não se possa encontrar nenhuma brisa dentro destes quartos fechados. Intrusa. Sou ridícula, óbvio, e é risível o quanto estou empolgada com mensagens comuns.

— Hora de ligar para a mamãe — digo em voz alta, desesperada por ar fresco. Adiar conversar com ela tornaria tudo mais suspeito. Não quero que ela venha para Đà Lạt. Na segurança da minha mente, arquivo Florence e a estranheza geral da casa e piso no corredor. Quatro dias foram o bastante para as solas dos meus pés já terem memorizado cada marca áspera no assoalho, então caminho perto do corrimão, de onde é mais difícil me ouvir. De algum modo, é mais claustrofóbico quando estou sozinha na casa.

Do lado de fora, o vento penteia meu cabelo em um ninho desordenado. Ansiedade ferve em meu estômago, que depois se acalma lentamente. A tela de bloqueio do celular pisca com uma foto minha com Halle, trabalhando em um experimento de química ridículo e com óculos de proteção idênticos. Nós estamos sorrindo. Ela usa o *hijab* novo com estampa de onça que a mamãe lhe deu de Natal. Halle amou. Eu costumava ligar para ela antes de falar com qualquer um com quem precisasse fingir felicidade ou ter conversas fiadas, porque era fácil sorrir com ela, ser conhecida tão bem por alguém.

Não nos falamos desde a formatura. Eu já devia ter trocado a foto, mas gosto de vê-la. O problema é que nunca sei se a lembrança vai aquecer meu coração ou acabar comigo.

⁜

A pele marrom-escura dela brilhava de suor sob o sol da tarde, e seu nariz estava escorrendo um pouco por causa da rinite. Halle odiava ficar na rua quando tudo estava coberto por pólen amarelo, mas gostávamos de ficar em outros lugares além das nossas casas. O campo esportivo era tão bom quanto qualquer outro local, amplo o bastante para ninguém nos incomodar.

Faltavam algumas semanas para o fim do ano letivo, e Halle me disse, não pela primeira vez:

— Você ama dar uma conferida nas jogadoras de lacrosse.

— Eu valorizo o espírito esportivo, as habilidades atléticas e... — A número cinco, Warner, interceptou a bola de Alisa, número vinte e dois. — ... as pernas agressivas delas, sim. — Dei uma olhada para Halle.

— Então por que parece que você vendeu a alma e eu sou a pessoa com a melhor vida de todas? — Halle estava com uma expressão crítica, que, ela não fazia ideia, mas era tão assustadora quanto a de sua mãe.

— Não estou vendendo a minha alma, só a minha presença. — Mostrei a ela o itinerário que a companhia aérea tinha me enviado por e-mail. — Agora é pra valer. Passagens não reembolsáveis. Uma semana com minha mãe em Saigon, depois cinco com o papaizinho querido em Đà Lạt. — Eu continuava dizendo os nomes como se fossem lugares que eu conhecesse, para que não me assustassem a ponto de voltar a pronunciá-los do jeito americano.

— Ele armou mesmo pra você — ela disse. — É uma merda que esteja indo no nosso último verão. Não podemos nem terminar a lista de "antes de ficarmos velhas" juntas. — Ela sacudiu a lista de tarefas com quadradinhos embaixo dos nossos nomes, com coisas como maratonar *She-Ra*, se declarar para nossos crushes e viajar para uma praia fora de Nova Jersey.

A palavra "último" me pegou. Ela ia para Berkeley no outono, mas isso não significava que seria para sempre. A mãe dela jamais deixaria uma coisa dessas acontecer. *Ela não quis dizer nesse sentido, de qualquer forma.*

— Tem certeza de que é isso que você quer? — Halle perguntou, "isso" sendo a mentira. Todas as minhas mentiras e segredos, atadas juntas como brinquedos em uma caixa de sapatos antiga.

— Não tenho tempo para dúvidas. — Eu não ia me incomodar com as merdas da vida e com não entrar na faculdade, acumulando créditos inúteis. Eu não ia reavaliar a minha vida amorosa, ou a falta dela. E não ia continuar me perguntando quais portas estariam abertas para mim. Não havia tempo para mais autodescobertas.

— Isso não quer dizer que você saiba, Jade. — Seu rosto se suavizou junto com a voz. Ela era gentil, algo que eu gostava mais do que tudo. — Você decidiu, só isso. E você pode mudar de ideia.

Sorrindo, me inclinei até o ombro da minha melhor amiga. Ela sempre cheirava a baunilha e amoras. Mesmo em uma cidade muito longe. Respondi:

— Talvez eu mude para jogadoras de vôlei.

*

Galhos se partem embaixo dos meus pés, me trazendo de volta ao Vietnã. Já estou no bosque, andando sem pensar muito. Na chamada, o rosto de Brendan aparece perto demais da câmera, gritando para a mamãe, que está no outro cômodo. São duas da tarde, mas a máquina de karaokê toca uma balada emocionante. Ele escapuliu para o quarto com ar-condicionado. Criança esperta.

— Já está entediado?

Bren faz que não e gesticula para seu jogo. As sobrancelhas dele estão grudadas de concentração. Um segundo depois, mamãe se ajeita ao seu lado. As bochechas estão rosadas de rir, a pele radiante. É incrível o que ficar sem trabalhar doze horas por dia debaixo de uma luz de manicure faz pela saúde dela. A primeira coisa que diz é:

— Jade, você está comendo direitinho?

Andei mais do que o desejado. A casa é uma lasca de madeira entre os pinheiros gigantescos. Suas cascas brancas enfileiram-se como cigarros em um pacote. Calafrios afligem minhas pernas.

Digo a ela que estou bem, que Lily está bem. Lily passa todo o tempo no jardim ou em qualquer tarefa que Ba precise de uma mão (porque, aos treze anos, ela ainda é péssima em julgar o caráter das pessoas), mas eu, na maioria das vezes, o vejo apenas nos jantares que ele insiste que sejam às dezoito horas. Omito que é sempre uma surpresa, ou é uma saudável gastronomia vietnamita, ou é cereal puro porque o leite estragou de novo.

— Ótimo. — Um sorriso atravessa seu rosto. — Vamos fazer uma excursão ao templo semana que vem. *Con muốn đi không?*

— Não, vou ficar aqui — digo antes de acrescentar uma mentira. — É mais fácil trabalhar no site com a Florence, sobrinha do Ông Sáu, pessoalmente. — Ela não insiste no assunto, pois acha que estou ajudando Ba por generosidade. Deixando o dinheiro de lado, passar vários dias em vans e hotéis para ver templos que são basicamente réplicas uns dos outros parece muito chato.

O sorriso dela demora-se.

— Como está seu pai? — Ausente por quatro anos, e a pergunta ainda é gentil. Eu me lembro do modo como ela disse o nome dele ao telefone, quando planejamos vir para cá. *Cường*, como se nunca mais fosse poder pronunciá-lo. *Cường*. É provável que ela nem se lembre daquela vez que chegamos em casa e nos deparamos com Lily construindo castelos com as latas de cerveja vazias dele, e o minúsculo Bren sentado ao seu lado.

Ba não merece nenhum deles. Às vezes, sinto que eu também não.

"A sua mãe costuma dizer que te ama?" é, ao que parece, minha pergunta favorita a se fazer quando estou bêbada e melosa. Sempre preciso recordar as maneiras em que minha família difere das outras. Porque é difícil para mim identificar o que seriam coisas normais em outros lares. É a justificativa que uso quando alguém, geralmente Halle, diz que sim.

Algo mudou quando fiquei mais velha. Não mais a favorita de alguém, apenas a mais velha. Sou grande demais para beijos ou abraços, e mamãe não diz as três palavras. Eu que devo senti-las. E eu sinto, ela trabalha muito, muitas vezes sete dias por semana. Suas horas livres deveriam ser para relaxar, então não peço nada, nem a preocupo com minhas paixonites e erros mais sérios.

— Papai está ocupado com as coisas dele, como sempre. — Dou de ombros, me aprofundando mais entre as árvores. Por ora, uma mentira tem de ser suficiente. — Preciso te perguntar uma coisa. — Ando em círculos. Desde o início, Ba suspeita que vou fugir se ele me der o dinheiro da mensalidade antes de as cinco semanas passarem. É exaustivo continuar com a encenação, mesmo que ele não esteja inteiramente errado. — Minha bolsa de estudos só será liberada quando o semestre começar, mas o primeiro pagamento vence daqui a dois dias. Tudo bem se eu usar o seu cartão de crédito? Vou pagar de volta no mês que vem, assim que a bolsa for liberada.

Um breve momento se passa antes que ela balance a mão.

— Sim, sem problemas.

A tensão demora a desaparecer dos meus ombros. Folhas caem com um vento tempestuoso, me coagindo a arriscar.

Ainda há uma chance de contar tudo à mamãe, em vez de sair de casa sem que ela conheça meu verdadeiro eu. Como eu divido o cabelo ao meio porque não suporto assimetria; como gosto mais da cor das folhas quando elas estão douradas, um pouco depois do pico do outono; ou como me sinto mais segura quando minhas roupas estão mais apertadas. Mas o que significa quando, às vezes, não sei quem sou de verdade? Quando não sei o que quero que ela me responda? Existe uma palavra em vietnamita para alguém como eu? *Uma teimosa superestimada. Um estereótipo.* Tem uma em inglês, mas ela fica presa na minha língua. *Bissexual. Carente.* Nenhuma de nós tem vocabulário ou tempo para descobrir ainda, e há um certo poder em nunca ser conhecida, porque ninguém pode lhe usar contra você mesma.

O que eu sei: sou boa em mentir, mesmo quando odeio fazer isso.

— Obrigada, mãe. — À frente, uma colônia de formigas emerge de um tronco oco e caído, tão grande que a casca parece se mover e se unir. — Deixa eu falar com o Bren. — Viro a câmera para que ele possa ver. Formigas marrons se apressam pela tela em um borrão de movimento. Buraquinhos tornam-se túneis que percorrem a colônia inteira. Bren fala com animação ao telefone, sua voz dispersando os pássaros acima. O hobby dele é ligeiramente mais interessante que as pedras que eu colecionava nessa idade.

O ar está pesado com o cheiro de musgo úmido, picante e terroso. Chegar mais perto torna a visão mais nítida, mas o que pensei serem aglomerados de cogumelos eram, na verdade, formigas mortas. Suas cabeças redondas estão esquisitas.

Rapidamente, mudo o ângulo da câmera para que Brendan consiga ver apenas eu e a extremidade da colônia.

— É enorme! Essas são formigas-de-cupim — ele diz, o rosto comprimido contra a câmera para enxergar melhor. — Deve ter umas duas, talvez três, rainhas. Uau.

Meus olhos vão das formigas ainda vivas para suas companheiras imóveis. Minha intuição grita para que eu desvie o olhar, mas a ignoro. Caules longos e amarelos irrompem das cabeças, as pontas cobertas como os cogumelos enoki que Ba colocou no *hot pot* de ontem. Os caules as prendem com firmeza nos galhos acima da colônia. Os anexos anormais variam de comprimento, portanto elas devem ter morrido da mesma doença, mas em momentos diferentes. Talvez elas quisessem ficar perto de casa, acidentalmente condenando a colônia inteira com poeira infectada ou micróbios — o que quer que as formigas virem depois de morrer. Agachada, me inclino para mais perto. Algumas formigas têm inúmeros caules, e não sei dizer se a doença teve início no lado de dentro ou se irrompeu do exterior.

— Jade? — A voz de Bren é hesitante, mas basta para me fazer cair sentada.

Pisco. Um fio de cabelo de distância, e um caule poderia ter entrado na minha narina. O bosque volta a ficar em foco. A paranoia faz cócegas em minha nuca. Olho por sobre o ombro à procura de Ba, Lily, um pássaro ou um obreiro em seu intervalo para fumar, mas há apenas pinheiros. Sempre pinheiros, levando de volta à casa onde hortênsias adicionam cor à sua paleta limitada.

Não há nada ali. Ninguém além de mim e as formigas que sinto rastejando em minha pele.

A curiosidade mórbida me transformou em uma completa cagona. Balançando a cabeça, me levanto e limpo a sujeira do short.

— Certo, então me conte mais sobre essas rainhas — digo ao meu irmão. Desta vez, não viro as costas em direção à casa. Meu corpo está inclinado, para que eu sempre possa ver Nhà Hoa entre as folhas, e as formigas do lado oposto, marchando, marchando, com apenas as pequeninhas vestindo suas caveiras como pontos de interrogação.

4

QUANDO CAI A NOITE EM NHÀ HOA, É COMO SE MUROS ESCUROS tivessem cercado a casa, nos enclausurando. Eu abandonei os cobertores e outros confortos que tornam a cama menos solitária para lidar com o calor. As formigas voltaram com tudo à minha mente, e demora um pouco até que elas se afastem. Mesmo quando pego no sono, é como se uma parte minha continuasse em meu corpo, pronta para despertar.

Estou na floresta, e meu pai também. Sapatos com glitter brilham em meus pés, os mesmos que ele me deu quando eu tinha seis anos. Agulhas de pinheiros repousam em seus ombros, grossas como armaduras. Sei que isso é um sonho porque não sinto medo do meu pai.

Em suas mãos, o machado captura o sol. Os pinheiros caem com cada golpe. Eles não são tão grandes caídos. As agulhas pousam em meus ombros e cobrem meu cabelo. Pétalas delicadas como impressões digitais voam ao vento, desprendidas das hortênsias selvagens. Posso gritar e acordar e me lembrar de como elas tornam o ar acre e doce, mas não o faço, porque *estou aqui com você.*

Outras palavras para você: *cha, pai, Ba*. As agulhas se enraízam no meu couro cabeludo.

Algo rasteja no fundo da minha garganta: *São flores?*

*

Meus olhos se abrem com um sobressalto, enxergando a escuridão antes de o azul se fixar nas rachaduras da cornija. À noite, ela parece uma vértebra incrivelmente comprida, ou as costas de um dragão interminável.

Não consigo me mexer.

Minhas mãos, meus pés, meu corpo, está tudo lá, onde o colchão e os lençóis macios me comprimem. Quero me mexer, mas não consigo. Nada além do meu coração se move, batendo com o barulho do sótão. Isso nunca aconteceu antes.

Estou consciente, mas afundando em meu próprio corpo.

Os olhos saltam, testando os limites das órbitas. Eles estão secos e doem.

A porta do quarto está aberta, embora eu sempre durma com ela fechada. Uma corrente de ar a balança nas dobradiças, mas Ba não consertou as janelas. Elas ainda estão fechadas, e, mesmo assim, a porta se move onde a luz não alcança.

Mas não posso me preocupar com o que está na porta quando tem alguma coisa entre os meus dentes.

Algo se move e se contorce no espaço apertado da minha boca ansiosa. Estou acostumada a ranger o esmalte dos dentes, um trabalho inútil, mas isso é algo diferente. Poderia ser a minha língua, mas não há dor. Saliva se acumula no fundo da minha garganta.

Tive um sonho antes disso: flores e o brilho de sapatos novos. A mão de Ba antes de ele soltar. Tento mover meus dedos em seguida, mas eles continuam moles e resistentes.

Imagino as hortênsias floridas sob uma lua brilhante, ultrapassando os olhos da casa e me espionando. Confundindo minha boca silenciosa com um vaso a ser preenchido, aproximando-se e plantando outra amiga.

Flores crescem. De pouquinho em pouquinho.

Me pergunto se cresço enquanto estou imóvel.

Não estou fazendo sentido.

Mexa-se.

A porta volta a se deslocar, talvez uns dois centímetros. Meus olhos estão muito secos. Minha mente está em uma névoa de confusão. Eu estava dormindo e, agora, devo estar acordada. Estou acordada, e deveria estar me levantando e reclamando sobre o calor, mas tudo é um engano.

Mexa-se.

Há algo diferente em mim, um animal muito estressado. Estou batendo contra minha caixa torácica para ser libertada.

A pressão alivia de repente, e eu me jogo para a frente, o cabelo grudado nas têmporas e no pescoço. Cuspo no preto-azulado. Me levanto da cama, *toc toc toc* na madeira rangente, e entro no banheiro. A torneira espirra água na minha boca, e tento vomitar. Às vezes eu sangro ao escorregar a bochecha entre os dentes, mas não há sangue na pia.

Agarro a porcelana gelada, os nós dos dedos brancos, e me aproximo mais. Água limpa, exceto por uma única perna de inseto na cuba. Entortada, com esporas.

Os pássaros parecem grasnar no papel de parede, mortos de inveja.

O que eu acabei de comer?

✶

Não volto a dormir. Às onze da manhã, ainda estou deitada em posição fetal próxima à cabeceira, com meu celular travado em mil abas sobre paralisia do sono e quantas aranhas em média o ser humano comum engole durante a vida. (Oito. *Oito.*)

O cheiro adstringente de antisséptico bucal de menta refrescante exala da minha boca, ainda seca e parecendo cheia de farpas ou pernas de origens desconhecidas. Já usei duas garrafinhas tamanho viagem do enxaguante bucal, então tentar vomitar de novo não vai ajudar.

Paralisia do sono, meu cérebro repete, grogue, como se essa fosse uma preocupação melhor. Pode ser causada por uma série de razões, como uma rotina de sono ruim, ficar sem dormir, estresse e dormir de costas.

Eu sou uma adolescente ambiciosa cuja ex-melhor amiga é a única pessoa que sabe que sou bissexual e que estou voltando a lidar com merdas familiares; sou uma recém-formada na escola que está ralando para conseguir dinheiro e não precisar sobrecarregar a mãe refugiada e trabalhadora; e alguém que, certamente, dorme de costas desde a infância.

— Obrigada, internet. Ajudou muito.

Limpo o histórico do navegador com agressividade.

Preciso de sustância, mesmo que minha boca não queira. Se eu engoli mesmo um inseto, ele deve estar morto. E não esperando nas minhas tripas para ser alimentado. Há carcaças de inseto no parapeito de novo, no entanto minha atenção se volta para a penteadeira de Maria Antonieta, onde prendi a perna de inseto entre dois pedaços de papel como uma flor prensada. Devia ter me livrado dela, mas não. Eu preciso saber de onde veio.

Mas primeiro a comida.

Nhà Hoa está acordada há algum tempo com marteladas e serragem e escavações. Nenhum vizinho vive perto o bastante para reclamar do barulho, e cada minuto conta para manter os empreiteiros no cronograma implacável de Ba. Ao abrir a porta do meu quarto, sinto o cheiro — poeira de unha, aquele cheiro específico de salões de manicure.

Certo verão, eu disse à mamãe que queria me tornar manicure, e ela me fez acompanhá-la no trabalho. Ela limpava as mãos e os pés das pessoas, esfregando seus calos, e ganhava gorjetas de merda metade do tempo. O ar estava sempre cheio de esmalte e poeira fina das unhas lixadas. "Você não quer fazer isso", mamãe disse depois, exausta, quando tudo o que eu queria era ser como ela. Gentil. Agradável.

É o tipo de decepção que entope os pulmões, e está aqui.

Farejo o ar de novo. Minha atenção vai imediatamente para o quarto principal, onde há passos. Piso no feixe de luz diante da porta e espio para dentro.

— Pai?

Há apenas os móveis e um pé de cabra no chão, metade do assoalho encharcado foi removido. Partículas de poeira escura se amontoam nos encaixes. O cheiro deve ser disso.

Intrusa. Meus ombros se retesam. Outro pensamento grosseiro e intrusivo, como de costume.

Eu me viro, passo pelo quarto de Lily e desço as escadas. À direita, duas figuras esculturais ladeiam a lareira na sala de estar, cercadas por cadeiras *chaise lounge* e poltronas novas recém-entregues. A mulher branca segura a maior foto nossa da cornija.

Ela olha para cima com um cumprimento alegre na ponta da língua.

— Olá, Bela Adormecida!

Que merda é essa?

— Você deve ser a Jade — seu parceiro diz, um homem sorridente com óculos de sol empurrados para cima do cabelo cor de vassoura. — Seu pai disse que as duas meninas dele vieram passar o verão.

O termo "meninas dele" me faria vomitar, não fosse o fato de que há uma invasão em andamento bem na minha frente. Os vasos de hortênsias parecem sugar toda a claridade desta casa, deixando os cômodos escuros.

— Este é meu marido, Thomas, e você pode me chamar de Alma. — Ela posiciona o porta-retrato de volta na cornija, enquanto Thomas continua sorrindo. — Estamos hospedados logo adiante na estrada.

Os outros investidores, claro. Ba os tinha mencionado durante um daqueles jantares confusos. Em resposta, assumo uma expressão *muito simpática.*

— É um prazer enorme conhecer vocês.

Em passos rápidos, Alma atravessa a sala e agarra minhas mãos. Fumaça de cigarro emana de suas roupas em uma nuvem nociva.

— Igualmente. — Os olhos dela são de um castanho turvo, água suja que não consegue se decidir entre marrom, verde ou azul. Eles me encaram com atenção demais. — Seus olhos têm um formato maravilhoso — ela acrescenta. — Como os do seu pai, mas com cílios mais grossos.

"Suas mãos são extremamente geladas e pontudas", sou tentada a dizer. Já estou bastante exposta, com meu top maltrapilho e short grudento de suor. Em vez disso, uma risada escapa da minha boca sorridente.

— E onde ele está?

Estranho, já que Ba nunca deixa nada relacionado à casa inacabado e nunca deixa ninguém além de nós entrar sozinho na casa.

— Ele precisou sair — Alma diz, me soltando. — Você vai nos acompanhar? — Ela se acomoda em uma poltrona acolchoada, no assento do meio, em frente à lareira.

Ergo o queixo.

— Não, estou bem aqui. — Perto da saída, obrigada.

Caminhando como se não conseguisse ficar parado, Thomas olha para mim.

— Está gostando daqui?

Tendo praticado esta música e dança com professores e orientadores no ensino médio, sei que devo escolher as respostas mais suaves e neutras.

— É muito bonito. E a comida é ótima.

Thomas se ilumina.

— O clima é fantástico. Não é de estranhar que os franceses tenham escolhido este lugar para ser sua casa de campo. É um sonho, como a Europa. — Thomas diz algo sobre eles viajarem bastante para cá.

Meu sorriso se aperta ainda mais. Meus dentes podem acabar quebrando. Eles nem estão ouvindo o que dizem. Ou talvez não se importem com a minha opinião.

— Você está confortável? — a mulher pergunta. — Ainda não conseguimos conhecer o lugar inteiro!

— Muito — é minha resposta emocionante. Não interessa a ela como eu me sinto.

Ba surge da cozinha, torcendo uma toalha nas mãos. Sua atenção vai de mim aos convidados.

— Desculpem por isso.

— Está tudo bem? — Alma pergunta, voltando a apoiar-se em suas sandálias Birkenstock.

— Sim. — Ele faz uma pausa. Ela parece ansiosa. — Os empreiteiros encontraram mais raízes em direção à casa, próximo aos canos de água desta vez, então precisamos cavá-las antes de concretar o terraço. Vai ficar tudo bem.

— Ah, bom que você as encontrou — Thomas diz. — Menos chances de quebrar o concreto. Ótimo, um trabalho minucioso.

Passos descem as escadas, e Lily surge.

— Estou com os convites! Bom, os de teste. — Ela atravessa a sala para dar uma cópia a Alma e Thomas. Lily não me contou sobre isso. Estou montando um site como parte de um acordo por dinheiro para a faculdade. Ela está fazendo de graça. Olho para nosso pai com irritação.

Alma agita o papel.

— Você vai mesmo manter o nome? É tão difícil de pronunciar. O francês é mais romântico. *Maison Fleurie*, ou mesmo *Maison de l'Hortensia*.

— Estamos no Vietnã — digo com alegria. — Todo mundo chamaria de *Casa Hor* se a nomeássemos assim — digo a palavra explosiva devagar e com um sorriso.[2]

A expressão autêntica de simpatia da minha irmã oscila. Ba é capaz de me assassinar de verdade.

— Bem — Alma começa, rígida —, haverá tempo para debates. Se nossa intenção é que ela seja uma casa importante, *memorável* e adequada, ela deve ter um nome atraente que reflita sua história ilustre.

— Ah, céus — Thomas resmunga. — Não deem trela para a minha esposa, ou responderemos à dra. Alma! — Seus olhos azuis observam, apaixonados, a esposa.

— Não seja bobo, querido — ela diz. — Prefiro só Alma. — Ela me dá uma olhada peculiar. — Minha dissertação foi sobre a fundação da Indochina Francesa. Esta foi a primeira casa de um oficial de alta patente, Roger Dumont. Fiquei encantada com as cartas que sua esposa, Marion, enviou à irmã, falando de Đà Lạt e, especialmente, desta casa. — A expressão dela suaviza. — "Tão linda que deveria estar em um dos globos de neve do papai." — Ela suspira. — A Madame Dumont tornou-se um pouco agorafóbica;

2 *Hor* tem a mesma pronúncia da palavra em inglês "whore", que pode ser traduzida como "prostituta". (N. T.)

tantos encontros importantes aconteceram bem aqui. Quero honrá-los do jeito certo, é claro.

Esta mulher tem um PhD em colonização, e eu devo me submeter a ela sem nem pensar?

Thomas bate as mãos uma na outra.

— Tenho certeza de que vamos encontrar algo que deixe todos nós satisfeitos. Alma, precisamos ir para o nosso encontro.

Ba pigarreia.

— Bem, eu também preciso voltar lá para fora. Vocês ainda vão vir jantar conosco no próximo final de semana?

— Sim, já vamos ter voltado de Bangkok. — Thomas inclina a cabeça para Ba enquanto guia a esposa em direção à porta. Dou um passo para o lado. — A Jade vai estar acordada para o jantar, espero. — Ele pisca.

Quero morrer ali mesmo.

— Estaremos de pé e prontos às seis e meia, pode ser? — A mão de Ba toca o meu ombro, e é a primeira vez em dois anos que interagimos com essa proximidade. Na verdade, nossa versão de dois anos atrás nos encara da cornija: Ba com os braços ao nosso redor enquanto Brendan apaga uma vela de número seis em seu bolo de sorvete. Ironicamente, mamãe é a que não aparece na foto, porque está ocupada atrás da câmera, capturando essa lembrança de quando Ba passou pela nossa vida por um único final de semana, até agora. Seu toque ainda me aprisiona, como fazia na época.

— Perfeito. Estaremos famintos — Alma responde, pisando na varanda onde seu cabelo é um linho branco e grosso, ao contrário do cinza tristonho na sala de estar.

— Até lá, Cường — seu marido diz, pronunciando o nome de Ba como *Kong*. Acenando, eles vão em direção à SUV estacionada.

— São turistas — Ba comenta depois de eles irem embora, como se esperasse perguntas. Não tenho nenhuma. Não me importo. Suas mãos sujaram o meu ombro. *Não me importo.* — Eles investem bastante dinheiro.

Minha irmã franze a testa.

— É por isso que vocês são amigos?

— São negócios. Alma, Thomas e os amigos deles gastam muito dinheiro em viagens, então por que não aqui? — Ba dá de ombros, finalmente me soltando. — Somos assim para os locais também. *Việt Kiều* — ele diz as últimas duas palavras com suavidade, como se elas não o machucassem. *Việt Kiều* são vietnamitas que moram no exterior. Eles mandam dinheiro para a família, trazem presentes, visitam e fazem passeios pelo Vietnã. Eles não se encaixam da mesma maneira. Mesmo Ba, que nasceu aqui, é visto com diferença por aqueles que permaneceram.

— Não somos — Lily diz, antes de mim. Eu não olho para Đà Lạt, para o Vietnã, e penso na Europa. O que eu vejo é uma versão do lugar que mamãe e Ba deixaram para trás, e também onde eu poderia ter crescido, com uma língua na qual eu seria fluente, uma família paternal que, possivelmente, me amaria, e uma história que, por fim, seria conhecida. Todas essas coisas foram tiradas de mim antes mesmo de eu nascer.

— De qualquer jeito, ela tem mau gosto. — Minha irmã ergue uma bebida pela metade, com os escritos FELIZ EM CHÁTISFAZER, da mesa de centro. — Ela disse que gelatina de grama parece minhoca.

Marcas de pés empoeirados cobrem o chão, indo em direção aos vasos de hortênsias, aos cantos da sala e à lareira. Não vou lidar com a bagunça deles, já basta a noite horrível que tive.

— Jade — Ba chama, me impedindo de escapar. Linhas de cansaço se agrupam embaixo de seus olhos. — Vamos sair no sábado.

— Não preciso de nada — respondo. Da última vez que fizemos compras, paguei a mais um comerciante que falava com sotaque do norte só para encerrar logo a conversa. Falando sério, eu venderia a alma para ascender, ou descender, neste exato momento.

Ba balança a cabeça.

— Pescar. É isso que quero dizer. Nós três.

Nós costumávamos fazer isso aos finais de semana.

A nostalgia está desesperada para me enganar com esperança. Talvez esta seja a estratégia dele: fingir que nunca nos deixou e que este é um verão especial para pai e filhas criarem um vínculo.

— Tudo bem.

Meus passos finalmente diminuem no meio do caminho até a sala de jantar, onde consigo ouvir a conversa abafada dos empreiteiros e o ruído de uma serra do lado de fora. Assim como no banheiro do segundo andar, a sala de jantar tem papel de parede na metade superior, mostrando uma paisagem de pinheiros. Acho excessivo, mas faz sentido que uma mulher com medo de sair para o mundo trouxesse as árvores das montanhas para dentro.

Os galhos são planos e sem vida sob meu toque. Nem um pouco reconfortantes. Sinto um déjà-vu, mas me livro dele, afastando todos os pensamentos de florestas — reais e imaginárias. Em vez disso, penso em tudo que já vi no Vietnã até agora: casas quadradas com topos escuros em formato de cogumelo no campo, edifícios estreitos e coloridos na cidade, e milhas e milhas de socalcos de arrozais. A história deixou sua marca entre essas cenas, e apagou outras.

Há ruas aqui nomeadas em francês; há universidades construídas por pessoas vietnamitas diante dos franceses que os comandavam. Os nomes delas honram outras pessoas. É claro que Alma foi atraída para cá, onde o passado parece cor-de-rosa e romântico.

Mas quem sou eu para falar? Não fui colonizada. Não sou vietnamita o bastante para opinar sobre qualquer coisa além de como se faz um bom *bánh mì* (o sanduíche) ou uma sopa *phở* (há quanto tempo está cozinhando e que ossos foram usados). Fecho meus olhos, a fome se foi.

Aqui há um corte significativo. Aqui eu sou uma ferida.

5

NESTE FINAL DE SEMANA, MINHA BOCA É ARAME FARPADO: NODOSA e sangrando onde eu a mordi com força, a cor de ferrugem manchando o tecido que aperto contra o protetor labial. Eu dormi e acordei de novo, congelada na superfície da minha própria cama.

Não é nada, tranquilizo a mim mesma. Não é nem mesmo uma preocupação, embora eu tenha observado o relógio das quatro da manhã até agora. É quase hora de irmos pescar. O barulho de camas e pisos rangendo indica que ninguém se esqueceu da atividade familiar de hoje. Contra todas as probabilidades, Lily foi a primeira a acordar e a entrar no banho.

À luz do dia, uma casa deve parecer menos ameaçadora, mas estas paredes são altas e pacientes, parecendo precisar de uma boa limpeza. O desconforto cresce.

Lily grita do corredor. Ba e eu quase nos esbarramos ao correr para o banheiro. Sua pele marrom está pálida, preocupado pela primeira vez desde a nossa chegada. Bato com força.

— Lil? Você está bem? — Se ela caiu ou se não responder, vou derrubar a porta. Ba pode ficar obcecado com outro reparo.

— Faz o papai ir embora primeiro — Lily diz, a voz abafada do outro lado.

Ele não parece ofendido nem aliviado. Sinto um ímpeto de prazer quando o mando embora e ele me escuta, voltando para o quarto.

— Feito. — Quando ela abre a porta, o vapor me atinge em uma lufada única e repentina. O espelho está completamente embaçado; somos fragmentos em uma névoa autocriada. — Já está quente pra caramba. Você gosta de ficar cozinhando? — pergunto.

Lily desfaz da pergunta com um gesto, embora seus ombros ainda estejam rosados da água escaldante. Ela agarra a toalha ao redor do corpo e aponta para baixo. Pingos de sangue no azulejo, e então um rastro que termina em seu calcanhar.

— Começou. Do nada. — Suas sobrancelhas estão apertadas.

Sem dizer nada, pego alguns suprimentos no meu quarto e volto.

— Aqui. — Ofereço um punhado de absorventes internos e uma pilha de absorventes noturnos. — Você escolhe o que quer tentar primeiro. Podemos sair e comprar alguns absorventes normais quando quiser. Alguns internos também têm tamanhos diferentes.

Lily os pega e aperta tudo contra o peito.

— Meu deus, Jade, eu sei! Isso já aconteceu com todas as minhas amigas.

— Ok — digo. — Estarei aqui fora se você tiver alguma pergunta.

A porta se fecha com um baque. A vergonha dela é algo que eu não teria imaginado. Pensei que ela ia querer se igualar às amigas. A puberdade é uma corrida na adolescência. Todo mundo troca informações sobre o que está acontecendo e quem fez o quê. Tive a minha aos dez, muito antes da maioria das minhas colegas, e desfilei ao redor da nossa casa como uma princesa avaliando sua coroa. Eu não sabia, naquela época, que estava me comprometendo a duas semanas de dor todos os meses. Menstruação *e* tensão pré-menstrual.

— Isso fede. — É a primeira declaração dela quando me deixa entrar de novo. Lily é a mais inteligente, eu acho, mas não lhe digo isso. Ela sopra a língua entre os dentes enquanto enrola uma toalha ao redor do cabelo. Usando uma das toalhas de mão chiques e destinadas aos futuros hóspedes, limpo o sangue do chão. — Não precisamos de água sanitária ou algo do tipo? — ela pergunta.

— Saiu da sua pepeca. Não é um assassinato. Sabão é suficiente.

Lily aperta a barriga.

— Minha pepeca parece um assassinato.

— Bem, vamos ver se o papai tem ibuprofeno ou paracetamol — digo. — Ajuda bastante. Juro que você sangra menos quando toma.

Ela descruza e volta a cruzar as pernas.

— Isso é horrível.

Levantando uma sobrancelha, deixo a toalha pender de um dedo.

— Já vi piores, Lil.

Rindo juntas, mostro a ela como torcer a toalha com água fria e deixá-la de molho antes de lavar. Conto a Lily todas as coisas que aprendi na internet ou com pessoas com útero, e omito tudo o que mamãe me disse quando fiquei menstruada.

"O corpo de uma menina é como um recipiente, Jade. Assim que é aberto, o que tem dentro estraga."

Nós duas, deitadas no escuro. Eu, desejando que ela me dissesse que a dor passaria. Ela, me dizendo que cresci de um modo que precisa ser resguardado. Não importa, no fim, quem abriu quem — apenas que você é uma menina e ninguém deveria lhe tocar. Quero que minha irmã continue sem sentir medo de si mesma e saboreie o poder disso.

— Vamos lá. Termine de se arrumar.

— Eu realmente não quero ir — Lily diz, apertando a barriga com força. Desde o início, ela se mostrou indiferente quanto à parte do nosso esforço de vínculo familiar que envolve pescaria.

— Então não vá. Eu fico com você — digo. Eu ficaria por ela da mesma forma que ficaria por mim. — Podemos ficar na cama e assistir a dramas asiáticos o dia todo. Eu vou até traduzir pra você. — O máximo que eu puder, de qualquer forma. Meu vietnamita é apenas ligeiramente melhor que o dela.

Ela faz que não.

— Ele está se esforçando bastante. Não quero estragar o descanso dele, e... — Lily me encara. — Por que o clima é tão estranho entre você e o papai?

— Não é estranho — digo.

— Ah, sim, é *super*estranho, já que, para início de conversa, foi você que quis vir pra cá — ela aponta. Às vezes, me irrita muito o quanto ela é observadora aos treze anos. Ela acha que, se eu fosse mais agradável, Ba nos manteria por perto com mais frequência. Ignorar Lily é uma solução de curto prazo, mas não consigo reunir coragem para corrigi-la. Ela tem idade suficiente para perceber que ficar ou ir embora é uma decisão dele.

Suspiro.

— Estou dando o meu melhor.

— Dê mais do que isso — ela diz. — Mentalidade é tudo.

Rio pelo nariz.

— Você está levando a sério demais os adesivos motivacionais da mamãe.

— Tudo pode voltar ao normal, sabia? — Lily torce uma mecha solta de cabelo molhado. — É o que eu quero.

O tom melancólico me revira por dentro. Com quase nove anos quando ele partiu, Lily não teve tantas oportunidades de sentir-se desapontada. Mudo de assunto.

— Você pode dar uma olhada na minha garganta? Está bem dolorida pelo calor. — Ela não precisa saber sobre a paralisia do sono.

Nós nos ajeitamos, minha irmã empoleirada no assento e eu agachada com a cabeça jogada para trás. Minha mandíbula se esparrama, bem aberta, enquanto ela ilumina o lado de dentro com a lanterna do celular.

— Aaaaah. — Cada respiração seca a minha garganta.

Lily aperta os olhos. *Não tem nada.* Me agarro a esse mantra quando ela demora ainda mais.

— Parece bem irritada, mas acho que não está inflamada. Toma uma colher cheia de mel e limão antes de ir. — A resposta favorita da mamãe. — Você está tentando escapar? Tem planos com a Florence ou algo assim?

— O quê? — Tento fazer minha melhor expressão confusa, o que deveria ser mais fácil do que é, já que eu não tenho nem quero ter planos com Florence. — Não.

— Aham.

— E se alguma coisa acontecer? — pergunto. — Estamos em um país estrangeiro.

— Estamos no país da mamãe e do papai. Metade de nós é daqui, sabia? Nada vai acontecer. Além do mais, Alma e Thomas estão no final da rua, e se alguém sabe o número da polícia vietnamita, são eles. — Lily Nguyen: a querida otimista que, às vezes, manda a real das coisas. — Seja como for, o ar da rua vai fazer bem para a sua garganta. Você ficou enfiada naquele quarto por tempo demais.

Não vejo as coisas dessa forma, de jeito nenhum. Eu tenho conhecido a casa, como o site exige, algo mais fácil do que conhecer o nosso pai. De algum modo, Lily inverteu os papéis de irmã mais velha e irmã mais nova. Em geral, sou eu que a arrasto para longe dos fóruns de RPG online. Não me surpreenderia se o que aconteceu tivesse sido um truque espetacular envolvendo um corte pequeno e não letal para que Ba e eu tenhamos de passar um tempo juntos.

Mas Lily me olha nos olhos e diz:

— Jade, *por favor*.

+

Tudo que é bom acontece em um instante. Ba segurando minha mão no parque. Eu carregando Bren pela primeira vez. Mamãe cantando uma canção de ninar para Lily na rede enquanto eu observo, minha cabeça em seu colo. Meu cérebro está interligado desse jeito — felicidade passageira e ansiedade inconveniente.

Estamos dirigindo para o lago agora, Ba e eu. É bem cedo, quando a neblina se eleva e baixa com o vento circundando as montanhas. Estou usando um par de botas dele, porque as que ele comprou para mim eram pequenas demais. Deixamos as botas de borracha rosa na casa, alinhadas no capacho e parecendo deslocadas.

Ba não se lembra que eu cresci; ou talvez ele tenha, na verdade, as comprado para Lily, mesmo sendo eu quem gosta de pescar. Gostava de pescar.

— Você lembra como dar o nó na linha? — Ba pergunta, quando estamos no lago.

Meus dedos estão gelados enquanto eu reviro a caixa de equipamentos.

— Enlace como um cadarço.

Quando volto a olhar para cima, meu pai está sorrindo para mim. O dia está tão claro que queima meus olhos. Quando foi a última vez que vi isso?

Eu me lembro, mesmo que ele não lembre. A última vez em que estivemos em um corpo d'água, em Penn's Landing. Ele já estava planejando nos deixar. Eu sei, porque no dia seguinte ele não estava mais lá. Sapatos desaparecidos. Roupas abandonadas mofando dentro do cesto. Mamãe chorou em uma camiseta manchada enquanto eu levava Lily para a escola e perdia meu ônibus. Prometi a mim mesma nunca nos deixar sentir sua ausência mais do que o necessário. Quatro anos desde então.

Sem dar o *meu melhor*, finalmente digo:

— Você não vai ter a chance de tentar de novo. Você fracassou, e foi embora. — As palavras ecoam sobre a água parada. Nossos olhos se encontram. Meu coração bate furiosamente quando me afasto dele. Seja lá o que ele tenha a dizer vai me machucar menos se eu me distanciar. Minhas botas afundam na lama, e eu remexo embaixo de uma pedra à procura de minhocas. Arrasto uma azarada para o anzol. Empalada, ela se contorce. Arremesso a linha com o molinete.

— Tudo estará perfeito no fim do mês — Ba diz, ignorando minha decisão. Me preparo para ser mais veemente, mas ele continua: — Tão perfeito como quando minha *bà ngoại* morava na casa.

Um "quê?" lento escapa de mim. Todas as vezes em que ele me assistiu acender incenso para Bà Nội, ele nunca disse que a mãe dela havia morado naquele mesmo espaço em que caminhamos. Sempre que perguntávamos sobre sua família, ele recitava informações como se as lesse do obituário de um jornal guardado para recolher cocô de cachorro. Ba nunca nos conta nada que realmente importa.

É por isso que você está aqui? Indo e voltando de um país em que não pode entrar sem um visto, consertando uma casa que significa algo além de dinheiro. Meus lábios permanecem fechados. Não somos uma família que partilha, mas agora Ba está me contando. Meu peito se afunda.

Eu devia ter deitado na traseira da caminhonete e contado nuvens ou pétalas de calêndula voando pelo ar, enchendo meus pulmões com algo menos úmido que o interior de Nhà Hoa, menos tóxico que o fedor de suborno da boca dele.

Surpreendida, eu cedo.

— Pensei que eles fossem do interior, para além dos limites de Hanói.

— Minha *bà ngoại* trabalhou na casa com a família dela quando era criança. Eles acabaram se mudando, mas ela contou muita coisa à minha mãe — diz Ba. Eu os imagino em suas ligações telefônicas, trocando histórias que jamais poderei compreender. — Sabe o quarto dos fundos, atrás da cozinha? Eles fizeram caber cinco em um tapete no chão, e muitos mais poderiam ter cabido. Muitos mais.

— *Biết rồi.* — *Eu sei.* — Somos privilegiadas. Bà Nội espremeu vocês seis em um casebre de palha. Mamãe ficava com os oito irmãos em um único quarto.

Tanto meu pai quanto minha mãe nos lembravam de dificuldades desse tipo com frequência, como se tempo demais enroladas em lençóis sintéticos em nossas próprias camas fosse nos tornar ingratas, o que talvez eu seja. Desta vez, ele não fala com essa intenção, mas a raiva em meu estômago quer se libertar. Seria depressivo pra caramba se a única coisa que meus descendentes inexistentes soubessem sobre mim fosse que trabalhei no Walmart certa vez. Que você dormiu perto de um fogão para manter os outros aquecidos. Não tenho vergonha. Apenas quero mais para a família que veio antes de mim.

— Eles trabalharam para aquelas pessoas que a Alma mencionou? — pergunto. — Os Durand, ou algo assim.

— Sim, os Dumont — ele afirma, a expressão ilegível. — Desde o início da casa. As flores, minha mãe falava delas como se fossem velhas amigas da minha *bà ngoại*. Ela sempre amou a ideia de plantar flores para a mãe dela, mas nosso jardim tinha apenas vegetais. Era necessário. — *Para comida.* Ele é diferente longe de Nhà Hoa, sem a lista quilométrica de tarefas a fazer pendurada no cinto de ferramentas. Com o rosto suave, ele também está me olhando. — As hortênsias do lado de fora ainda estavam florescendo quando cheguei aqui pela primeira vez. Consegue acreditar na sorte?

— Sorte — sussurro. Não somos sentimentais, mas, às vezes, acreditamos em destino. O Vietnã guardou este presente apenas para nós. Será que essa é a mesma adrenalina que as pessoas sentem quando seus resultados no site de mapeamento genético mostram quatro por cento de algum país que elas nem conseguem encontrar no mapa? — Elas são bem legais. Bonitas. — Um pássaro de asas pretas arrebata e captura um peixe perto demais da superfície da água. Minha mente falha ao tentar imaginar Lily ou eu pequenas, correndo em volta das hortênsias. — Que idade ela tinha?

Ba considera a pergunta com atenção.

— As coisas eram complicadas naquela época, então eles não mantinham muitos registros, mas ela nasceu em Nhà Hoa. Acho que eles foram embora quando ela tinha seis ou sete anos.

"Aquelas marcas no batente da porta são dela?", quero perguntar em seguida, mas a resposta é óbvia. Aquele não era o quarto dela; ninguém estava medindo sua altura. É mais generoso pensar nas flores e em como o talento natural dela pode ter cuidado das sementes a ponto de viverem tanto assim. Hortênsias que ninguém mais se arrisca a podar, e que crescem amplamente em sua ausência. Qual é a sensação de deixar as coisas que você ama para trás? A mamãe sabe. O Ba sabe. Minha bisavó sabe. Não é como se eu quisesse passar por algo terrível assim, mas nunca entenderei por completo a intimidade de uma casa enraizada ao solo.

— Nhà Hoa é mais do que a Alma prega — Ba diz enquanto ajusta sua linha de pesca. — Veja o que aconteceu com a casa quando nossa família não estava lá. Vou deixá-la melhor do que estava, como se tivesse sido nossa desde sempre. E suas tias e tios a verão pela primeira vez na grande inauguração. Talvez, depois, a sua mãe...

Ele não consegue terminar a frase. Não vou ser responsável pelo relacionamento deles, não de novo. Estou cheia desse suborno agridoce. Fingindo que há um puxão forte na vara, eu deslizo mais para dentro do lago e deixo que o choque gelado me desperte. Se ele está decepcionado, não percebo.

Nossos humores acompanham a corrente o dia todo, intercalando-se entre o agora e o tempo perdido. De volta à casa, ele me mostra como abrir um peixe e limpar suas tripas, ovas e tudo. O modo de escamar e tornar a carne macia. Há apenas o som dos pés de Lily acima de nós. Tento me agarrar a um pouco de raiva, mas ele ri quando eu preciso conferir uma receita de *nước mắm*.

É sempre água, açúcar, limão, alho, pimentas chili e molho de peixe, mas em qual ordem? Quais quantidades? Como eu a torno perfeita de primeira?

Ele me mostra como Bà Nội gostava: alho e açúcar em excesso. O ar é ácido e doce enquanto passo mangas verdes por um mandolin e Ba frita o peixe.

Lily não vai comer isso. A geladeira cheira a podre de novo, a maioria dos vegetais estragados. Com uma faca limpa, corto tofu em blocos grossos e percorro a lâmina em zigue-zague em um dos lados. Coloco capim-limão e sal nas aberturas, e os frito em uma frigideira antiaderente. Não sou tão boa quanto mamãe ou Ba na cozinha, e os pedaços de tofu se desfazem; ainda assim, o cheiro é bom o suficiente para fazer Lily descer.

A rotina insuportável de compartilhar o jantar torna-se um desfile, em que Ba toma a dianteira com uma travessa de peixe e eu o sigo com a soja frita. Lily carrega duas porções de salada de manga, uma contaminada com molho de peixe e a outra não.

A mesa de jantar de dez lugares, deixada em Nhà Hoa, estende-se por mais da metade da sala. Algo me diz que nossa família nunca se sentou aqui para comer, mas nós sim, e é isto que importa: este lugar como nosso, este lugar como cura. Não sei outra palavra para descrever.

Estamos tão felizes que nossas bochechas doem ao sorrir. O relógio marca seis horas, e nós atacamos.

6

A NOITE É LONGA E QUENTE. UM REFLUXO ÁCIDO PERCORRE A extensão do meu esôfago, criando um peso do tamanho de um punho no meio do meu peito. A manga não me fez bem. Cabelo pinica a minha clavícula enquanto subo sobre as cobertas.

A paralisia do sono aconteceu nas últimas três noites, e temo tanto acordar com aquela imobilidade impotente que não consigo relaxar. Rolando a tela de códigos do site, feitos por Florence, perco a noção do tempo. Ela é brilhante, e estou um pouco obcecada por isso, bem como por todos os comentários que ela continua deixando para mim na folha de estilo CSS.

/* vc gosta de animações de transição? sem constrangimento nesta casa só na sua */

/* se vc fosse uma bala de qual sabor você seria */

/* eu escolheria morango será que isso faz de mim uma basicona */

/* ok o que você acha de colocarmos umas imagens 300x300 aqui */

/* ESPERA ESQUECI UVA EU SOU DE UVA você é de maçã verde tão ácida */

Contenho um sorriso. Estou enviando uma mensagem para ela, algo amplamente acessível e não ocultado por milhares de linguagens de marcação, quando o corredor guincha sob o peso de pezinhos. Ratos, talvez. Minha teoria é de que eles saem para comer os fios. Ba teve de reconectar o Wi-Fi de novo antes do café da manhã. Nenhum aparece durante o dia, mas eles poderiam se esconder nas paredes. Como alguns insetos, talvez eles prefiram o escuro.

Pelo menos um rato escolheria um lugar melhor para morrer do que a minha boca — um aviso bom o bastante de que meu corpo mortal e enrustido existe e eu não deveria estar flertando.

Com o calor queimando minha garganta, preciso me hidratar de outras formas. A garrafa de água está vazia, por isso preciso pegar lá embaixo. Não me esforço para ser silenciosa ao passar pelo quarto de Ba. Ele não consertou as janelas, então isso é parcialmente culpa dele. Contudo, agora eu entendo melhor o quanto ele deve estar estressado com Alma e Thomas o vigiando.

O ventilador zumbe na extremidade contrária à sua porta, deixada entreaberta. É claro que ele dorme bem nesta casa. Revestida de noite, Nhà Hoa é um animal diferente. Cada sombra se transforma, e o ar acaricia minha nuca — um dançarino movimentando sua parceira.

Não é fácil seguir alguém nesta casa sem ser notado, eu acho.

Meus passos me levam até a sala de estar, onde a parte interna e escura da lareira me ameaça ao estalar toras apagadas. A privação do sono está deixando a minha imaginação delirante, mas isso não me reconforta. Hortênsias em vasos enormes ficam de guarda nas laterais, suas flores balançando em uma brisa que não sinto mais.

Eu me apresso em direção ao brilho artificial da cozinha. Talvez Lily esteja acordada e precise de um lanche. Eu devia ter dito a ela mais cedo como uma garrafa de água quente pode aliviar um pouco as cólicas. Posso levar uma para ela, posso...

O frio me detém, já que a casa sempre esteve quente.

A porta da geladeira está aberta, a mão fina de uma mulher na beirada. Seu robe florido é tão fino que as linhas escuras do corpo podem ser vistas. Seu cabelo escuro cai como uma lâmina no momento em que ela se inclina para olhar dentro da geladeira.

Ele está trazendo gente para casa. O barulho no corredor, as batidas aleatórias, o comportamento evasivo, tudo faz mais sentido. Minha mandíbula se contrai. *Que tempo ele tem?*

— Oi — eu digo, porque preciso. Não acredito que estou conhecendo mais convidados vestindo pijamas. — Só vou pegar água.

Ela não responde. Estendo a mão até a garrafa no balcão. Ela está quente, mas não quero ter de dar a volta na acompanhante de Ba (namorada? amiga colorida?) para pegar água gelada. Pelo menos não é a Alma.

Bebida à parte, pergunto:

— Você precisa de ajuda?

Espio os dedos que pressionam o metal com tanta força que chegam a estar branco-acinzentados. Com a falta de educação dela, fico tentada a ser um pouco escrota e oferecer uma suplementação de ferro. Espero um segundo, depois outro.

Estou um pouco assustada agora e prestes a sair, quando a coluna dela se enrijece. Ela abandona a imobilidade, reorganizando-se em uma postura reta e alta com movimentos expressivos. Seu corpo me faz pensar em um cabide de arame — comprido, com linhas finas e fácil de torcer. Ela se vira devagar.

Acima de olhos que não estão surpresos de me ver, uma franja grosseira divide a testa ao meio. O robe dela se abriu um pouco, revelando uma faixa de pele macia. Ela não é muito mais velha do que eu. Seu rosto não se altera para vergonha ou desculpas. Nós nos encaramos, e é como se ela estivesse interessada em mim.

É um sonho.

Devo ter pegado no sono, no fim das contas, sonhando com fantasias estúpidas de casas nobres e garotas bonitas, onde tudo é possível. Eu preciso *mesmo* parar de mandar mensagens para Florence antes de dormir. O desejo é uma condição humana infeliz, logo depois de (1) se importar com outras pessoas e (2) indigestão. Não luto contra a minha essência; eu me rendo.

Sinto os azulejos gelados sob meus pés ao me aproximar. A luz vacila quando ela solta a porta. Pedras grossas de strass brilham em suas orelhas delicadas. Uma inexistência completa de cheiros confunde meus sentidos. Estranho como encobre o óleo que penetrou em tudo, o curry que fervilhou pelas paredes, e os temperos polvilhados nos armários, mas o que realmente quero saber é qual o cheiro *dela*.

A garota bonita me oferece as mãos. Em suas palmas delicadas estão larvas contorcendo-se em uma cama de macarrão branco e grosso. As contorções os distinguem na luz fraca. Eu tropeço para trás, batendo o cóccix na bancada de mármore. *Que merda é essa?*

Ela toca o peito pálido, espalhando as tripas das larvas até embaixo.

— *Đừng ăn* — ela diz.

Isto é, na verdade, um pesadelo. Ok. *Ok.* Me belisco no braço.

Ela esmaga as larvas e o macarrão com mais força contra sua pele de porcelana.

— *Đừng ăn.*

"Não coma", ela diz, quando qualquer pensamento de comida escapou há muito tempo da minha mente.

— Acorda — ordeno a mim mesma, beliscando com mais força e determinando que minha voz encontre seu caminho de volta ao mundo real. Às vezes, consigo escapar de um sonho quando sei que é mentira, mas eu teimo em continuar aqui, onde ela se aproxima mais. Dedos agarram seu umbigo, deixando uma procissão de coisas brancas e mortas.

Não há nenhum cheiro de decomposição, apenas o nada, um vazio pronto para me engolir inteira. Não consigo escapar. Meu pesadelo deveria vestir mais roupas, porque talvez eu tenha atingido um nível de depravação em que não consigo desviar os olhos de um rosto que me promete um agradável sofrimento.

Quando ela dá o próximo passo, o instinto me puxa de volta para a escuridão. Poderia ser real, mas não, não, não, isto é um pesadelo, aquele tipo de coisa que quase faz sentido, até deixar de fazer. Os poucos detalhes que não se encaixam, tipo uma pessoa que posso tocar mas que não é o que parece. Como o clichê, ela é diferente das outras garotas. Ela vai me mudar. Ela vai me tornar corajosa. Ela está morta.

Isto é um pesadelo.

A umidade faz as tábuas de madeira grudarem sob meus pés. Meu quarto é um abrigo com uma porta que tranca. Eu corro de volta até ele, minhas unhas apertando a maçaneta.

Acorda, acorda, acorda.

As tábuas rangem do lado de fora da porta, e eu imagino pés leves sobre elas, erguidas na ligeira elevação estrutural da casa. Eu sei exatamente onde pisar para não fazer barulho, mas o pesadelo não.

Nada mais se move. O sangue corre pela minha pele com violência demais. Estou com calor e suada e tonta.

Escuto contra a porta, a orelha pressionada na madeira. Há um barulho como o estalo de uma pinça.

Acorda.

✦

Há momentos entre sonhar e acordar que se desfocam em lampejos de claridade. Para mim, eles são a fonte do déjà-vu. Com frequência, abro os olhos quando meu corpo ainda está pesado de sono e me pergunto: *eu realmente vi isso?*

Nesta manhã não é diferente. Um cansaço extremo diminui meus movimentos, em vez da paralisia do sono. Estou tão cansada de sentir medo de mim mesma. Dos monstros que crio. Das ansiedades que invoco. Se eu conseguir mudar, talvez possa me sentir melhor.

Eu me arrasto para o andar de baixo, procurando pelo mesmo frio da noite passada. A chuva golpeia o telhado da casa, escorrendo em rios no exterior das janelas. Na cozinha, é Ba quem está ao lado da geladeira, passando um pano na prateleira.

— Que porcaria — ele xinga. Debaixo do alvejante, há aquele cheiro de podre outra vez.

O chão brilha como se ele tivesse acabado de limpá-lo também.

Você viu alguma larva?

As palavras nunca saem da minha boca. No dia anterior, nós pegamos alguns peixes juntos no lago. Agora ele nem mesmo me olha. Há coisas demais nesta casa para consertar.

— Bom dia! — Lily está virando uma lata de leite condensado em uma tigela pequena. Ela observa os pingos lentos em completa devoção. Comer um docinho é a única coisa que a faz sair de sua dieta vegana.

Nossos estômagos roncam ao mesmo tempo.

Não sou muito chegada a doces, mas tenho uma predileção por pessoas doces. É mais ou menos assim: Halle era o bolo do meu café preto, ou Lily é o biscoito amanteigado do meu *matcha*. Yin e Yang, ou alguma outra porcaria asiática que as pessoas levam a sério demais. Leite condensado me lembra a mamãe e as fatias de pão sobressalentes que ela torra em manhãs preguiçosas. Mesmo quando ela não está aqui, é reconfortante. Do armário, pego a baguete menos velha antes de me juntar a Lily na mesa de café da manhã.

Dou uma olhada em nosso pai.

— Alguma vez ela funcionou? — A pergunta sai com um tom crítico, porque precisa haver uma explicação racional para a comida estragada. Meu subconsciente internalizou a inutilidade de nossos eletrodomésticos, já que Ba e Lily estão determinados a minimizar os defeitos da casa.

Não questiono de qual profundeza mental minha garota perfeita surgiu.

Ba suspira e se livra do pano, pegando seu celular de um dos bolsos da camisa.

— Precisamos trocar a geladeira, de novo — Ba diz. — Sim, eu sei que é nova.

A voz de Ông Sáu troveja do outro lado, misturando-se às conversas dos empreiteiros quando Ba desaparece nos fundos.

Meu pão acerta a superfície da mesa enquanto Lily empurra a tigela para longe, perguntando:

— O que foi aquilo? — A felicidade dela pelo progresso de ontem diminuiu.

É minha vez de suspirar. A geladeira zumbe, inocente.

— Lil, está tudo bem. Todo mundo tem dias de mau humor. — Eu me estendo sobre a mesa e mergulho o pão no leite condensado.

Os olhos dela se estreitam, desconfiados, antes de ela puxar a tigela.

— E eu gosto de contrariar o papai quando ele está errado — admito, rodopiando um pouco de leite condensado em cima do pão. — É minha fraqueza. — Mordo a fatia.

O pão forma um caroço grudento na minha garganta ao mesmo tempo que um pensamento surge em minha mente. *Não coma.* Induzida ao erro pela minha própria estupidez, causada pelo desejo, eu tinha me esquecido completamente do aviso torturante. Com tempo suficiente, tudo pode apodrecer. Não há mofo felpudo, mas perdi o apetite. Foi difícil prestar atenção às palavras da garota, com tudo o que estava acontecendo.

— Ele tem tido muita dor de cabeça com essa restauração — Lily diz —, então dá um tempo pra ele.

Abandono meu café da manhã mordido no prato dela, a culpa surgindo por eu não ter notado que a exaustão de Ba vai além de músculos cansados.

— Vou tentar.

— Acho bom — ela resmunga.

Eu paro no altar, um refúgio onde minhas preocupações podem ser deixadas de lado ou, de preferência, passadas adiante. Falo o que penso e despejo minhas ansiedades em um único lugar. Incensos me acalmam mais do que fumar; tentei algumas vezes. Não é espiritual, não da mesma maneira que outras pessoas queimam incenso para alimentar os mortos ou para honrar sua religião. Parada ali, eu consigo suspender a crença de que ninguém me ouve. É provavelmente egoísta usar o altar como terapia, mas eu finjo que o incenso consegue queimar pensamentos indesejados.

Papai contou que a sua mãe morava aqui. Alguma vez você conseguiu ver esta casa? Tem algo errado aqui, e não sei o que é. Dormir é horrível, tive um pesadelo, mal posso esperar para ir embora. Nos mantenha a salvo, e com saúde. Nos proteja, Bà Nội.

Depois, me lembro do momento em que me aproximei, esperando sentir o cheiro da pele da garota, e acrescento: *Mas não olhe muito.* Essa parte da história é só minha.

É o tipo de coisa que eu compartilharia com Halle. Em vez disso, volto pela sala de jantar e abro minha conversa com Florence, alguém que vou deixar para trás quando tudo isso acabar. Deslizo a tela, passando por nossas mensagens mais recentes sobre como configurar um sistema de reservas no site. É, com certeza, bem menos apimentado do que ela me perguntando que sabor de bala eu seria.

DOMINGO

9h50
Eu: você acredita em fantasmas

9h53
Florence Ngo: ETs são reais, pq não fantasmas? Vc viu um?

Eu: Talvez. Mas acho que não. Essa casa é assustadora pra caramba.

9h57
Florence Ngo: uma casa precisa de um plano de fantasmas como um plano de incêndios ok

Eu: o que diabos é um plano de fantasmas?

9h58
Florence Ngo: Passo 1: Ver o fantasma

Florence Ngo: Passo 2: Confirmar localização

Florence Ngo: Passo 3: Correr para o lado contrário e sempre DESCENDO as escadas!!

É difícil decidir em um sonho qual a coisa certa a fazer. Ainda assim, com todos os filmes de terror e os documentários de crimes reais que assisti com Halle, eu não devia ter me desesperado tanto.

10h
Eu: morango te torna 100% basicona

Florence Ngo: Eu disse que SOU DE UVA AGORA

Estou com aquele sorriso estúpido de novo, então deixo o telefone de lado. Sem uma distração, aquele sentimento distinto de estar sendo observada retorna. Não há nenhum fantasma ou olhos escondidos entre os pinheiros no papel de parede que me cerca. Por que estou tão paranoica?

Sonhos são privados, inacessíveis aos outros. A garota no meu sonho não me fez nada. Seu rosto em formato de coração tinha se inclinado com curiosidade enquanto as mãos esfregavam insetos em suas costelas delicadas. Sozinha, eu posso desenrolar o sonho como lembrança. Apagar aquelas partes podres até que apenas seus movimentos permaneçam. Ela tinha a graciosa habilidade de alguém que conhecia meus segredos mais profundos. Eu fiquei assustada, mas fascinada também.

7

A CHUVA CAI EM ĐÀ LẠT, UMA TEMPESTADE VAGAROSA QUE SE transforma em um aguaceiro. Ainda assim, o calor sufoca a casa, e eu dentro dela, o resto da água do chuveiro formando gotas de suor. Empoleirada em uma cadeira ao lado da mesa, pego pernas de insetos, uma por uma, com uma pinça, e comparo o formato à perna de inseto que pressionei no papel. Mosquitos são fáceis de descartar, com suas pernas finas demais, mas aranhas são mais difíceis. Muitos tipos morreram no parapeito da minha janela. Eu reúno todos em um pote de conserva para provar que eles existem e que continuam a entrar quando não estou olhando.

A paralisia do sono voltou, e, toda vez que fico parada por muito tempo, me lembro da garota na cozinha duas noites atrás.

A voz volta a se esgueirar em minha cabeça. O formato da boca quando ela falou. "*Đừng ăn*". Será que alguma parte foi real?

Pressiono o nó de um dos dedos na dor de cabeça que começou entre minhas sobrancelhas. Eu o afasto, suado.

Chega. Foda-se esperar que Ba conserte este problema.

A voz foi um sonho, assim como a garota, tudo provocado pelo calor delirante.

Depois de deixar de lado a perna do inseto não identificado, desço as escadas com a convicção de que não há nada a temer. Não evito espelhos ou cantos, os olhos percorrendo cada centímetro da casa.

Há um tinido alto depois da cozinha, na antiga alcova que servia de alojamento para os criados, anos antes, onde a *bà ngoại* e sua família moravam.

Ba xinga as tubulações velhas de ferro e sua falta de sorte. O estilete provavelmente está lá, mas não quero explicar por que preciso dele.

A gaveta de facas contém exatamente três opções: um cutelo grande perfeito para esmagar alho, uma faca menor que perfura carne e vegetais com facilidade, e uma faca fileteira para descamar e limpar peixes. A última é comprida e fina, com a ponta inclinada.

Eu a levo comigo para cima. Para minha surpresa, o punho é áspero. A chuva escorre pelas vidraças, mas deixei de me importar. O calor está me sufocando, e prefiro a fragrância inebriante das hortênsias. A faca, fora da bainha, reflete a luz de volta para mim.

Firmando uma das mãos, forço a faca fileteira entre a janela e a madeira interna. Teias de aranha se grudam na lâmina, que tem o corte tão afiado que tinta e madeira caem na beirada. Tomar atitude é o que eu faço em casa, mas a única coisa que me sinto aqui é pequena. O trabalho é lento, impedido por massas grossas de tinta. Quando puxo a faca com mais força, algo mais se move.

O parapeito geme com a madeira raspada, e a janela mostra uma mancha atrás de mim. Embaçada pela chuva e brilhando em um vestido esvoaçante, ela sorri com a boca tão escura quanto uma queimadura de frio.

A faca se finca na minha mão, e eu grito. Sangue mancha meus pés descalços. Viro de costas para o parapeito ensanguentado, encarando a imensidão vazia do quarto. Nenhuma sombra, nenhuma mulher, nenhum sorriso.

Passos trovejam no topo das escadas.

— Jade! — Ba grita, mais alto e mais urgente do que eu esperava dele.

— Jade? — Lily chega primeiro, vinda de seu quarto, e ofega antes de sair correndo e gritando por uma toalha.

Ba surge na minha porta, desgrenhado e com a camisa manchada de água. Eu olho para a janela, onde o reflexo dele substituiu a sombra ameaçadora. Meus olhos estão quentes, e minha mão vibra. Minha imaginação corre solta com teorias: a mancha era a garota, a minha avó, cada pessoa desaparecida e dada como morta que vi na televisão. *Era* alguém.

— Você vai ficar parada aí chorando? — Ba pergunta, a questão mandando minha desorientação embora. A urgência virou irritação. Aqueles olhos grandes voltaram a pertencer a um estranho. — Eu falei que ia arrumar.

— E não arrumou — eu digo, minha mão sangrando com a tensão que não consigo relevar. — Por mais de uma semana.

Ele balança a cabeça.

— Vamos lá. O kit de primeiros socorros está no banheiro.

Ele limpa o corte com brusquidão, da única maneira que sabe. Esta é a segunda vez que nos tocamos aqui. Nós nem ao menos demos um abraço de oi ainda.

"Você vai ficar parada aí chorando?", diz a coisa cruel que me tortura ao repetir momentos que machucam. Vou ranger os dentes até virarem poeira antes de dar esse prazer a qualquer um dos dois.

Lily aguarda, ansiosa, assistindo a Ba apertar a atadura na minha palma aberta.

— Por que esta casa? — pergunto. — A sua avó trabalhou aqui quando era criança, mas nunca foi dela, certo? — A maioria dessas casas de campo pertenceram a oficiais franceses logo que foram construídas, no início dos anos 1900, e Alma já tinha nos contado quem foi o dono desta. No papel de parede, outro pássaro foi comido por traças, dando-lhe uma textura de tecido amassado. Do lado de fora, a chuva dá uma trégua, como que nos dando espaço para gritar.

— Esta é uma boa casa. — Os olhos de Ba se nivelam aos meus. — Boa localização.

As muitas casas abandonadas nesta encosta dizem que ele está mentindo. Há ainda mais casas em Đà Lạt, construídas no estilo europeu que os turistas tanto amam.

— Por que não uma nova, então? — pergunto.

— Aonde você quer chegar? — Ele solta minha mão. Lily suga as bochechas, nervosa. Minha irmã sabe como minha voz fica em uma briga iminente. Nas raras ocasiões em que esclareci as coisas com a mamãe, a casa inteira tremeu.

Minha boca está tão seca como na noite em que algo rastejou para dentro dela. Me impeço de enfiar a mão lá dentro e agarrar o que quer que esteja atrás da língua, nas protuberâncias da minha garganta vermelho-sangue.

Há muito a admitir. Em vez disso, me atenho aos fatos, sem me conter.

— Os insetos nojentos, os ratos que continuam comendo os fios, a geladeira nova que, ao que parece, nunca funciona. — *As janelas que você estragou.* — Esta casa é uma merda. Quem vai querer ficar aqui?

— Não fale besteira — Ba diz. — Alma e Thomas *có nhiều bạn*. — Ele muda para vietnamita, uma língua na qual tenho um catálogo muito menor de palavrões. É uma pena, porque quero perguntar quais amigos racistas e aposentados eles vão convidar, mas em uma gama muito mais colorida.

Seu raciocínio não é infundado, porém. Esta casa e sua arquitetura francesa, as flores crescentes, os minúsculos detalhes que são igualmente franceses e um pouco "exóticos". Como Florence disse, as pessoas gostam dessa (emoji de cocô).

O problema de brigar é que é fácil deixar a verdade passar batida quando suas emoções estão tão intensas, os vasos soltos em sua pele. Sustentando o olhar, eu digo:

— Vi algo naquela janela, onde você estava parado quando entrou. — Quero que meu pai acredite em mim. Preciso que acredite.

— Jade — ele diz.

— E uma noite dessas, lá embaixo...

— Você pensa demais. — Ba se levanta. Lily sai do batente da porta.

— Não, é... *ma* — digo a palavra "fantasma" em vietnamita, mas parece que estou dizendo "mãe". A pronúncia é parecida.

— Você assiste a filmes de terror demais. — O kit de primeiros socorros é fechado, mas a atadura já está ficando ensanguentada. — Faz mal para você. — Ele bate um dedo na própria cabeça.

— Não. — Eu cerro os dentes, procurando pelas palavras "eu vi". — *Con thấy ma.* — *Con*, sua filha, estou tentando algo semelhante a uma aproximação. *Por favor, me aceite.*

— Você não viu nada — Ba diz. — Você não quer ficar aqui, mas este é o acordo, Jade.

A raiva explode em meus pontos de pulsação.

— Não é isso.

— Chega. — Ele acena uma mão em rejeição. — Nada de ruim aconteceu até você chegar aqui. Você quer ir embora mais cedo e ainda sair ganhando. Não. Fique mais quatro semanas.

Ele me vê como uma mentirosa, mas como posso mentir para ele se nós não conversamos? Minha versão no espelho está vermelha. Quero colocá-la para descansar. Eu queria que fosse tudo um truque. Queria que eu pudesse dormir por quatro semanas e ir embora.

— Por que eu estou aqui, afinal? — Minha voz sai fraca, algo que odeio.

É fácil eu me afastar, já que ele não tenta me impedir. Passar pelo rosto preocupado e questionador de Lily é mais difícil. *Não consigo falar com você agora*, é o olhar que dirijo a ela. Jamais vou chorar na frente dela.

Minha porta se fecha com uma batida, e eu abro a janela, uma guilhotina ao contrário. O ar gelado avança para dentro, secando minha pele e me esfriando, mas eu sou uma labareda. Chuva respinga no parapeito e se mistura ao sangue. Há ferro, depois flores, as hortênsias no ar fresco de Đà Lạt, finalmente surgindo.

Eu abro minha mala e jogo roupas lá dentro, ignorando as descargas de dor em minha mão esquerda. Ba é um inútil. Nada disso vale a pena. Eu deveria estar de volta à Filadélfia, fazendo as pazes com Halle, riscando itens da nossa lista de "antes de ficarmos velhas". Eu deveria estar em algum lugar onde entendo quase todas as vozes ao meu redor. Em algum lugar onde sou o suficiente em tudo que me atrevo a ser.

Todo mundo se forma com dívidas. Aos pais ou aos irmãos, à escola ou ao governo. Minha dívida só vai ser maior do que planejei porque nunca quero dever nada ao meu pai.

Sangue escorre do parapeito e pela parede, de onde se move até o chão. Vou deixar manchar, porque é exatamente o que ele quer: uma marca no Vietnã.

apêndice

ESTA CASA SENTE CÓCEGAS TODA VEZ QUE UM CORPO É PARTIDO entre os cômodos, esquartejado ou dividido igualmente em números fáceis de lembrar. Mil nascimentos aqui, mas nunca deste jeito.

A cabeça dela entra na sala de estar, e então o primeiro terço de seu pescoço. Sua cintura desliza logo depois, e, finalmente, a parte que se prende ao torso. Ela caminha desse jeito após se alimentar.

Levou anos, mas ela enfim trouxe pessoas que vão ficar. Carne flexível e cérebros macios, mantidos em segurança sob seu toque. Tímpanos se rompem com facilidade, então esta casa precisa ser paciente. As duas mais jovens não morrerão ainda.

Ela é um trabalho tedioso, mas necessário.

Está se tornando mais bonita, afinal, e uma casa deve ser inteligente quando não tem pés ou mãos próprias.

8

O SILÊNCIO É A AUSÊNCIA DE OUTRO SOM ALÉM DELE MESMO — penetrante, agregador, abrindo caminho através de seus ouvidos. O silêncio é o pior som de todos, estou começando a perceber. Nhà Hoa é silenciosa nas manhãs. Sem pássaros, sem buzinas de carros, sem construções ou vizinhos, como no nosso subúrbio na Filadélfia.

Apenas ele próprio, enrolado ao meu redor.

Estou sentada na cama, com os dedos dormentes sobre o notebook. O itinerário de voos que passei a noite inteira olhando está aberto junto à lista de possíveis trabalhos de verão. A planilha calcula o custo de voltar mais cedo para casa, bem como supostos ganhos se eu for contratada e começar na semana que vem. Pouquíssimos dígitos continuariam nas minhas economias, muito menos do que eu preciso em cinco de agosto para pagar a mamãe e para a próxima parcela da mensalidade. Principalmente porque eu estaria levando Lily comigo.

Já perdi tempo demais em Đà Lạt.

Assim que dá sete e meia da manhã, eu equilibro o computador no antebraço e aperto o celular contra meu corpo para sair do quarto. Desci menos de três degraus quando Lily espia para fora de seu quarto.

— Eu sabia que você ia fazer alguma coisa — ela sussurra em um tom acusatório.

— Não tenho tempo para lidar com você — digo, cambaleando para fora.

Igualmente teimosa, ela me segue, parando bem ao meu lado na varanda. Sua tornozeleira reluz por cima de uma meia felpuda.

— Você vai ligar para a mamãe e nos fazer ir embora. — Ela não acredita em mim, ou pior, acredita, mas se importa mais em agradar Ba. Não pergunto qual das opções.

— Você é um gênio — digo, e então aperto "chamar" enquanto Lily tenta agarrar o meu telefone. Leva dez segundos para a mamãe atender e erguer a câmera além da extensão da mesa, de onde minhas tias e tios e primos gritam cumprimentos por cima de tigelas fumegantes de sopa.

— Mãe — é tudo o que consigo dizer, exausta pelo esforço imenso para não cair no choro. Ela reorienta o telefone para que mostre apenas ela.

— *Ăn gì chưa?* — ela pergunta, arrancando as pontinhas verdes dos brotos de feijão antes de jogá-los em sua tigela.

Não.

— Sim. — Eu tinha pulado o jantar, e estou mal-humorada demais para tomar café da manhã. Minha mão machucada se ajeita sobre o teclado para que mamãe não possa vê-la. A planilha pisca com uma série de *eeeeee*.

— Oi, mãe! — Lily se enfia onde pode ser vista.

— Meu deus, você está acordada? — mamãe provoca, antes de sua voz baixar, claramente desconfiada. — Está tudo bem?

Quando meu rosto faz uma coisa (também conhecida como "demonstrar emoção"), com certeza é irritante. Meu tio mais novo, Cậu Nhỏ, conta uma piada indecente ao fundo, e mamãe reprime uma risada porque está preocupada comigo. Deixei meus sentimentos escaparem. Nada é mais real do que a cadência da risada dela — nem os rangidos do assoalho do lado de fora do meu quarto, nem quem ou o que eu penso estar me observando, nem os insetos contorcendo-se no meu parapeito.

Esta mulher — que nem mesmo sabe nadar — cruzou um *oceano* em um barquinho para fugir da repressão, e eu estou com medo de um reflexo. De um sonho. Meus motivos para fugir parecem ridículos agora.

Eu me espelho na mamãe, mas não sou como ela. Ela usa camisetas com glitter, jeans enfeitados e um sorriso, para qualquer um. Em casa, adesivos motivacionais, almofadas, canecas e todos os tipos de decorações e confortos são gritantes.

Acredite em VOCÊ.

Viva. Sorria. Ame.

Seja o seu próprio tipo de beleza.

Às vezes, ela os traz para casa sem saber o que significam.

"Jade, o que é isso?"

"*Carpe diem*, mãe, para viver o presente."

E, neste momento, ela está feliz. Em algum lugar lá no fundo, eu sempre soube que o dinheiro era apenas um fator para ela não ter voltado antes ao Vietnã. Sempre fui eu.

"Eu ainda tenho aulas em fevereiro."

"No próximo verão."

"Eu não quero deixar a Halle."

As desculpas retornam à minha mente. Eu nunca quis vir para cá por causa da realidade que teria de confrontar: esta não é a minha casa. Eu não me encaixo aqui. Não sou vietnamita o bastante, e todos sabem disso — a mulher que vende cabaças, o garoto que anota meu pedido de chá, meu próprio pai. Eu tropeço nos tons errados e nas palavras, então raramente falo. Pior de tudo, talvez eu seja mais como Alma e Thomas: uma americana.

Esse tempo todo, mamãe não quis me deixar para trás. Ela perdeu anos com seus irmãos por minha causa. Mesmo o dinheiro era para mim, para a faculdade. Ela não me deixaria para trás agora. Ela pegaria Brendan e faria as malas para nos encontrar. É uma das muitas razões de eu amá-la tanto.

Eu também posso ser corajosa, do meu próprio jeito. Por ela. Eu fecho o computador.

— Não quero entrar no assunto, mas o papai está sendo extremamente irritante. — Já que isso não deixa de ser verdade, interpretar o papel de adolescente insatisfeita é fácil.

Lily deixa escapar um longo suspiro de alívio que pode ser confundido com irritação e, então, me dando uma piscada longe da câmera, ela geme.

— Sério.

Nossa tia desliza até o campo de visão para nos dizer que isso não é novidade. Ela cutuca a mamãe até que as duas caem na risada. Sorrio. Acrescentar "talvez fantasmas existam" à lista de coisas que não posso contar à mamãe tira um peso dos meus ombros. Quando eu excluo a possibilidade, também me torno menos propensa a fazer algo a respeito.

Por exemplo: eu gosto de garotas. E gosto de garotos. Mesmo assim, às vezes mais de garotas do que de garotos. Gosto de pessoas que não são nenhuma das duas coisas.

A questão é que tenho noventa e cinco por cento de certeza de que ela me amaria de qualquer jeito. Ainda assim, aqueles cinco por cento de incerteza podem ser qualquer coisa entre decepção e perguntas demais. Não tenho todas as palavras para respondê-las. Não me conheço por inteiro para respondê-las. É para isso que serve a faculdade. Eu preciso desse espaço. Isso, e a paz de espírito dela, são os prêmios.

— Estamos nos aprontando para ir conhecer outro templo. O seu irmão está muito entediado. — Mamãe vira a câmera para Bren, que espeta uma almôndega de carne com os pauzinhos. Com uma careta, ele resmunga que é cedo demais. Brendan não parece sentir nada pelo nosso pai, e eu o invejo. Está a salvo dos defeitos de Ba. A tela retorna ao apoio improvisado. Mamãe sorve seu macarrão.

— Você ligou para a Halle?

Sinto um nó no estômago. Também não posso fazer isso agora.

Então, ela acrescenta:

— Eu pedi para ela cuidar do Mia-Muito.

— Você o quê? — pergunto, minha voz saindo baixinha.

Mamãe examina meu rosto digital.

— Eu paguei a ela. Você não sabia?

— Nós não conversamos sobre tudo. — O que é uma mentira e uma verdade em uma única frase. — Preciso ir, mãe. A Lily vai te ligar do celular dela. — Minha irmã está empolgada demais pela minha falta de coragem para questionar a desistência de voltar para a casa. Ela fica para trás, discando o número da mamãe.

É lógico que Halle não teria contado a ela sobre o fim da nossa amizade. Mamãe perguntaria o motivo, e Halle não conseguiria responder. Nós podemos ter deixado de ser gentis uma com a outra, mas ela adora o Senhor Mia-Muito. Pelo menos alguém está seguro.

Levanto a mão enfaixada, bloqueando o sol que se ergue acima dos pinheiros. Foi um acidente, só isso. Se eu for para casa agora, depois de já ter passado quase duas semanas aqui, Ba não vai precisar me dar nada. Terá sido em vão, e eu precisaria trabalhar pra caramba para conseguir uma minúscula quantia do que me foi prometido. Ou eu precisaria deixar para o ano que vem.

Nada pode me machucar aqui. Não mais do que o esperado, de qualquer forma. Eu irei embora vitoriosa em três semanas e meia, dinheiro em mãos e sem incomodar a mamãe. Meu lado mesquinho, contudo, exige uma compensação. Estou seguindo o cronograma para terminar o site, e ele já acha que sou uma mentirosa. Não há nada de errado em brincar com um clichê. Sempre fui boa nisso.

Ba lidará com as consequências de não ter acreditado em mim. Arrependida por não ter sido mais legal, rolo a tela do celular e toco o nome de Florence.

TERÇA-FEIRA

8h43
Eu: que tal nos encontrarmos para aquele café?

Depois da súplica enviada, volto para o meu quarto. A faca, coberta de sangue, acena do chão. *Termine o que você começou.* Eu a pego e passo a lâmina em todas as outras janelas fechadas enquanto um plano se forma em minha cabeça. Ba precisa ver, vivenciar o bastante para admitir que estou certa.

Em vez de um exorcismo nesta casa, vai haver uma assombração.

9

FLORENCE ESTÁ DEZ MINUTOS ATRASADA, ENTÃO É CLARO QUE mudei de roupa três vezes. Shorts e blusas repousam aleatoriamente pelo quarto. Eu não dei ouvidos à mamãe quando ela disse que faz frio em Đà Lạt, e não trouxe nada quente ou atraente o bastante para compensar minha primeira impressão de merda. Estou experimentando uma blusa quando ouço uma moto acelerar pela estrada.

Com cuidado, enfio a cabeça para fora de uma janela para confirmar que não é um dos empreiteiros, evitando os insetos mortos que ainda não tive a chance de limpar. Como esperado, reconheço a jaqueta bomber. Volto para dentro e confiro meu protetor labial no espelho, um fio de humor negro vindo à tona: este é o quarto Maria Antonieta. É fácil enfiar a cabeça onde não deveria.

Florence está estacionada na frente, onde sua conversa com Ba se encerra quando ela me vê. Ele também me observa, ao lado de uma pilha de tijolos de alvenaria local, feitos especificamente para se igualarem aos tijolos originais da casa.

— Oi — Florence diz. Ela se vira para pegar um capacete extra, e está prestes a jogá-lo quando seus olhos se estreitam em minha mão, enfaixada novamente após a ligação com mamãe mais cedo. Em vez disso, a palma da mão dela se abre, o capacete pendendo de seus dedos. Esmalte preto-azulado brilha nas unhas.

— *Đi đâu*? — Ba pergunta.

Dou apenas uma olhada para ele e digo uma palavra: "Saindo". As cicatrizes em meu joelho por ter caído de bicicleta em uma vala aos nove anos formigam, mas eu pego o capacete mesmo assim. Não confio muito em veículos com duas rodas, mas não há opção melhor. Florence conhece esta cidade e todos os lugares onde posso encontrar a informação e os itens necessários para o meu plano. Além do mais, ela viu minha versão despreparada da última vez, e não gosto disso.

Eu me ajeito atrás de Florence, as mãos ao redor de sua cintura, antes de ela dar partida. Quando alcançamos as ruas asfaltadas, ela fala:

— Se inclina junto comigo nas curvas, ok? — Eu me pergunto como ela sabe que nunca estive em uma moto antes, se nota o tremor em minhas mãos. — Não luta contra isso, ou nós, ãh, vamos morrer ou algo assim.

Eu rio contra o ombro dela, meu coração sendo puxado na velocidade da moto. Estou sendo salva, por mais estereotipado que seja. *A decisão é sua*, lembro a mim mesma, *você está no controle*. Contudo, toda vez que sinto o corpo ágil de Florence se inclinar, eu fecho os meus olhos e a acompanho.

O café é bem mais sofisticado do que eu esperava. Plantas estão penduradas na entrada, a glicínia cortada apenas o suficiente para passarmos por baixo dela. Um quadro-negro está ao fundo do caixa, iluminado com várias placas neon. Dou graças a deus por mamãe não estar aqui, ou ela iria embora com uma placa de "A vida acontece. Café ajuda".

Nós fazemos nossos pedidos separadas. Meu estômago resmunga enquanto eu examino os itens de padaria. Um folhado quase do tamanho de metade do meu rosto se torna a minha vítima, e guardo um segundo para Lily. Quando me viro, Florence está parada perto da entrada com sua bebida espumosa, a cabeça inclinada em direção ao exterior.

Ladeiras claras e cheias de sol dividem Đà Lạt, e ela nos guia por um caminho estreito afastado de sua moto. Em vez de me preocupar com aonde estamos indo, eu surto com as muitas direções horríveis que essa conversa pode tomar. Preciso da ajuda de Florence, mas a verdade — *fantasmas* — é extrema demais para admitir.

E, aqui no sol, a leveza pode iludir qualquer um, até mesmo eu, de que casas como Nhà Hoa são charmosas e históricas em vez de assustadoras e destruídas.

Sem me apressar de estande em estande em um mercado lotado, evitando conversas, vejo claramente como Đà Lạt pretende ser diferente dos arranha-céus de Saigon. Eu nunca tirei um tempo para apreciar sua delicadeza. Nós descemos degraus de pedra cobertos de musgo, os muros cinza de cada lado pontilhados de umidade.

Florence para no degrau à frente, virando-se e levantando sua bebida.

— Aqui, prova isso.

— O quê?

— Tem o mesmo gosto do leite depois de comer cereal com marshmallows — ela diz, sorrindo, como se explicasse tudo a respeito desse pedido.

— Se você queria trocar saliva — digo, o comentário saindo antes que eu possa desligar meu cérebro —, tem maneiras melhores de perguntar.

Rindo, ela balança o copo na minha cara.

— É assim que faço negócios.

Ela sabe, ou suspeita, que não estou aqui para me divertir.

Compartilhar bebidas está na minha lista de "nãos", mas dado o meu pedido iminente por ajuda, dou uma olhada na minha bebida em uma das mãos e nos folhados na outra. Balanço a cabeça em consentimento. Ela sorri e vira o copo próximo aos meus lábios. O gosto doce e leitoso percorre minha língua.

— Tem café nisso aí, pelo menos? — reclamo. — Đà Lạt não é famosa por seu café?

— Famosa por várias coisas — ela diz, se afastando. — Não quer dizer que sejam boas. Café é ruim, de qualquer jeito. Venho aqui pelo leite de cereal.

Pessoas passam rapidamente pelos degraus, absortas em seus telefones. Balanço a cabeça, fingindo decepção.

— Como alguém com tanto mau gosto conseguiu pensar em temas tão bons para os quartos?

À frente, Florence abana uma das mãos preguiçosamente.

— Meu internato ficava em Connecticut, então sei tudo sobre sofisticação.

Então internatos existem mesmo. Florence em uma saia xadrez e camisa branca abotoada para dentro? Não consigo imaginar, nem o motivo de ela ter ido. Eu enxáguo o gosto de cereal com um café forte.

— Você sente saudades? — pergunto. — Meu pai mencionou que você vai estar na Temple ano que vem.

— Sinto e não sinto. — Os ombros dela se erguem e abaixam. — Tenho um primo na Filadélfia. Você preferia estar em outro lugar? Parecia bem infeliz quando chegou.

— Está tudo bem — digo, sem conseguir dedicar mais energia a essa mentira. Tento guiar a conversa de volta ao que eu preciso. — Quero fazer mais pesquisas sobre a casa para a parte histórica, e preciso de ajuda para traduzir e para pegar as coisas na biblioteca.

— Você me chamou pra sair por causa de um cartão de biblioteca? — Florence ri, então muda para um tom de voz mais duro. — Tudo bem, *chị*. — *Chị* indica um nível de respeito, mas a maneira como ela diz soa como "tudo bem, cretina", e, neste momento, não estou no clima.

— Por que você me chama assim? — pergunto.

Florence para de lado, os pés em degraus diferentes. Meia-arrastão preta preenche o rasgo em seus jeans.

— Você se recusou a me encontrar por mais de uma semana, e parece ter tudo planejado, mas talvez não tenha. Você também acha que todo mundo ao seu redor é um idiota, e só você não é. — Os olhos dela são escuros e desafiadores. — Além do mais, parece mentira. Ou você precisa da minha língua vietnamita também?

— Eu tenho uma língua vietnamita — retruco, alcançando os degraus onde ela está. Tecnicamente, Florence está certa. Não consigo ler em vietnamita, apesar dos esforços da mamãe com as subidas e descidas tonais para cada sinal gráfico. Sempre foi mais fácil falar inglês como todo mundo. Que eu era capaz de aprender, como cálculo, e escolhi não aprender, é um arrependimento profundo demais para ser psicanalisado neste momento. — Na verdade, eu não acho que seja idiota — digo. — Quase o contrário. — A programação dela é *tudo*.

— Então você não nega — Florence diz, os cantos da boca levantados, satisfeita. — O que rolou com a sua mão?

Seguro com mais força a sacola do folhado na minha mão enfaixada. Pela maior parte da vida, eu tive sorte. Evitei quebrar qualquer membro. Nunca me envolvi em um acidente grande. As poucas cicatrizes que tenho são marquinhas onde arranhei meus joelhos ao cair da bicicleta. Mesmo a doce e cuidadosa Halle quebrou quatro dedos dos pés ao calcular mal a batida de uma porta. É a primeira vez que me machuco assim. Todo o azar do mundo está transbordando dele, cru e sem filtros.

Essa é a única maneira de explicar como Florence conseguiu me ler tão bem e forçou meu plano perfeitamente calculado a ficar sério rápido demais.

— Eu cortei abrindo uma janela — conto. Ela aguarda por mais. — A casa é assombrada.

Não uso "eu acho" ou "provavelmente" ou "talvez". Essas palavras geram dúvida. Os olhos dela não desgrudam dos meus enquanto me decifra. Talvez tenha a mesma percepção de Ba — paranoica, cheia de imaginação, uma mentirosa. Sou ao menos duas dessas coisas na maioria das vezes, mas não nesta. Minha mandíbula dói da tensão de ranger os dentes.

Atrás de mim, alguém grita um "sai!" irritado. Nós vamos para o lado, e Florence mostra o dedo do meio para o transeunte.

— Então você viu mesmo um fantasma — ela diz quando estamos de costas para o muro de pedra. — Naquela vez que me mandou mensagem do nada, com tanto charme. — Seu sarcasmo é uma flecha no meu ego. Eu culparia a insônia e a paralisia do sono pelo meu péssimo desempenho, se não fosse pelo fato de que eu apenas queria falar com alguém. Com ela.

— Não tenho muita certeza do que eu vi, mas não é um lugar normal. — Suspiro. A história se desenrola da minha boca em um ritmo constante, incluindo a aparição na cozinha (editada para uma versão vestida), rangidos, sono interrompido e o reflexo de uma mulher sorridente. Não percebi o quanto tudo isso vivia dentro de mim, sem ter mamãe ou minha irmã para dividir o fardo. Florence ouviu, com atenção, até o fim.

Sua expressão é pensativa.

— Não é de estranhar que você esteja uma merda — ela comenta.

Eu a encaro, sem expressão.

— Uma merda linda. Uma merda gloriosa. — Florence bate uma palma contra a outra, derramando um pouco da bebida espumosa. — Droga. — Ela lambe o dorso da mão. — Melhor assim?

Mantenho o olhar por um pouco mais de tempo.

— Contanto que não me diga que estou fedendo também.

— Não está — ela responde, e então acrescenta, mais baixo: — Estou brincando, de qualquer jeito. — Dá para saber que o nível está baixo quando alguém diz que está brincando sobre você estar uma merda e fedendo, e a sua barriga dá um nó. — Aquela casa tem mesmo um *feng shui* horrível.

— Não é *feng shui* — retruco.

— Sim, eu sei — Florence diz. — Eu acredito que você acredita que fantasmas são reais.

O que diabos isso quer dizer?

— *Você* acredita nisso?

— ETs são reais — ela rebate. — Por que não fantasmas?

A mesma falta de resposta de antes. Ela, com certeza, passou tempo suficiente na casa para escolher os temas dos quartos. Por algum motivo, seus medos não despertaram do mesmo jeito. No entanto, essa quase estranha não deu a entender que eu estava imaginando, como Ba afirmara. Sua receptividade é reconfortante de um jeito que me deixa frustrada.

Florence dá um gole na bebida.

— Đà Lạt tem muitas histórias de fantasmas, e histórias começam em algum lugar.

— Tipo quais?

— Tem a garota que foi assassinada e jogada no poço. Aconteceu na mesma estrada da sua casa. As pessoas dizem que a escutam lá. E tem a garota que atravessa a rua à noite e faz as pessoas baterem. A caroneira ou passageira que desaparece do carro antes de chegar ao seu destino.

Encostando-me na pedra, pergunto:

— São sempre meninas?

Nos filmes, séries e histórias baseadas em fatos reais, o fantasma é sempre uma menina ou mulher cuja virgindade ou falta dela é uma lição moral, e cujo estado mental tornou-se fragilizado. Às vezes, a luta não é apenas por sua própria vida, mas também pela criança nascida ou ainda por nascer. Ela atormenta a próxima mulher em sucessão.

— É o que parece, né? — Florence diz. — Mesmo mortas, nós somos assustadoras.

Eu me lembro da fantasma na cozinha. Linda, expressiva, e absolutamente pavorosa — eu teria corrido dela quando estava viva também.

Não sei se para tranquilizar a mim mesma ou a Florence, eu digo:

— Nada pode me machucar de fato, mas preciso de ajuda. — Ela não consegue me tocar. Do contrário, a fantasma não teria esperado do lado de fora da minha porta. Ou talvez eu tenha sonhado e visto errado. Não importa; já me decidi. — Você vai me ajudar?

O olhar dela é curioso, questionador.

— Por que você não vai embora?

A pergunta não me cai bem. Meu impulso é de discutir. *Eu pertenço a este lugar. A casa também é minha.* Mas são mentiras, ou verdades em que não acredito. Pelo menos, nos Estados Unidos, posso usar o fato de que *eu nasci aqui, imbecil.* Mas essa não foi a intenção de Florence. Eu acho, eu acho, eu acho.

— Porque eu preciso de dinheiro. — A sacola de celofane com o folhado se enruga na minha mão. — Pais separados. Preciso passar o verão. — Tem uma pedra alojada no meu chinelo, que eu pressiono com mais força contra a borracha.

— E o seu pai sabe alguma coisa sobre isso? — Florence pergunta.

Vejo os ombros largos e tensos dele ao substituir as pedras na casa, ou trabalhando em uma refeição que deve ser servida às dezoito horas todas as noites, embora Lily não possa comer a maior parte e eu precise cozinhar para ela.

— Ele sabe e não se importa. Não acredita em mim, pelo menos, então preciso convencê-lo de que a assombração é real e que ficar lá sempre foi uma má ideia. Tenho um plano.

As sobrancelhas dela se erguem. É arriscado, já que ela pode contar ao tio, mas não posso me dar ao luxo de esperar. Tenho menos de quatro semanas para arrancar um pedido de desculpa do Ba por, pelo menos, esse erro.

— Envolve pesquisa, mas também pegadinhas — eu digo, com leveza. — Talvez sangue falso? Ainda não decidi.

— Você quer assombrar uma casa assombrada. — O resumo exato de Florence revela a loucura completa do plano.

O Dia da Mentira sempre foi o dia do ano de que eu menos gostava, porque as pessoas levavam almofadas de peido e outras coisas ridículas para pregar peças na escola. Mas eu não quero ser engraçada. Eu quero ser assustadora, causar tanto terror que Ba não vai conseguir ignorar. Quero ser uma sombra maior do aquilo que a está projetando, mas não posso fazer isso sozinha. Já assisti a muitos episódios de *Scooby-Doo*. Todo mundo sabe que a pessoa que não está lá é, provavelmente, aquela debaixo da máscara.

— Basicamente — respondo.

— Ok, então. Eu topo.

Eu, enfim, volto minha atenção para ela. Seu corpo está virado na minha direção agora.

— Por quê? — pergunto, mesmo sendo a resposta que eu quero. Aquela que consegui contando a verdade, em vez de uma mentira ensaiada.

— Estou entediada. Tenho tempo de sobra até a orientação do primeiro ano. — Florence dá de ombros, o cabelo escuro brilhante na luz. Então, sorrindo de um jeito perverso, ela acrescenta: — Mas você precisa melhorar sua busca e seus truques de caça-fantasmas. Sorte a sua que está com uma delinquente do internato.

10

"IMPULSIVA" NÃO É UMA PALAVRA QUE ASSOCIO A MIM MESMA, mas é tudo o que tenho sido nas últimas vinte e quatro horas. Pelo menos, eu possuía os meios para recusar a ideia de Florence de contrabandear um pote com uma cópia da cabeça de alguém para dentro da geladeira, mas será que ficar parada em frente ao espelho do banheiro às quatro da manhã com vinagre e cotonetes era melhor? Enquanto eu escrevia a palavra SAIA, que costuma ser ameaçadora, pareceu tão infantil como o aviso pintado com giz de cera por uma criança para afastar os adultos de seu quarto. Então, esperei a manhã inteira que Ba tomasse seu banho matinal, quando o vapor revelaria meu trabalho.

Ele não gritou. Não correu. Suas pisadas contínuas o levaram escada abaixo, para um dia de trabalho.

Ao conferir depois, eu vi o arco nítido de uma palma borrando a escrita. Meu rosto parecia errado e embaçado no espelho: não era eu mesma, essa garota estúpida.

— Da próxima vez tenta "eu vou chupar o seu sangue!" — Florence sugere, os lábios franzidos. — Ou "você é o próximo". Algo ameaçador.

— Certo — respondo. — Porque seria um fiasco menor se eu acrescentasse uma *vibe* vampiresca ou de algum assassino do machado. — Meu corpo inteiro está tenso por andar na traseira da moto de Florence e pelos últimos resquícios de vergonha pelo primeiro truque ter falhado de forma tão horrível. — Vou continuar para manter a coerência, mas precisamos de ideias melhores depois de hoje à noite.

Estacionamos do lado externo do prédio atarracado de uma biblioteca, onde a chuva fraca escurece a calçada em manchas desiguais. Pingos caem no cabelo brilhante dela enquanto ela sorri.

— Seremos mais tecnológicas. Vai demorar mais um dia para conseguir as peças. — Meu instinto diz que seria melhor nos dedicarmos à pesquisa, mas quero uma reação, *qualquer* reação, de Ba.

Eu assinto, os batimentos do meu coração aumentando ao encarar o prédio atrás da minha cúmplice.

E se encontrarmos algo definitivo sobre Nhà Hoa? Ou se não houver nada sobre essa casa estranha e as coisas que acontecem dentro dela? Eu entrego a ela uma ficha catalográfica com uma lista breve de tópicos a serem pesquisados.

Florence a gira entre os dedos.

— Quer vir comigo, *chị*?

— Como uma turista, você sabe que não posso, *em*. — Eu sorrio, com meiguice excessiva. Ela é fofa, mas assim como a minha ansiedade, é uma distração. E ela sabe disso também. Florence pode não levar nada a sério, mas pelo menos não estou sozinha.

Ela dá uma gargalhada.

— Sabia que você só queria o cartão da biblioteca. — Florence entra, gritando que já volta. Eu não tenho permissão para entrar, por isso espero na garoa, deslocada como sempre. Minha mandíbula está relaxada desta vez, já que acordei no meu próprio tempo, sem a paralisia me aprisionando. Tenho de me impedir de ranger os dentes quando cinco minutos se tornam dez, vinte, e trinta.

Florence surge pelas portas da biblioteca, de braços vazios e correndo.

— Sobe na moto! — ela grita.

— O quê?

Ela quase se choca contra mim antes de me puxar para a moto. Com o capacete mal colocado e um braço ao redor da cintura dela, nós partimos. A dor lateja na minha mão machucada enquanto solto um grito abafado de "onde estão os livros?". Rindo, ela acelera pelas ruas de sua cidade, e depois para onde os pinheiros prevalecem. Meu estômago afunda quando Nhà Hoa joga sua sombra sobre nós de novo.

— Nós poderíamos ter ido para qualquer outro lugar.

— Eu preciso ver a fonte da nossa investigação, não acha? — Florence pergunta, esticando-se até o rasgo em sua calça jeans. Com a firula de uma apresentadora de *game show*, ela revela uma variedade de papéis ásperos de sua meia-arrastão.

— Você disse que tinha um cartão da biblioteca — observo, inexpressiva, parada perto da varanda.

— E tenho. — Florence desce da moto. — Estou em atraso. — Uma longa pausa. — E talvez banida de pegar mais livros desde o verão passado. — Quando minha expressão não muda, ela acrescenta: — Sério, eu posso colar de volta depois, já que está tão preocupada.

Se "preocupada" representa me perguntar onde diabos acabei me metendo, então acho que está correto. Mamãe tinha me alertado a não falar sobre comunismo ou política no Vietnã. Ela não mencionou nada sobre profanar e cometer grandes roubos de livros da biblioteca. O senso comum é facilmente substituído quando Florence sorri para mim daquele jeito.

— Vamos entrar primeiro — digo a ela.

Quando tiramos nossos sapatos no interior da casa, ela comenta:

— As coisas já parecem diferentes aqui dentro.

Eu indico com a mão enfaixada.

— Eu abri as janelas com a faca, lembra?

O vento sopra livremente pela casa, espalhando poeira pelos cômodos. Arrancando pétalas das hortênsias também. Eu a apresso pelas escadas, com ela sussurrando "ok, ok, ok".

Não estou escondendo Florence propriamente, já que seus tênis Converse gastos estão lá embaixo para qualquer um ver, mas também não estou anunciando para Ba o fato de estarmos andando juntas. Minha irmã surge do quarto assim que chegamos ao patamar da escada. *Saco.*

— E aí, Lily — Florence cumprimenta antes de eu empurrá-la adiante, murmurando sobre "coisas do site". Por que estou me explicando para minha irmãzinha, que nem perguntou nada?

Os olhos de Lily brilham antes de ela fechar a porta.

— Divirtam-se. — Certo. É por isso.

— Então ela está no quarto Paris à Noite, e você está no Maria Antonieta — Florence diz, virando o pescoço para analisar cada porta e curva, como se um fantasma fosse surgir ao ser mandado.

— Isso, e meu pai está no Napoleão. — Nós chegamos ao meu quarto, onde alguém pegou todas as minhas roupas do chão e as dobrou em pilhas organizadas em cima de uma cama que não deixei arrumada daquele jeito. Faço uma careta. — Os outros dois quartos estão vazios.

— Eles estão realmente vazios se têm fantasmas lá? — ela pergunta de uma poltrona de pelúcia, as pernas jogadas por cima do apoio de braço.

Sentada na borda da cama e empurrando sutiãs para a parte de baixo das pilhas, pergunto algo que faz sentido:

— Aliás, por que você continua acrescentando um espaço no site para um sexto quarto? Você está contando aquele lá embaixo?

Florence levanta uma sobrancelha.

— Não estou fazendo isso. Achei que fosse você.

Olho para ela com desconfiança.

— O seu tio tem acesso?

— O seu pai tem?

Ele é terrível com computadores e internet, daí o motivo de eu ter sido designada para esta tarefa.

— Certo, não tem importância agora — eu digo, e me aproximo dos materiais roubados da biblioteca nas mãos dela. — Isso vem primeiro.

Satisfeita, Florence me oferece a página de cima.

— Esta é sobre Yersin. — Embora eu não consiga ler, é legal ela ter me dado uma chance.

— O cientista das bactérias que fundou este lugar — digo. — Ele aparece na página de Đà Lạt na Wikipédia. Ele queria que esta fosse uma cidade turística para os oficiais franceses. — Đà Lạt tinha sido a escolha perfeita pelo seu clima ameno, e não importava que já tivesse moradores.

Florence dobra a página e expõe as outras.

— É basicamente o Vietnã sendo ferrado pelos franceses, e depois pelos americanos. Às vezes, ao mesmo tempo. Todas as plantações que viu ao chegar? Café, seringueira... Elas surgiram para isso, para colocar os vietnamitas a trabalhar. E para trazer a igreja até nós, dã. — Seus dedos brincam com a cruz dourada ao redor do pescoço. Outra coisa inesperada sobre ela. Depois, ela se inclina em minha direção. — Me dá a sua mão. — Eu devo parecer cética, porque ela balança os dedos com impaciência. — Confia em mim.

E eu não confio, mas cedo, depositando minha mão direita sobre a dela. O toque é gelado, mas um pouco suado. Pegando uma caneta da mesinha, Florence escreve *1893* e desenha uma mancha com uma sobrancelha ameaçadora que, provavelmente, deve representar uma bactéria.

— Ok — falo devagar, já que ela ignorou o papel em perfeito estado na mesa. — Meu pai disse que Nhà Hoa foi uma das primeiras moradias. O primeiro hotel foi em 1907, e as casas vieram depois. Talvez 1920? 1921?

Florence faz o favor de acrescentar uma caveira embaixo daqueles anos, e então o ano em que a primeira catedral foi construída. O vazio conecta minha mão à dela, que está marcada com o ano em que Ông Sáu e Ba compraram esta casa.

— Tem alguma coisa sobre Nhá Hoa especificamente? — Eu me aproximo, hiperfocada. — Ou sobre a avó do meu pai?

— Eles não têm muitos registros históricos ou levantamentos daquela época — Florence diz, acabando com a triste esperança de qualquer conexão. — Acho que eles não queriam manter registros ao ferrarem com países inteiros. Você não pode perguntar ao seu pai?

— Não posso mesmo. — Apesar da careta dela, a conversa acaba. Eu digo: — Alma e Thomas vão vir comer com a gente daqui a alguns dias. Vou perguntar mais, pelo menos sobre aquele Dumont.

— Boa ideia. Ele aparece mais em notas de rodapé nesses papéis. — Florence acrescenta outra anotação geral, *1954: França dá no pé*, na minha mão. — E aquela fantasma que você viu na geladeira, vestido de gala completo, calças disco?

Minha mente entra em curto-circuito. *Não core, sua demoniazinha sem-vergonha.*

— Ela não parecia trabalhar em uma plantação — respondo. A bainha do robe tinha sido bem costurada, o floral era bonito demais. — Não reparei em nada específico.

1955: invasão americana é a próxima anotação na pele de Florence.

— Então essa fantasma poderia ser uma pessoa que viveu aqui em algum momento entre 1920 — ela diz, desenhando uma linha torta entre minha mão e a dela — e o ano passado.

— Isso são uns cem anos, mais ou menos, em que qualquer coisa pode ter acontecido nesta casa — concluo, quando nossos olhos se encontram. Suas íris castanhas têm um tom frio à luz oblíqua da janela. Os zumbidos começam. — De volta ao início.

Uma vespa voa por cima da cabeça dela, mas ela não nota. Encaro o espaço atrás de Florence. Como o restante do quarto, o parapeito da janela foi limpo — os insetos mortos e o pote onde eu os guardo não estão em lugar algum. A vespa tem o formato perfeito de um oito com ameaçadoras listras amarelas e pretas, e cai no parapeito onde eu costumo encontrá-las sem vida, à espera de serem removidas.

Suas asas de vidro colorido tremem na agonia final da morte.

Distraída, Florence anuncia em voz alta:

— Pausa para o xixi! Mais troca de ideias assim que eu voltar, prometo. — Ela corre para a saída, dando uma piscada conspiratória, e eu sorrio. — Vou dar um grito se um fantasma me espiar.

Talvez nós devêssemos esperar pelos nossos planos tecnologicamente avançados de assombração, mas estou impaciente demais depois do fracasso de hoje. Preciso riscar esse item da minha lista. A mensagem de Florence chega por volta das duas da madrugada, confirmando que ela estacionou longe da casa. Estou debaixo das cobertas.

QUINTA-FEIRA

2h06
Eu: lembra que a janela dele é do lado direito da casa, conta quatro janelas

Florence Ngo: S

Uma selfie preenche a tela: Florence em uma luz dura, o céu noturno como fundo, e parecendo estoica segurando um galho comprido e escamoso como se fosse uma vara mágica.

Eu: Por favor, não crie evidências contra si mesma.

Meu sorriso vacila.

2h09
Eu: O quarto da Lily é nos fundos, na extrema esquerda

Assustar minha irmã não fazia parte do plano original, mas é mais convincente que alguém além de Ba e eu, evidentemente uma mentirosa paranoica, vivencie um evento paranormal.

Mesmo esperando, meu corpo fica tenso quando o barulho percorre as juntas da casa. Por mais tentador que seja sair do quarto e conferir se Ba acendeu as luzes, eu permaneço parada.

Um *tap tap tap* distante ressoa na noite silenciosa, e então para de repente.

O corredor range sob os pés dele — mais pesados que os de Lily — quando ouço alguém entrar no quarto entre nós, abrindo mais janelas para olhar para a rua. Depois fica silencioso por muitos minutos.

Da segunda vez que acontece, Lily me manda uma mensagem: "*Você está ouvindo isso?*".

Não respondo. Aquilo se repete mais duas vezes, o som se intensificando toda vez, antes de uma luz se acender no corredor.

2h41
Eu: Vai vai vai!

2h43
Florence Ngo: Estou indo! É um trabalho duro, obg?

Observo o fragmento de luz embaixo da minha porta, até que Ba fica satisfeito com seja lá o que tenha ou não descoberto e volta para o quarto. Fico acordada até Florence chegar em casa.

Eu: Você assustou mesmo ela

Florence Ngo: hahahaha legal, eu até passei mais tempo na janela do seu pai do que na dela. Aliás, vc viu o arbusto embaixo da sua janela? as folhas estão ficando vermelhas

"*Ela se assusta fácil*", escrevo de volta. Lily odeia terror e até mesmo suspense, então não é de surpreender. Uma boa irmã se sentiria mal, mas não estonteada — é assim que me sinto.

olho

JOGOS ACONTECERAM NESTA CASA, CERTA VEZ. CHEIA DE RISADAS de crianças que diziam *esconde-esconde. Cache-cache,* na língua materna delas. As crianças amavam procurar pela noiva com aparência de boneca.

Não está no guarda-roupa.

Não está na lareira.

Não está nas flores da *maman*.

"Trốn tìm", eles diziam. Um jogo destinado aos pés, mas esta casa sempre foi boa em quebrar as regras. Não custa nada mover portas e sombras se as crianças vão continuar rindo.

Esta casa não vai contar, mas.

Ela está sempre embaixo da cama.

11

— VOCÊ NÃO ESTÁ ENTENDENDO — BA DIZ À MINHA IRMÃ, O SOL iluminando seu cabelo liso. — Tempestades vêm e vão. É temporada de chuvas. Já te falei que o clima de julho é imprevisível.

— Mas *não teve* tempestade noite passada — Lily insiste, as mãos nos quadris, enquanto estamos parados ao lado do cimento recém-despejado na varanda dos fundos. — Eu ouvi um monte de barulho, tipo... árvores batendo na casa.

Seus olhos preocupados viram-se para mim. Não respondi as mensagens dela, então admitir agora que ouvi algo é insinuar que não me importei o bastante para responder. Mesmo quando sou o problema, sempre vou defendê-la. Aponto para os canteiros de flores ao redor.

— Elas estão todas secas. E você esperaria para colocar o cimento se tivesse chovido.

Ba se abaixa até o cimento novo, usando uma espátula para nivelar a superfície que já está perfeita.

— Pode ventar mesmo sem chuva — ele responde. De novo e de novo, de fora a fora, sob sua mão precisa. — Đà Lạt fica bem no alto das montanhas. — Ele faz contato visual comigo. — Você ouviu alguma coisa ontem à noite, Jade?

Babaca, prestando atenção em mim desta vez.

— Eu devo ter continuado dormindo — respondo. Lily deixa escapar um longo suspiro. Talvez, *talvez*, ela finalmente entenda minha frustração com a indiferença dela e de Ba ao que eu vi. Então, lembrando da mensagem de

Florence, eu gesticulo na direção do meu quarto. — Mas você notou como o arbusto de hortênsia está sangrando embaixo da minha janela?

— Não exagera — Ba diz. — Folhas em arbustos de hortênsias ficam vermelho-arroxeadas quando o solo não tem fósforo suficiente. Até o estresse pode fazer com que troquem de cor.

Eu rio pelo nariz, e digo:

— Quer dizer que nossas flores estão sendo sensíveis? — Plantas são estranhas demais.

— *Eu* vou ficar roxo com todas essas perguntas — ele resmunga, esfregando o ponto entre as sobrancelhas como se uma dor de cabeça tivesse começado. — Depois eu dou uma olhada. — Com a questão resolvida, Ba acena para que a gente se aproxime. — Está pronto. — A parte mais próxima à porta foi preparada para nós. — Pressionem a mão com firmeza neste lado.

Isso encanta Lily. A vida toda moramos em apartamentos ou em casas com ruas já existentes.

— Podemos mandar um vídeo com as nossas mãos para a mamãe? — Ela dá um sorriso largo. Assentindo, Ba pega o telefone para filmar.

Enquanto minha irmã enfia a mão na sujeira, eu me afasto, com a intenção de atualizar Florence sobre o nosso quase sucesso. A voz de Ba me interrompe:

— Você também.

— Passo — respondo tranquila, levantando a mão enfaixada. — Não quero.

— Já está faltando a de Brendan — ele diz. — Precisamos de você. — Ninguém nunca disse que precisava de mim, principalmente ele. Contrariando a decisão mais acertada, eu me viro. Ele coça a nuca com dedos manchados. — Minha *bà ngoại* não conseguiu deixar nada aqui. — Bùi Tuyết Mai: um nome que eu havia, inocentemente, escrito na lista para Florence. Não encontramos nem mesmo uma certidão de nascimento. — Nossa família deveria ser celebrada aqui. — A seriedade dele se agarra ao meu coração, até que a luz vermelha da câmera pisca.

— Vem! — Lily grita por cima do ombro. — Eu vou ficar presa aqui para sempre se você ficar de palhaçada.

Uma risada amarga escapa da minha boca. É sempre uma exibição para a mamãe, ou para alguém mais. Eu me agacho ao lado da minha irmã, pressionando a palma e os dedos na massa cinza. Ele pode cuidar disso aqui quando eu tiver ido embora, uma substituição fácil. Ba tira uma foto em seguida. Talvez essa vá para a cornija — um salto temporal dos anos que ele perdeu com a gente. Lily usa um galho para gravar nossas iniciais e a data de hoje.

Um ar gélido se entrelaça em minhas pernas. Ele agita o rabo de cavalo de Lily. Ba solta a mangueira para nós, e Lily me ajuda a esfregar o cimento da mão, já que a outra ainda está com o corte aberto. Poucos dias atrás, nós brigamos. "Você vai ficar parada aí chorando?", ele tinha perguntado. Talvez eu faça isso agora, se pensar demais em tudo o que não posso ter.

— Não esquece de mandar para a mamãe — Lily diz ao nosso pai.

Eu a alerto, com a voz baixa:

— Não banca o cupido.

— Não vou — ela insiste. — Eles não estão divorciados, então, tecnicamente, ainda estão juntos.

— Você sabe exatamente o que eu quero dizer — digo. Já faz quatro anos que eles moram em locais separados; acabou. O líquido empoça aos nossos pés.

Antes que ela possa responder, Ba interrompe:

— Não esqueçam, Alma e Thomas vão vir neste domingo. Mantenham os quartos limpos para o tour. — Limpeza é o único inimigo capaz de fazer Lily fugir, e ela desaparece dentro da casa.

Os empreiteiros estão no horário de almoço, o que significa que Ba e eu estamos sozinhos. Ele se ajoelha junto ao cimento, onde deixa uma marca bem ao lado da minha.

Volto a sentir aquele puxão no peito. Esperança, o anseio por tudo aquilo de que já desisti. É por isso que preciso desses atos de rebeldia, pequenas assombrações que reiteram tudo o que aconteceu. *Ba não é confiável.* Meu coração se parte ao meio, tão rápido quanto a fechadura de um diário barato. Eu seco a mão em um pano e saio, de novo, para me preparar.

O céu está claro demais para ser o horário da noite em que peguei no sono, e estou de volta ao lado externo. Nuvens rodopiam como água suja da pia descendo o ralo. *Você não deveria estar aqui,* meu instinto animal diz. *Não neste sonho.*

Nhà Hoa cresce atrás de mim. Ouço as videiras se apertando como centenas de laços, e a primeira palavra que grito é *papai.*

Ele não responde. Ele nunca responde nos sonhos, eu sei disso, mas o pânico me deixa desamparada, o segundo grito por ele morrendo em meus lábios, sob o dedo de uma garota.

A garota.

Os olhos dela têm a cor de folhas esmagadas durante o outono, marrom e dourado. Eu não tinha conseguido perceber naquela noite na cozinha. Desta vez, ela está usando um *áo dài* de seda, com um tom pálido de amarelo e rosas costuradas nas bordas. Ela pressiona meus lábios com firmeza, virando-se em direção à casa.

Meu olhar segue para o sótão, de onde uma mulher de cabelos vermelhos nos encara. A mulher dá um sorriso afiado como uma faca; ela é um pesadelo enrolado em um longo vestido malva. Frio percorre minha espinha.

Um estalo alto.

Um corpo pende da sacada. O robe florido ondula, abrindo e fechando, em um vento solitário, e revela um torso macio. Desta vez, me enoja. A garota de *áo dài* amarelo para embaixo do ferro curvado, próxima ao próprio corpo morto com o mesmo rosto em formato de coração. Me pergunto qual é mais quente: um fantasma ou seu cadáver recente.

Dou um passo para trás, para longe, quando eu deveria estar acordando.

— Você se enforcou aí? O que é tudo isso?

Escada acima, a mulher de cabelos vermelhos leva uma das mãos ao vidro, seu sorriso aumentando nas bochechas pálidas. Unhas se curvam contra o vidro, guinchando.

— *Đi* — a garota me diz, levando o dedo aos próprios lábios. — Shh. — Aqueles olhos imploram que eu a siga. — *Đi.*

A mulher no andar de cima pressiona outra palma na janela do sótão, com a agilidade de um gato arranhando em direção a pássaros que não consegue comer. O olhar faz meu corpo inteiro formigar quando saímos.

Os pinheiros elevam-se ainda mais alto aqui. Eu deveria gritar até acordar. Já fiz isso antes durante um pesadelo, e em que mundo seguir uma garota morta não é um pesadelo?

O *áo dài* dela tremula com cada músculo, mas nada mais se move. O castelo de formigas na árvore caída está de volta, os túneis imóveis e vazios. Ela se ajoelha e, embora eu saiba que não devo, verifico os galhos e folhas acima, onde as formigas estão congeladas. Mortas ou morrendo.

— Por que você está fazendo isso? — Estou perguntando a um sonho por que ele me atormenta. — Quem é você? — As palavras transbordam em inglês, então me lembro da voz suave dela me alertando anteriormente. Vietnamita, essa garota conhece vietnamita. — *Tên gì*?

Ela inclina a cabeça, da colônia e de volta a mim, os dedos apertando uma formiga morta.

— Cam — ela diz.

Cam. Significa laranja, mas ela não pronuncia desta forma. Ela usa uma entonação mais forte, distinguindo-a da versão vietnamita como algo que não pode ser descascado e despedaçado.

— Jade. — A maneira como ela diz meu nome é um suspiro, o "d" quase ausente. — *Không nên đến đây.* — As palavras não combinam com o formato de sua boca. Elas flutuam na tradução. *Você não deveria ter vindo aqui.*

— Eu não queria vir — digo. — Foi preciso. — Quero quebrar coisas quando as pessoas dizem que não me encaixo. Mas não é tão simples quando a família está envolvida.

Cam se levanta.

— Você não deveria ter vindo aqui.

As reações dela são pensadas para prender a minha atenção, mas ela não é uma invenção do meu subconsciente. É parecido demais com conversas reais, com as pausas previsíveis. Quanto mais olho para ela e este lugar dessincronizado, mais certeza tenho de que isto não é um sonho. Estamos nos encontrando em algum lugar entre os nossos mundos, porque, se estou certa de algo, é de que ela não está viva.

— Me diga algo útil. Por favor — peço.

— Seremos notadas se falarmos sobre elas — ela responde.

Um arrepio me percorre.

— Quem são elas?

A garota morta me examina.

— Ela não sai da casa — Cam finalmente diz —, mas isso não significa que elas não escutam. — Seus movimentos são irregulares e acelerados, rápidos demais para eu correr antes que dedos escorreguem pelas minhas têmporas e me segurem no lugar. — Eu posso apenas te mostrar. — A respiração dela desliza pela minha orelha.

De repente, estamos em outro lugar. *Eu* estou em outro lugar — parada no quarto principal de Nhà Hoa. O ar vibra com centenas de asas minúsculas, mas não há outro barulho. O chão permanece silencioso sob meus pés, como se eu não fosse nada.

Esta Nhà Hoa é nova, sua mobília sem arranhões. O uniforme de um oficial está amarrotado perto da cama de dossel, botas enlameadas esparramadas embaixo de uma cadeira antiga. Ao lado do homem adormecido está Cam, em carne e ossos, cujo corpo está cercado de mosquitos.

Seus olhos estão abertos e arregalados, mas o corpo não se mexe sob as incontáveis asas e pernas que se contorcem. Gritos sufocados saem de sua garganta rígida por vários minutos. Estou tensa de ansiedade, porque esta angústia é intimamente familiar. A espera até que a paralisia do sono termine nunca se torna mais fácil. Cam se ergue quando a pressão cede, e bate nos braços e rosto. Sangue mancha toda sua camisola, que vai até a altura dos joelhos. Ela grita:

— Mosquitos! Mosquitos!

O homem, muito branco na escuridão, acorda e a segura pelos braços.

— Meu amor, meu amor — ele diz, a boca fora de sincronia com sua voz profunda. O som viaja até meus ouvidos como se atravessasse água. — Você está sonhando, e... são insetos. Os de sempre.

Aglomerados de mosquitos caem das mãos de Cam, mas ele insiste em negar que não é estranho o fato de sua própria pele continuar imaculada, ao passo que vergões surgem em toda a pele dela. Cam chora descontrolada, enterrada no peito largo do homem.

— Não são. Ela ainda está aqui, Pierre, e está atrás de mim. Ela diz que aqui não é meu lugar. — Cada sílaba divide-se em outra. — *C'est sa maison.* — Cam ofega, desesperada para ser ouvida. — Esta é a casa dela, e ela nunca irá embora.

12

A ÁGUA DA BANHEIRA ESTÁ QUENTE, ESCALDANTE DO JEITO QUE eu gosto, e o sonho, limbo, ou o que quer que tenha sido, da noite passada, se repete em minha mente. Estou escondida atrás da cortina do banheiro, de onde os olhos acetinados do papel de parede não conseguem me ver, mas sei que os pássaros estão lá. Odeio este lugar estranho. Se alguém tivesse me perguntado até o mês passado se eu acreditava em coisas espirituais, eu teria perguntado o que tinham fumado. Agora, é tudo em que consigo pensar. Dissequei a mudança do que parecia um limbo para um sonho nebuloso após o toque de Cam.

Ela queria me mostrar o que não tinha coragem de dizer em voz alta. Então, se foi uma visão de quando estava viva nesta casa, é uma lembrança — não um sonho. Não exatamente. Cam estava com medo "delas", mas sua versão viva continuava dizendo "ela". Estava se referindo aos insetos ou à mulher de cabelos vermelhos? Cam tinha sofrido com a paralisia do sono e com a horda incansável de insetos, assim como eu. Outra pesquisa no Google sobre a história de Nhà Hoa revelou nada além de fotos de casas abandonadas. A frase "formigas com gravetos na cabeça", porém, rendeu resultados que combinam com aquelas que vi lá fora e no meu sonho.

Um fungo apropria-se do corpo da formiga, faz com que ela se prenda a uma folha para morrer, e relança esporos para conseguir o resto da colônia. Formigas zumbis, exatamente o que eu não precisava.

Parece que há outros tipos de parasitas invisíveis, flutuando na água e em solos contaminados, apenas aguardando para serem consumidos.

Eles podem não ser formigas zumbis, mas causam — literalmente — uma tonelada de dor.

Eu afasto a informação do meu cérebro, e aproveito para me acalmar durante aqueles minutos antes do atraso inevitável de Florence. No momento em que estou espremida na moto, já me sinto segura com o zumbido me levando para longe — isto é, até chegarmos ao local secreto do nosso encontro.

— Você me trouxe para outra casa assustadora? — pergunto, um aceno significativo com a cabeça indicando a casa claramente abandonada. É de uma cor creme manchada, com um telhado escuro e curvado, as janelas quebradas. Uma varanda envolve a estrutura inteira, mantendo um balanço enferrujado como refém do lado de fora da entrada.

Florence sorri.

— É inspirador, e você sabe. É para cá que os adolescentes vêm conspirar. — Ela se inclina com calma em direção à casa. — Sobreviventes não sobem as escadas de casas em ruínas, portanto é óbvio que vamos ficar do lado de fora.

— Então o que você está me dizendo neste momento é que também assiste a filmes de terror — digo, conferindo a casa. Deve ter sido construída na mesma época de Nhà Hoa e, ainda assim, o lugar inteiro parece... desvalorizado. Nem um pouco interessante, mesmo na arquitetura básica.

— Muito educativo para esse tipo de coisa. Espera aí. — Minha cúmplice pega uma bolsa pendurada na moto. Ela deposita três caixinhas na grade da varanda. As palavras "Alto-falante bluetooth Soundgood: agora à prova d'água" são grandes e em negrito em cada caixa. Florence até escolheu cores diferentes: azul, prata e bege. — Estamos subindo de nível — ela comenta, orgulhosa, mas seu brilho some quando vê minha cara. — Normalmente, você me daria uma opinião engraçadinha agora. Eu deveria ter comprado uma verde, né?

— Elas são boas — digo, mesmo não sentindo nenhum prazer em atormentar Ba. Não enquanto penso em Cam.

— Aconteceu mais alguma coisa? — Florence pergunta, chegando mais perto, preocupada. Apesar de não acreditar em fantasmas, ela pergunta como se fosse importante.

— A fantasma da geladeira — digo após um minuto, sabendo que é um apelido ridículo para Cam, cujo nome eu quero que seja só meu por mais um tempo. — Vi ela em um sonho. Ou uma parte foi um sonho, e a outra foi algo mais. Talvez eu tenha assistido a uma lembrança? Ela também tinha paralisia do sono. Em Nhà Hoa.

Os olhos dela se arregalam, e uma acusação diferente daquela que estou martelando surge.

— Você tem certeza de que a fantasma da geladeira não é o rosto na janela também?

— Não, elas são diferentes — digo, com uma convicção infundada. Com cuidado, conto a Florence sobre a visão e "elas", a entidade enigmática que Cam temia. — Parece loucura — concluo —, mas já aconteceu antes. Tudo isso. O marido dela era algum tipo de soldado francês, então deve ter sido antes de eles partirem, em 1954, ou antes disso. Ela tinha medo dessa mulher, eu acho, que estava na parte anterior desse sonho ou limbo. — Essa conclusão vagarosa atormentou minha mente a manhã inteira e, agora que está liberta, não pode mais voltar.

Florence faz um "hummm" baixinho antes de responder.

— Tuấn, amigo do meu tio, acredita que casas podem absorver energia assim como absorvem manchas. — O calcanhar dela roça em uma tábua vacilante. — Um pouco de molho de peixe aqui, shoyu ali, e nunca mais você consegue limpar, sabe? Ou como dias depois de ter cozinhado, a casa ainda cheira a curry. — Ela dá uma fungada grande e exagerada, e eu inspiro com o movimento do peito dela. Nós ainda estamos no meio dos bosques, mas, quando ela está por perto, não sinto o cheiro de pinheiro, ou de flores. Há o cheiro de algo metálico e acentuado, e de gasolina, com uma camada cítrica, como um carro com vazamento e aromatizador velho. Ela me remete a algo real: às ruas de cimento rachado da minha vizinhança e à luz do sol sobre o painel. É estranho que uma garota vietnamita nascida e criada no Vietnã, e educada em Connecticut, possa me lembrar de casa.

Eu me pergunto no que ela pensa quando me olha.

— Não é só uma camada de tinta — Florence continua, enquanto andamos devagar ao redor da varanda. — É a vibração da casa.

Meus dedos roçam uma parede lascada, e evito fazer algo inapropriado como me aproximar. A teoria é estranha, mas pessoas vietnamitas são supersticiosas. Mesmo eu não escapei de uma infância com lições desse tipo. Pergunto para ter certeza:

— Algo no nível de Amityville? Eventos passados ferram com as casas para sempre?

— Eu não vi esse, mas não, é mais como... — Florence para, franzindo as sobrancelhas ao pensar — ... ok, Tuấn diz para não comprar casas de pessoas feias, seja no exterior *ou* no interior. Porque os lugares aprendem quem os está usando. — Ela logo acrescenta: — Ele é um designer de interiores com muitas opiniões que não entendo. Meu tio ficou muito chateado quando o seu pai decidiu fazer todas aquelas coisas sozinho. Mas o pior é que não ficou ruim, de verdade.

Superficialmente, quase a corrijo. A argamassa foi esculpida e removida do rosto de Nhà Hoa, suas cavidades preenchidas com tijolos novos para que parecesse imaculada. Mas a geladeira estraga nossa comida, uma infestação de traças envolve as paredes restauradas e ainda mofadas do banheiro, e o barulho do sótão, sem explicação, zumbe em meus ouvidos.

— Talvez dê para afastar um fantasma com sal ou alguma porcaria espiritual, mas quando você está literalmente dentro da casa, o que fazer? — É uma pergunta retórica. Não há outra opção além de sair, algo impossível com todas as faturas iminentes, Lily, mamãe, o fato de casas não serem sencientes e de que fantasmas não podem machucar.

Ela bate o ombro contra o meu.

— Eu não disse que as casas *fazem* alguma coisa. Estou dizendo que talvez a energia residual esteja te causando pesadelos.

— Talvez — respondo. Parece ridículo e, ao mesmo tempo, real e ameaçador: cada casa aprendendo enquanto você aprende a morar dentro dela. Cada casa ouvindo. Se Nhà Hoa aprendeu alguma coisa comigo, foram jogos mentais fracos e pânico bissexual. Uma risada nervosa borbulha em minha garganta.

Nós nos demoramos na boca da casa.

— Você ainda quer... — Florence inclina a cabeça em direção aos alto-falantes. — *Você sabe.*

Eu reviro os olhos e digo:

— É claro. — Não estou pronta para expor mais de mim e de como essa é a única coisa que posso controlar no momento. — Mande meus agradecimentos ao Tuấn pela sua teoria.

A resposta dela é encabulada:

— Eu até mandaria quando voltasse, mas ele, com certeza, iria contar para o meu tio.

— Vocês moram todos juntos? — A pergunta é distraída e sem sentido. As famílias vietnamitas tendem a viver juntas por gerações. Apenas a minha é desfeita.

Florence me olha com curiosidade.

— Só eu, Tuấn e o tio, sim. — Eu compreendo, devagar e com um nó no estômago, que ela está tentando descobrir se é seguro me contar. — Sou filha única. Meus pais tentaram, eu acho, e... É. — Os ombros dela sobem e descem, mas cada pedacinho seu parece tenso, ao contrário dos movimentos soltos de uma garota que não se importa.

Esse tempo todo, não perguntei sobre os pais dela porque não tenho esse direito. Eu meio que entendo pais que se separam, mas é bem diferente quando eles escolhem estar em outro lugar sem você.

— Eles trabalham em Hanói. Minha família sempre foi um pouco incomum nesse sentido — Florence diz. — Podia ser pior. Eu poderia estar na assistência social ou em um orfanato. — Ela sorri para mim, a boca perfeitamente arrebitada. — Eles se livraram de mim, mas continuaram com nosso cachorro. Pelo menos eu consigo mijar e cagar sozinha.

Eu me pergunto com que idade ela descobriu que se fazer de idiota serve para desviar o foco de análises minuciosas.

Nós andamos ao sol, ela no degrau mais acima e eu ao lado dos balanços rangentes. Os cantos dos olhos dela não se enrugam como quando ela sorri, então eu sei que o sorriso é falso. Detesto muito seus pais sem rosto. Não sorrio de volta; eu queimo com uma resposta honesta.

— Só porque você se sente sortuda por estar viva e alimentada não significa que não possa sentir raiva.

Raiva é uma chama. Raiva é adrenalina. Me manteve firme por tanto tempo, queimando por tanto tempo, com ambição, com mesquinharia. *Você vai ver* tinha se tornado um mantra durante o ensino médio. Valentões, racistas, orientadores inúteis: *vocês vão ver*.

Raiva foi o que me trouxe até o Vietnã e, agora, até Florence.

Raiva é o que ela merece sentir em vez de autodepreciação.

O ar fica tenso entre nós, nossos peitos subindo e descendo juntos, aquela atração magnética que senti no primeiro dia em que nos conhecemos e que eu não soube reconhecer. O desejo é uma condição humana infeliz, sim, assim como muitas outras coisas. Compreender o cerne de alguém, ou supor, é empolgante. Acertar o torna próximo demais, e isso é muito assustador. É como segurar nas mãos a única água que você tem no meio do deserto. Deixe cair e já era. Espere demais e já era.

— Eu sinto — Florence diz, por fim. — Mas não estou a fim de entrar em combustão. Não com a mesma rapidez que você, Jade.

cérebro

INGREDIENTES:

- 680 g de carne de porco moída
- 230 g de ovas de peixe esmagadas
- 1 colher (chá) de gengibre
- Ovo
- Pimenta-branca
- Outros temperos em cubinhos ou à gosto

Ele amassa os ingredientes em uma tigela.

O pai é um construtor. Esta casa conhece mãos assim, calejadas e escuras, sempre trabalhando.

Ele amassa até os pedaços grandes se misturarem, em uma massa rosa--acinzentada, e, então, acrescenta uma pitada de branco.

Ele alcança um pote distante e desenrosca a tampa.

Eles caem nas lâminas, que os moem em pedaços minúsculos, como poeira.

Ele mistura tudo na tigela e amassa.

Ele coloca colheradas em envelopes amarelos e os dobra no formato de chapéus de aniversário. Esta casa está tão feliz que poderia cantar.

13

ELES CHEGAM ÀS DEZOITO E TRINTA EM PONTO — ALMA AJUStando o pequeno cachecol florido em volta do pescoço, e Thomas ao seu lado com uma tigela de salada, já pronta. As férias os deixaram com um brilho saudável e marcas de sol no formato de óculos ao redor dos olhos.

— Olá, meninas — Alma diz. — Vocês estão um charme!

Por acidente, estamos usando vestidos soltinhos combinando: o da minha irmã é azul-claro com estampa de melancia, e o meu é vermelho como um carro de bombeiros. Mamãe nunca superou a fase de comprar roupas combinando para nós desde que éramos crianças. É a única coisa "bacana" que trouxemos. Lily e eu sorrimos, juntas, e abrimos as portas francesas para eles.

— Que tal um tour pelo andar de cima enquanto esperamos? — pergunto, com o mesmo entusiasmo de alguém cujo pai distante lhe ordenou ser a Guia Desta Abençoada Noite Em Uma Casa Na Qual Ela Ainda Não Quer Estar. Mal tive tempo de me organizar e conferir se o truque fantasmagórico de Florence funcionaria. É uma roleta-russa quão indignados ou assustados todos estarão ao fim do jantar.

— Nós adoraríamos — Thomas responde, colocando a salada em uma mesa brilhante. Alma retira uma garrafa de vinho da bolsa e a deposita ao lado da salada.

Eles admiram o caminho todo escada acima, os dedos percorrendo o corrimão que Ba ordenou que Lily e eu lixássemos e depois passássemos óleo de linhaça. Os grãos de madeira estão mais claros que as linhas na palma das minhas mãos.

O quarto de Lily, Paris à Noite, é o primeiro e está perfeitamente arrumado. Arcos de luz balançam do lustre de estrelas até as paredes, mas o que chama a atenção do casal é a penteadeira antiga com três painéis espelhados.

— É maravilhosa — Alma sussurra. Suas unhas feitas batem na superfície polida, acariciando a curva de uma escova de cabelos esculpida com esmero. Seu reflexo no espelho é ganancioso. A borda em formato de diamante de seu queixo está pronta para cortar. Nesta casa, o fedor de cigarro dela é errado, deslocado como leite estragado ou um rato morto. — Eu amo antiguidades bonitas. Quando a vimos no início do verão, ela parecia não ter conserto.

— O papai tem trabalhado muito — Lily diz, sorridente e mentindo; pelo menos a respeito disso. Ela restaurou esta peça e suas partes seguindo orientações do YouTube.

Eles admiram elementos parecidos nos outros quartos, tudo que é velho e renovado, como as camas gêmeas de solteiro no Refúgio Francês no Campo. O quarto principal é o único que não adentram, talvez repelidos por aquela sensação de que estamos invadindo. A sacada permanece fechada desde que o colchão *king-size* foi trazido. No meu quarto, eu me posiciono entre eles e as minhas coisas, para o caso de ficarem tentados a apalpar a minha privacidade. Escondi um dos aparelhos bluetooth de Florence aqui.

— É extraordinário — Thomas elogia depois, de volta à sala de jantar. — Dá para sentir o peso histórico desta casa.

Não há taças de vinho, então Alma serve vinho tinto em quatro copos normais, um deles mais cheio.

— Obrigado — Ba responde, saindo da cozinha. Ele colocou mousse no cabelo e passou as calças. Sua camisa não tem manchas. Ele é carismático do seu próprio jeito, quando quer ser, então o fato de estar carregando três tigelas de sopa quente não diminui sua imagem de sofisticação profissional. — Tudo isto estava esperando por uma mão paciente e investidores que enxergassem seu valor. — Seus olhos grandes seguem o vinho sendo distribuído. — Três para os adultos.

— Não seja bobo, Cường — Alma diz sem a entonação certa. Eu estremeço, engolindo a pronúncia correta. — Uns golinhos nunca mataram ninguém. Na Itália e na França, eles aproveitam um pouco de bebida com as refeições. — Ela pisca para mim.

— Que idade você tem, Jade? — Thomas pergunta. — Dezoito? Dezenove?

— Dezessete — digo. — Faço dezoito daqui a duas semanas.

— No mesmo dia da inauguração, então? — Alma vasculha a bolsa e revela o convite que Lily preparou da última vez. Ela o entrega para minha irmã, e eu percebo de relance as marcações em caneta. — Tenho algumas observações aqui.

Por favor, juntem-se a nós em 28 de julho para a festa de inauguração de Nhà Hoa.

Eu agarro meu copo.

— Sim. — Lily deveria ter sido a primeira a me dizer. Ba aparenta estar sossegado. Já que bolo é o último motivo que me trouxe aqui, sorrio bastante e ergo meu vinho. — Que o tempo esteja perfeito, e que a casa traga *beaucoup* dinheiro. — O líquido respinga na minha língua áspera, agridoce, e Alma e Thomas fazem uma pausa antes de cair na gargalhada. A risada ecoa, embora a casa esteja cheia. Sobre o aro de seu copo, Ba está incomodado agora.

Logo, o cheiro saboroso da sopa de *wonton* nos atrai. Thomas coloca um *wonton* na boca, soltando um "hummmm", e Alma elogia Ba pela comida. Estou prestes a sorver minha massa de ovos quando percebo que Lily não está comendo. Merda. Não me certifiquei de que houvesse uma opção vegana. Nossos pais nos ensinaram a nunca desperdiçar nada, e Ba confia em nós para não causarmos uma cena.

Eu deslizo a tigela dela para perto da minha, mas ela retruca baixinho.

— Não tem problema. Eu vou comer. — Ela olha para a refeição como se estivesse se preparando para lutar com um urso.

— Não tem problema. *Eu* vou comer — digo, apesar de ainda estar irritada com ela. Coloco a salada inteira na frente da minha irmã. É apenas alface e castanhas. — Espera aí.

É uma boa desculpa para fugir até a cozinha. A sopa ainda está fervilhando no fogão, caso as pessoas queiram mais, e pacotes de macarrão amarelo aguardam na bancada para serem fervidos. Eu envio uma mensagem para Florence: "*comendo, em breve, ok?*".

Abro a geladeira. Seja o vegetal mais fresco ou a carne mais nova, cada dia nós despertamos com o cheiro de algo estragado. O cheiro perdura mesmo depois de retirarmos a podridão ofensiva, como agora. Nossos humores estragam ou são estragados; é difícil dizer. O tomate e o pepino dentro da geladeira, porém, são do jardim, recém-colhidos. Quando termino de lavá-los e fatiá-los em pedaços grossos, Florence já me respondeu de volta.

"Faltam 5 minutos.(emoji dançando)"

Preciso forçar o sorriso para longe do meu rosto antes de voltar para a sala de jantar. Meu celular escorrega para o colo enquanto coloco os ingredientes adicionais na salada sem graça de Lily.

Depois de delicadamente engolir uma colherada, Alma acrescenta um comentário à conversa sobre reformas:

— Eu, com certeza, escolheria ílex ou mesmo koa para a pérgola. Ambas parecem mais sofisticadas.

Ao lado dela, Thomas engole o macarrão e gesticula com os pauzinhos.

— Tenho um primo que importa madeira de tudo quanto é lugar. Posso brigar por um bom negócio.

— Vamos precisar correr se demorarmos mais — Ba diz. — Precisa estar perfeito para a inauguração, para as pessoas se empolgarem e fazerem reservas logo de cara.

A qualquer segundo o barulho vai começar, então fixo o olhar nos *wontons*. O invólucro não é macio demais, e o recheio é suave e um pouco apimentado. Faz tanto tempo que não comemos isso que o sabor me consome. Será que Ba trocou a receita? Eu mastigo devagar, a língua demorando-se em novas texturas. Com quem ele testou seus pratos, se não conosco? Talvez eu só tenha me esquecido do gosto. Mamãe não costuma cozinhar porque trabalha até tarde no salão.

Uma vibração expressiva quebra o silêncio, vinda lá de cima. Dou um pulo na cadeira, pois estava vergonhosamente concentrada na minha refeição. O som aumenta, explosão total, crescendo.

Alma hesita na próxima opção de madeira e olha para o teto. A atenção de Thomas também muda.

— Isso é...?

— Música — Ba diz, antes de se virar para mim e Lily. — Vocês deixaram alguma coisa ligada lá em cima?

— Não — respondemos juntas. Limpando o queixo, eu acrescento um "que bizarro".

É a trilha sonora de algum filme. Ela é interrompida por um instante para dar lugar ao lamento expressivo de uma mulher triste. Não acredito, é a Billie Eilish? Resisto à vontade de esfregar o ponto entre as minhas sobrancelhas. Felizmente, a discotecagem à distância de Florence termina. Por enquanto.

— Vocês devem ter deixado — Ba insiste, sério.

Lily vem ao resgate com uma pergunta bastante irônica:

— Então, de onde vocês são?

— Cold Spring, Nova York. — Thomas sorri para Lily da outra extremidade da mesa. — Nós vendemos nossa casa há algum tempo para viajar, mas nossos filhos ainda estão lá.

Seria melhor dar um jeito de voltar, devagarinho, ao assunto desta casa e sua história, mas não tenho a noite toda.

— O que trouxe vocês até aqui? — Faço uma pausa, enrolando o macarrão com inocência. — Há tantas casas antigas e novas em Đà Lạt. Por que escolher esta?

— O que é novo nem sempre é melhor — Alma diz. Sua expressão é divertida, como se estivéssemos compartilhando uma piada interna. — Nos Estados Unidos, esta casa seria um patrimônio histórico. Poucas pessoas poderiam arcar com o custo de manter uma casa tão extraordinária.

Thomas a interrompe:

— E é tão difícil para estrangeiros pisarem neste país. — Ele se detém, provavelmente percebendo com quem está falando, antes de esclarecer sua opinião. — Me refiro às regras burocráticas sobre quem pode ter o quê, e vistos de turismo. Nosso advogado passou meses estressado só lidando com a papelada. Esse tipo de coisa! Graças a Deus encontramos o seu pai e o sócio dele. E quanto ao porquê desta casa... — Ele olha ansioso para a esposa.

Um rubor quase tão escuro quanto vinho colore as bochechas dela.

— Como eu mencionei antes, fiz minha dissertação sobre a fundação da Indochina Francesa, então meu interesse é tanto profissional quanto pessoal.

— Ai, meu deus — digo. — Certo, isso é tão legal. — O celular está quente no meu colo embaixo da mesa, aberto em um aplicativo de música. — Tem algo em especial que te atraiu para esta casa? Da sua pesquisa.

— Ah, sim. — Alma une as duas mãos. Apaixonadinho pela esposa, Thomas prende uma mecha solta de cabelo junto ao chanel fofo dela.

Com empolgação e volume crescentes, Alma diz:

— Roger Dumont foi crucial para estabelecer a ordem nesta região, mas sua esposa, Marion, era uma linguista de sucesso naquela época. Latim, alemão etc., todas as grandes línguas. Depois, é claro, ela precisou vir para cá com o marido. Ela se tornou ótima em vietnamita também. É um pouco incomum que as esposas acompanhem os maridos, mas ela era um verdadeiro trunfo. Ficou conhecida como a Senhora de Muitas Línguas.

Aqui está a minha coleção de informações superespecíficas e obscuras. O punho de Ba se fecha com firmeza ao redor dos pauzinhos, pronto para surtar. Certo, Roger e Marion empregaram nossa família. Nós chegamos aqui primeiro e, mesmo assim, onde estamos nos livros de história?

Alma não pode ser parada agora, a julgar por seu olhar animado.

— Marion fez muitas festas e encontros nesta casa — ela continua. — Entretendo oficiais de licença, traduzindo documentos quando necessário, é claro. Infelizmente, gênios raramente encontram seus semelhantes, por isso ela nunca teve qualquer motivo ou desejo de socializar fora desta casa. Ela teria sido uma ótima professora para os locais.

Preciso descobrir por mim mesma o motivo pelo qual se importava com a maneira como minha família cultivava as hortênsias que vivem até hoje e, por isso, eu pergunto:

— Mais alguém morava aqui?

— Não, não exatamente — ela diz devagar. — Roger e Marion tinham filhos, e criados pessoais, uma casa deste tamanho *precisa* de cuidados, mas eles eram pioneiros ilustres e mestres do lar.

A mulher tem doutorado em colonização, mas isso não significa que fico feliz por ela saber mais do que eu — por mais fragmentado que seja esse conhecimento. Tendo aperfeiçoado a arte de mandar mensagens com o celular no colo, aperto "play".

Fico chocada por não ser "Thriller" tocando, mas a batida é agressiva e sacode Alma de sua análise. Aumento o volume, sem nunca olhar para baixo. Os olhos de Lily se arregalam, um pedaço de alface no canto da boca. Thomas leva a mão ao coração, encarando os entornos.

Ba já aguentou o bastante. O guardanapo dele estala contra a mesa.

— Vou conferir.

E este é o motivo de ser eu, e não Florence, controlando os alto-falantes do lado de fora o tempo todo. Contanto que eu saiba onde Ba e todo mundo está, posso deixar a música tocando no andar de cima, a mão pairando sobre o botão de pausa. Ouço o chiar dos passos e o cantarolar do assoalho sob o emaranhado significativo de colheres e garfos.

Quando acho que ele está perto demais de um alto-falante, desligo o aplicativo.

Ele não se junta a nós por vários minutos, durantes o quais eles — nós — esperamos, tensos.

— Era o meu computador — Ba mente, rindo. — Deixei ligado mais cedo. Tudo desligado agora. — Ele analisa a mesa e levanta a garrafa de vinho. — Que tal mais uma?

Não demora muito para eles irem embora, assim que a sopa amorna e a conversa se torna unilateral. A música retorna periodicamente, e Ba diz que precisa dar uma olhada naquele computador. Lily e Ba estão exaustos no fim. Subindo as escadas, Lily confidencia a mim que Ba parece estar mentindo. Eu concordo, porque sei. Não estou realmente mentindo *para* ela ao concordar.

Mais tarde, abro a torneira do banheiro antes de subir na tampa do vaso. Tateando em meio a toalhas dobradas, encontro o buraquinho comido na parede. *Ratos*, cogito de novo, por causa dos excrementos espalhados ao redor, e me estendo para procurar nas laterais. A fita se solta, e um alto-falante bluetooth cai na minha mão.

Empolgada pelo vinho, mando uma mensagem para Florence, com emojis de sinos, champanhe e dança: "*Missão cumprida!*".

Eles são a última coisa que paira em minha mente, os Dumont, e se a Senhora de Muitas Línguas tinha cabelo vermelho. Se eles assombravam Cam em seus sonhos. Talvez Marion Dumont nunca tenha partido, mesmo depois de morrer, mas eu posso resolver mistérios amanhã. Neste momento, posso me sentir suficiente. Posso dormir, orgulhosa do que fiz.

Acordo ensopada de suor, com camadas úmidas feito uma segunda pele. Esqueço onde estou até que as sancas surgem à vista. Nhà Hoa. Đà Lạt. Vietnã.

O amanhecer está distante da minha janela. Pesos invisíveis ancoram meu corpo à cama, ameaçando me espetar em seus arames.

No corredor, dentes de metal resmungam na madeira, o som exatamente igual ao dos serrotes dos empreiteiros em raízes grandes demais. Ele não se aproxima, apenas vai e volta.

Meus olhos se esforçam apesar da paralisia, mas não vejo nada além da porta fechada. O som se repete, rangendo dentro dos meus ouvidos.

Quando vai parar de serrar? *O quê* está sendo serrado?

Minha mandíbula está travada, então o coração não pode escapar por cima, em pânico.

Eu desenvolvi uma estratégia para superar a paralisia nos últimos dias: contar, respirar, contar, relaxar o máximo possível. Mas minha respiração, para dentro e para fora, acompanha o serrote.

Vai e volta.

Um, dois, três, quatro...

Volta e vai.

Cinco, seis, sete...

De novo, algo está sendo cortado; cavado; profanado.

Eu disparo de baixo do cobertor e jogo todos os tecidos no chão, respirando de maneira irregular e flexionando os dedos das mãos e dos pés. Meu, tudo meu, e funcionando. Minha barriga ainda está se movendo com *wontons* e cebolinha verde fatiada. Sou um depósito explodindo com chapéus de festa esquartejados.

Vai e volta.

Será que esqueci de tirar o alto-falante? Será que Florence está me pregando uma peça?

É assustador pensar nela entre os pinheiros à noite. O chão é gelado sob meus pés; nada me observava ao lado da cama.

Eu toco na maçaneta, e a giro. É um corredor escuro, exceto por um lampejo de carne pálida. Acendo a luz, grata por Ba ter instalado algo útil em vez de bonito, e olho.

Ela está parada de costas para mim, do lado de fora do quarto ao lado. Tem um estilete vermelho nas mãos, e ela corta fundo a moldura da porta, salpicos brancos agrupando-se em um revestimento de cabelo preto. De novo e de novo.

É a Lily — tem de ser a Lily, o cabelo tem uma linha amassada por um elástico, e, mesmo assim, não quero que seja ela. A ponta de sua omoplata aparece embaixo do pijama lilás fino enquanto ela se movimenta.

Minha mão vai para frente, estendida. Toco o braço dela.

Por um segundo, nada acontece.

Uma força me joga para trás, até a balaustrada. Meu cóccix vibra quando me curvo por cima da madeira lixada, uma mão frouxa na manga dela e a outra agarrando-se ao corrimão.

Ela me jogou. Tento compreender a atitude e os olhos vidrados de minha irmã.

A lâmina no estilete é cinza como a barbatana de um tubarão, arrastando-se para perto da minha garganta. Eu posso cair ou ser cortada.

— Lily! — meu grito é engolido por inteiro nesta casa.

Uma voz mais grave responde.

— Lily.

Os braços marrom-avermelhados do meu pai enlaçam a minha irmã, puxando-a para longe com um "shhh" suave.

— *Thức dậy* — ele manda. *Acorde.*

Estou congelada na balaustrada.

— Ela queria ver qual a minha altura — Lily murmura, o estilete caindo. — Ela queria ver qual a minha altura.

Meu corpo se endireita, atento.

— Quem? — pergunto. Ela pisca com rapidez.

— Você teve sonambulismo — Ba diz, acariciando a cabeça dela. Lascas de madeira caem do cabelo de Lily. Desorientada e encarando a ferramenta no chão, ela começa a chorar. Eu a tomo nos braços, dando um aceno de cabeça ao nosso pai. Ele pega o estilete e guarda a lâmina. *Estou no controle.* Esqueci que não devo tocá-la quando ela tem sonambulismo, só isso. Faz muito tempo. A última vez foi na noite anterior à sua formatura do primário.

Embora não tenha nada de errado com seu quarto, ela insiste em vir para o meu depois. Com os braços cheios de travesseiros e cobertores, uma Lily de olhos enevoados para e observa uma parede.

— Você trouxe a sua luz noturna para cá?

— Se eu não queria tropeçar em nada nos Estados Unidos, também não quero tropeçar em nada aqui — digo, tirando a luz da tomada e nos deixando na escuridão. Quando ela vai se arrumar na minha cama, eu a empurro para o chão. Ela tem quase catorze anos, este é o nosso normal, e minha cama não é segura. E se ela acordar paralisada também?

Leva um bom tempo para o meu coração sossegar. Lily se mexe em sua cama improvisada.

— Você tá brava comigo?

— Não.

— Ok, então por que estou no chão?

— Porque eu gosto do meu espaço.

— Tem certeza que não tá brava?

— Lil — digo, me virando, embora prefira dormir de barriga para cima. Cada sinapse em meu cérebro quer uma explicação racional para as nossas experiências. — Está tudo bem. — Eu me inclino no escuro, e uma mão gelada pega a minha. — Vai ficar tudo bem. — Isso eu posso prometer; nós, o modo como jamais a deixaria. — Não estou brava. Você estava sonâmbula. — Os dedos me apertam com força, nossos ossos finos quase gêmeos.

Eles se agarram a mim, quase me machucando, mas, mesmo durante o sono, eu não os solto.

14

NHÀ HOA É UMA NOIVA A SER REVELADA NO DIA DE SEU CASAmento. Um véu branco recaiu sobre a casa e o terreno. Não há chuva, apenas névoa — partículas minúsculas que eu me imagino pegando entre os dedos como flocos de neve. Dissipando a névoa pouco a pouco até que eu consiga enxergar a casa inteira — para além dos tijolos e da madeira, e da tinta descascada, até seus ossos.

É um pensamento mórbido, que alimenta a minha ansiedade, eu sei, mas é exatamente isso, não é?

Às vezes, você não consegue parar.

Às vezes, talvez haja mesmo razão para se preocupar.

Espero que não. Espero mesmo, mesmo, que não.

Os pinheiros sussurrantes liberam sua fragrância doce enquanto eu caminho. Meus pés estão certos de onde preciso ir, o solo embaixo deles familiar como a curva do corredor do lado de fora do meu quarto.

Você não deveria ter vindo aqui, ela tinha dito.

Eu, sozinha, ou a Lily também? Nós três estamos envolvidos em algo que não entendemos. Mas Lily não esconderia uma assombração real, nem mesmo por amor, e é isso que a torna uma testemunha complementar perfeita. Meu estômago se revira. E se eu tiver causado o estresse que a levou ao sonambulismo? Tem de ser uma coincidência, ou talvez seja a energia residual assustadora da casa, como diz a teoria.

A árvore caída está aberta como antes, a madeira cheia de túneis roídos. Uma colônia de formigas-de-cupim no interior. Analiso a vegetação suspensa acima delas. Onde antes havia poucas formigas presas às folhas, agora há dezenas. Uma membrana marrom e fina as mantém próximas, mas não é necessário. Suas mandíbulas já se uniram à vegetação. Os caules em suas cabeças não chegam ao comprimento de uma unha.

Nenhuma delas foi esmagada entre os dedos de um fantasma.

É nojento demais. Todos os insetos são, mesmo as borboletas. As pessoas as acham bonitas, mas eu vejo suas antenas. Seus olhos pretos. A penugem em sua pele. Os rostos que elas usam nas asas.

Mesmo assim, não consigo desviar o olhar das formigas e de como é uma merda estar preso a um único lugar. Vítimas de um fungo.

A fantasma quer que a gente vá embora, e posso contar ao Ba. Pedir de novo para que acredite em mim.

Estendo a mão, e as amasso entre o polegar e o indicador. De novo, de novo, e de novo, respirando com dificuldade.

Libertando-as. É isso que estou fazendo, certo? *Não estou com medo*, eu penso, toda vez que uma cabeça é esmagada em minha mão, tão pastosa quanto um biscoito de geleia.

Eu me viro para ir embora, meu coração acelerado. *Não estou com medo.*

A névoa se desfaz quando a casa volta a aparecer. Nesta manhã pálida, as hortênsias estão ainda mais bonitas. Iluminadas, em contraste com a casa. Meus olhos se voltam para a janela do sótão onde a mulher de cabelo vermelho estava em meu sonho.

Equilibrado no topo de uma escada baixa na varanda está Ba, pendurando sinos dos ventos. Eles balançam na brisa, um conjunto de metais barulhentos.

— *Đang làm gì đấy*? — ele pergunta, enquanto eu apresso o passo nos degraus. Nós não falamos sobre a noite passada. O jantar e o incidente de Lily; tudo omitido. Mais um segredo familiar.

— Estava falando com a mamãe. — É a mentira que escolho. Esfrego as mãos na parte de baixo da minha blusa, deixando-o para trás. Vou até o segundo andar e espio pela abertura no quarto de Lily. Cochilando. Ótimo. Fecho a porta com o máximo de silêncio.

Ninguém deveria me ver agora, com uma aparência de merda, então este plano vai custar o meu orgulho. Clico no nome de Florence no meu celular.

— Isso é estranho — ela diz assim que atende. — Nós nos ligamos agora? — Florence boceja.

— Não tenho tempo para explicar — digo. Não tenho pressa em procurar um sótão revelado por intermédio de algo sobrenatural, mas preciso fazer isso enquanto estou sem medo. — Aquele sonho, ou limbo, que te contei, me deu a ideia de ir até o sótão.

Florence senta-se rapidamente na chamada de vídeo, dizendo:

— Uh, Jade, não. Coisas ruins acontecem nos sótãos. Só perde para porões.

Se eu me demorar, posso acabar desistindo. Assim que o meu cérebro se situar, vou desistir. As entranhas em minhas mãos provam que sou mais corajosa quando não penso.

— Preciso da sua companhia virtual, só isso. Será rápido.

— Pelo menos leve a Lily com você.

— Isso me deixaria *mais* assustada — respondo, depois sussurro: — Ela está acabada depois da nossa pegadinha. — Lily só ficaria pior. Passamos quase a noite toda de mãos dadas.

O teto é uma faixa completamente branca. Nossa casa nos Estados Unidos não tem um sótão, mas já vi vários na casa de amigos. Em geral, a portinhola fica bem no meio de um corredor. Volto pelo corredor para ter certeza de que não a deixei passar. Nada.

Já inspecionei cada quarto para as descrições do site, exceto...

Empurro para o lado os cabides do armário do corredor. Na parte de trás, como era de esperar, estão as linhas finas de uma porta. Discretas e escondidas com inteligência. Há uma única fechadura de latão. É nova e foi instalada por Ba, então ainda não tem cadeado.

— E aí? — Florence pergunta.

Eu viro a câmera.

— A entrada do sótão é pelo armário do corredor.

— Parece incrível. Muito normal.

Com certeza Ba teria nos contado se alguma parte da casa fosse perigosa. Inclino a cabeça para trás. Não há buracos no teto, nenhum local possivelmente esponjoso como no chão do quarto principal.

A porta cede com facilidade com o meu puxão. Uma escada íngreme leva ao topo. Procuro por um interruptor, mas não há nada. Mesmo sendo baixinha, ainda preciso me abaixar para entrar. É um pouco mais largo que os meus quadris, e é estranho para me virar.

Várias fechaduras, algumas com a cor apagada, estão deste lado da porta. Elas deveriam ser de quando a casa estava à venda.

— Estou subindo — comunico a Florence. Cada passo é dado com cuidado, enquanto percorro a palma de uma das mãos pela parede para me firmar.

Então a respiração dela é cortada pelo telefone. Faço uma careta, deslizando a tela, mas não tenho nem dados nem Wi-Fi. Estou quase no topo da escada.

— Que merda.

O mais inteligente seria dar a volta. Essa também é a opção paranoica, mas não sou paranoica nem louca. Apenas curiosa.

Eu me apresso nos últimos passos e chego ao sótão, onde janelas sem cortinas permitem a entrada de muita luz acinzentada. O sótão é grande e coberto por uma fina camada de poeira, intocada exceto pelas pegadas de Ba, marcas que se arrastam até inúmeras caixas marrons simples, e a corrida de ratos peludos.

O teto abobadado é uma enorme caixa torácica, arqueando-se com firmeza e mantendo o corpo unido. Este é um espaço que realmente exibe sua idade na superfície. Partes das paredes estão abertas, revelando um enchimento amarelo.

Se os fantasmas não me matarem primeiro, o amianto vai.

Adentro mais, a pele já coçando da poeira. A chaminé ergue-se pelo cômodo, os tijolos expostos. Uma parede tem uma série de ganchos e uma prateleira revestida de veludo, antigamente um expositor de armas. Na extremidade oposta está uma antiga escrivaninha calçada embaixo de uma janela. É a única coisa além das caixas que não está coberta por um lençol.

Meus dedos escorregam pelo topo de madeira antes de puxar as alças da escrivaninha. Poeira e teias de aranha se desfazem, salpicando pelo ar. Das pilhas de papel surge algo cinza, guinchando e mostrando os dentes, e eu grito:

— Rato! — Ele se apressa para fora da mesa.

Com uma mão sobre o peito, examino as pilhas. O papel parece tão fino que tenho medo de que vire poeira. Quando analiso uma pilha, os vejo: coisinhas rosas, sem pelo, com olhos pretos. Bebês ratos que não fazem nenhum som, mas se aconchegam uns nos outros. A futura fonte de nossos fios comidos.

Ba acreditaria nisso se eu contasse. Mas não vou. Eles nem podem ver como estão próximos da morte.

— Por que vocês estão deixando as paredes? — murmuro, reunindo uma pilha de fotos com cuidado e evitando onde eu perturbei um lar perfeitamente bom. Assustei um dos pais.

Viro uma página e prendo a respiração. Fotografias. Fotografias em preto e branco de um mundo não muito distante. Nada me surpreende, já que a maioria é de natureza, desta casa, de pessoas brancas no Vietnã, até que encontro um retrato formal de família.

A mulher da janela está sentada ao centro da foto, cercada por sua família. Seus olhos são afiados e profundos, o ângulo de seu nariz estreito. A família se mistura às cortinas do fundo. Eles a tiraram em nossa sala de jantar, um indício de papel de parede amadeirado raspado nas bordas.

O vestido dela é de uma renda linda e abotoado na frente com uma faixa larga. Seu chapéu é ainda mais bonito, com uma variedade de flores. Uma menina está à sua direita, e o marido ergue-se na esquerda, com a mão no filho deles. As crianças são obviamente gêmeas, ambas com a linha escura que é a boca da mãe e olhos profundos.

Meu instinto diz que ela é a Senhora de Muitas Línguas. Marion Dumont e seu marido, Roger. Aqueles de quem Alma nos contou. Uma escrita excêntrica mancha o verso — *1925, le sauvage l'a ruinée*. Uma antipatia visceral percorre meu corpo.

Virando-a novamente, volto a olhar a foto parte por parte, certa de que algo mais chamará minha atenção. A três quartos da parte inferior, encontro o que deve ter desagradado os Dumont. Um rosto espia entre as longas cortinas. É uma garota vietnamita, provavelmente da idade dos filhos, com olhos arredondados. A boca se curva em um sorriso com covinhas. Os olhos a delatam. A *bà ngoại* de Ba, minha bisavó.

— Ah, merda — digo, então cubro a boca como se ela pudesse me ouvir pela foto. Chegando mais perto, procuro por outros traços em comum, mas os detalhes não sobreviveram à tecnologia antiga. Ela não deveria estar neste retrato de família. Será que Ba viu isso? Será que colocou de volta como se não importasse? O papel se enruga sob meus dedos. Talvez tenha sido doloroso para ele, do mesmo jeito que uma dor incômoda começou em minhas costelas.

Inspeciono o resto, mas Bà Cố não é vista em lugar algum. Coloco a fotografia no saco que fiz com minha camiseta. Na parte de baixo de outra pilha, fixa sob um painel lateral, está uma fotografia com um rosto conhecido. Nela, Cam está com um *áo dài* tradicional de noiva e um sorriso desconfortável, o braço ao redor de um homem uniformizado. Parado ao lado deles está Roger Dumont, quase um sósia do marido de Cam. A casa paira atrás deles com Marion esperando em uma janela.

Como deve ser abrir os olhos e ver seu mundo completamente de pernas para o ar? Os invasores emergindo da névoa como fantasmas pálidos, tomando e construindo, e tomando. Aproximando-se e sugando tudo. E então chamando *você* de selvagem. Não precisa ser um gênio para analisar aquela palavra escrita na foto. Bà Cố e Cam são relíquias acidentais. O racismo não é sutil quando você começa a prestar atenção.

Um baque alto na chaminé me assusta, e profiro uma série de palavrões. Não tem ninguém ali. Fecho as gavetas. A chaminé dá outro baque. Contra todos os instintos, me aproximo do pilar. Meus passos são lentos, tão consciente como um animal prestes a correr. O baque não recomeça, mas não me atrevo a conferir na quina.

O tijolo exposto é gelado e quebradiço, em absoluto silêncio. Talvez Ba tenha entrado para consertar a chaminé, embora eu não a tenha visto ser usada uma única vez. É o destino, como tudo se encaixou. Coagida por todas as peças de quebra-cabeça se encaixando, me inclino para a frente e posiciono o ouvido na superfície.

— Jade! — A voz de uma garota, à minha esquerda. Florence rapidamente atravessa o cômodo e agarra meu braço, me puxando pelas escadas. Ela bate a porta do sótão, virando-se para mim no espaço apertado. — Mas que porra?!

Pisco várias vezes antes de compreender que Florence Ngo está parada aqui comigo. No que parece ser um pijama xadrez comprido. Assim que meu celular volta a ter sinal, várias notificações disparam. Eu explico:

— Estava sem sinal lá em cima. — Deslizo a tela pelas mensagens, a maioria de Florence, e uma do telefone de mamãe. A última é de Bren, com certeza, por causa da caixa-alta e da pontuação, e também porque diz: "*POR QUE VOCÊ ESTÁ IGNORANDO AS LIGAÇÕES DA MAMÃE???*".

O nariz de Florence infla.

— Achei que você tinha caído e quebrado o pescoço ou algo assim!

— Você ainda estava na cama relaxando? — pergunto, ainda energizada pelas fotografias.

— Não muda de assunto — ela rebate, embora já pareça menos brava.

— Você poderia ter chamado o seu tio e pedido para ele ligar para o meu pai.

— Ah, sim. Caro senhor, a sua filha está tendo sonhos proféticos e entrou em um buraco no armário, onde desapareceu de repente enquanto estava ao telefone comigo. Você pode, por favor, garantir que ela não está sendo esganada por um fantasma? — Ela revira os olhos. — Parece loucura.

Fico levemente irritada.

— Não é — eu argumento, ou minto. — Você não precisa me ajudar.

Florence gesticula para a pilha enorme de fotos.

— Preciso, sim.

— Bem — digo, o cérebro processando mais rápido do que consigo acompanhar —, valeu a pena. Encontrei o sexto quarto. — Quando ela levanta uma sobrancelha, confusa, eu dou uma cotovelada na portinha. — Sexto quarto, aquele que continua sendo acrescentado ao site. É o sótão. É enorme. — A resposta para cada pergunta que tenho está próxima. Parece certo que ela esteja aqui comigo. — Vou explicar mais no meu quarto. Você pode vestir alguma coisa minha.

— Suas roupas são curtas demais. Vou congelar — Florence diz, os olhos passando pelas minhas pernas. Uma onda de satisfação me atinge. — De qualquer jeito, xadrez está na moda. — Ela ajeita a gola com confiança.

— Só estou surpresa por você gostar de pijamas combinando — digo. — Tão organizada, bem garota de internato.

Um sorriso ilumina o rosto dela.

— Você costuma pensar muito no que eu visto para dormir?

— Agora, sim. — Não dou para trás. — Mas vamos sair do armário. — Depois de um momento, nós caímos na gargalhada, rindo pelo nariz e tossindo poeira e, provavelmente, um pouco de catarro. A semana inteira foi absurda, mas a fotografia é algo definitivo que encontrei sozinha.

E Florence, bem, eu a olho com atenção. O cabelo está bagunçado pelo vento e rebelde, brilhando em suas costas. O frio tornou suas bochechas vermelhas durante a viagem até mim. Não posso evitar de sorrir. Quando aqueles olhos espertos se iluminam, eu sei que ela notou.

15

NÓS DUAS ESTAMOS VESTIDAS DE MANEIRA ADEQUADA HOJE, EU naquele vestido vermelho-carro-de-bombeiros de novo, e Florence com seu habitual jeans rasgado, meia-arrastão, e camiseta desbotada. Nosso encontro improvisado depois da aventura no sótão ontem foi interrompido pelo tio dela, ligando sobre um almoço tardio, e Ba, designando Lily e eu a acabar com as "irregularidades" (também conhecidas como buraquinhos roídos) da casa.

Hoje, porém, Florence e eu temos tempo para relaxar no lado de fora, as fotografias, e a mochila com nossa próxima pegadinha, entre nós.

— "A selvagem a arruinou"— Florence diz, repetindo a frase traduzida do retrato de família.

— Uma delas — digo. É lógico que encontraríamos um esconderijo racista aqui. Praticamente mais nada é preservado na história. Mesmo esta única foto da minha bisavó quando criança, escondida nas cortinas, estava marcada.

— Todas elas — Florence responde enquanto folheia as outras. — Essa Senhora de Muitas Línguas e o marido davam festas após cada crime de guerra, olha. — Em inúmeras imagens, oficiais portavam armas no quadril e bebidas nas mãos. Essas pessoas existiram na mesma época e local da minha bisavó e de nossa família. Não é de estranhar que Ba nunca tenha compartilhado com Alma seus motivos de escolher este lugar. Ela é fascinada pelas coisas erradas.

Quando Florence chega na fotografia da noiva vietnamita, sinto uma pontada no peito com a necessidade de pegá-la para mim.

— Essa é a Cam. A garota da geladeira — digo, satisfeita por estar deitada de bruços no chão em vez de encarando Florence, embora as pessoas limpando a casa com a lavadora de alta pressão provavelmente tenham uma boa vista da minha bunda.

— Entendi por que você estava sendo discreta — Florence comenta com um tom provocador. Quando olho por cima do ombro, ela está com o rosto perto da foto. — Ela é gata.

— E está morta. — Lembro a nós duas, suave, mas prestativa. — Alma afirmou que mais ninguém importante viveu aqui, mas é óbvio. — Eu vasculho a pilha. — Esses dois. — Aponto para o cara branco no retrato de família e depois para aquele ao lado de Cam. — Gêmeos, né? Cam deve ser cunhada de Marion. — Por causa de como a ansiedade influencia minhas percepções, eu raramente confio nos meus instintos, mas as respostas estão se encaixando no lugar. Apenas algumas, mas ainda há tempo.

— Eles amam apagar esse tipo de coisa. Ou nós erámos os criados ou, bem... — A mão dela forma um "O", seguido por um gesto rude. — Minha avó estava com um cara francês. Nunca ouço falar sobre o fim de *nenhum* lado quando o assunto surge.

Eu nunca soube de que forma perguntar como a família dela sobreviveu. Nossos pais guardam histórias assim para compartilhar nos momentos mais aleatórios e desnorteadores, como enquanto descascamos *hột vịt lộn*. Você aprende a comer o ovo fecundado inteiro desse jeito. Estou sem palavras pelos milhões de maneiras com que ainda podemos sofrer por uma família que mal conhecemos.

— Faz sentido se a Marion for quem está assombrando a Cam — digo. — Vou perguntar quando eu a vir de novo.

— Tem certeza de que isso é inteligente? — Florence pergunta. — Ainda não sabemos quem está acrescentando o espaço para o sexto quarto no site.

A pergunta me irrita.

— É ela quem está me alertando. Eu não acho — uma pausa — que um fantasma esteja fazendo códigos HTML.

Ela agita um dente-de-leão perto do meu ombro, respondendo em um tom de voz indiferente:

— Ok, *anjoazul*.

Eu vacilo.

Um sorriso malicioso agracia seu rosto.

— A minha playlist assustadora é boa, né? Tem até uma seguidora.

Gemendo, bato a cabeça na grama.

— Ai meu deus, eu tinha onze anos quando criei a conta, tá? Nunca me importei em mudar. — Tudo sempre foi privado, e eu não adicionava ninguém. Mesmo a Halle, que implorava para colaborar nas playlists, já que eu sabia que acabaria sendo noventa por cento trilhas sonoras de filmes.

Ainda estou procurando por uma réplica espirituosa quando um carro dá partida. Nossos olhos se movem de imediato em direção ao som de um motor arrancando. Eu quase tinha esquecido que estamos de tocaia. Ba entra na caminhonete. *Até que enfim.* Primeira saída de casa que ele faz em dois dias. Lily se junta a ele e acena pela janela quando passam por nós.

— Vamos lá — digo, recolhendo as fotografias e meu orgulho do chão. — Eles vão comprar mais decorações, mas não sabemos se meu pai consegue ficar longe de casa sem microgerenciar todo mundo.

De volta ao interior da casa, Florence abaixa a mochila e tira pacotes de lâmpadas inteligentes controladas por Wi-Fi.

— Obrigada, Reddit — ela diz, com dramaticidade. — A casa dos babacas e dos delinquentes. — Eu só consegui pagar por cinco lâmpadas, mas é melhor assim; precisa parecer tão aleatório que o primeiro instinto de Ba não seja ir conferi-las. Florence lidará com o disjuntor, manualmente, para dar um toque extra.

As três instalações no andar de baixo são moleza, e enquanto nos apressamos para o de cima, um pensamento me atinge.

— Talvez possamos falar com algumas pessoas de idade e ver se elas se lembram de quem morou aqui por último e o que aconteceu.

— Elas teriam de ser muito velhas — Florence responde, parando no patamar da escada e arrancando o papelão de outra lâmpada. — Meu tio diz que a casa estava vazia antes de 1975. Tipo, muito antes de o pessoal das outras casas ir embora.

Ela tinha contado ao tio sobre isso. Eu me demoro ao lado do quarto de Lily.

— Por quê?

— Ele não sabe — ela garante. — Você não pode perguntar diretamente ao seu pai? Sobre a história daqui.

— Não. — Minha mandíbula está tensa. — A família dele se mudou para Saigon depois. Se alguém sabe, deve ser o seu tio. Vocês são locais.

Soa como uma acusação: *Você contou a mais alguém. Você perguntou.*

— Não somos nós que temos segredos — Florence diz.

Eu quero rasgar cada folha inútil dos livros da biblioteca em pedacinhos. Quero perguntar o que ela quer dizer e ouvir toda a verdade. Quero chegar mais perto. Quero parar de sentir a minha garganta se fechando, como se picada por uma vespa.

O ar se tornou claustrofóbico, então trocamos as lâmpadas que faltam separadas. Mas Florence não vai embora, não até que eles estejam de volta na hora do jantar, para que ela possa ser vista indo embora em sua moto. Nós brincamos e rimos, fingindo que as pegadinhas são um treinamento para a faculdade, mesmo que pareça muito distante. Toda vez que chegamos muito perto, é demais — aquele desejo de escavar sob a pele uma da outra.

"Amanhã", ela prometeu. "Amanhã nós vamos assustá-los."

Está silencioso quando me acomodo, exausta, naquela noite. Lily voltou para o próprio quarto, então mantenho a foto de nossa bisavó sobre a mesa de cabeceira e espalho outras ao meu redor, procurando traço a traço por qualquer pista mínima. Quando caio no sono, sem a mão de Lily apertando a minha, é uma escuridão errante.

Ela dura, e dura, até que uma lua curvada joga sua luz sobre um dossel esvoaçante. O quarto principal deveria estar vazio, mas há dois corpos como antes. Sem zumbido de mosquitos desta vez, antes de a figura menor se levantar. Cam parece muito mais esquelética e com olheiras, o corpo engolido por uma camisola marfim.

— O que é isso? — Minha voz flutua na água, silenciosa. Isso deve ser uma lembrança, ou uma visão que ela quer me mostrar. Mas o que eu quero é falar com ela.

Em passos insuportavelmente lentos, ela desliza até o corredor, fazendo o mesmo padrão para evitar o chiado da madeira. Cam para uma vez, do lado de fora do banheiro, onde murmura ofegante para os pássaros vigilantes:

— Não deixem ela me pegar.

A convicção a faz voltar a andar, e ela continua pelas escadas, passando pela sala pálida e entrando na cozinha, até a mesma gaveta onde guardamos nossas facas na vida real. Eu flexiono a mão, curada aqui. Tesouras reluzem em sua mão, abrindo e fechando.

As tesouras se perdem nas dobras da camisola enquanto ela vai para fora, confiante, até as hortênsias. Cam corta uma, depois outra, até estar com o braço cheio. Ela faz isso de novo, e de novo, até as hortênsias cobrirem a cornija da lareira, até elas enfeitarem tanto a cozinha como a mesa de jantar. A casa está desarrumada com louças e toalhas desdobradas, cheia de poeira flutuante.

A voz dela ecoa, abafada, mas obstinada:

— Cabecinhas bonitas. — Ela não corta totalmente os arbustos de hortênsias, exceto por um: o arbusto doente, com as folhas em leque e ficando vermelhas. Mesmo antigamente, esta planta já estava estressada ou com falta de fósforo, como Ba disse. Cam rouba todas as flores, algumas do tamanho de punhos, e botões que chegam ao tamanho de um mindinho. Flores novas sorriem em cada superfície. Ela as coloca em tigelas e canecas de chá, e as pétalas caem em um fluxo contínuo.

Nessas lembranças que não são minhas, sinto o cheiro de terra recém--mexida e de flores adocicadas.

Uma centopeia larga rasteja do último buquê de hortênsias nas mãos de Cam. Centenas de pernas marrons apressam-se por cima de galhos quebrados em busca de uma saída, mas acabam atravessando a pele. Sentada à lareira, com uma tela branca feito osso atrás de si, Cam balança o animal sobre a boca, segurando-o em uma das extremidades.

— Nem fodendo — digo, recuando, embora isso não seja real. Como uma cobra dando o bote, as pernas da frente da centopeia, longas e em formato de pinça, estalam em sua bochecha magra.

Cam enfia o torso, pernas e tudo, entre os dentes com um barulho crocante doentio.

Entre uma piscada e outra, Marion está lá, o braço por cima dos ombros da cunhada. Uma mão desliza pela franja sem corte de Cam. A centopeia finalmente para de lutar quando Cam coloca as duas metades para dentro do buraco escuro de sua boca.

Marion sussurra no ouvido da garota, e então aqueles olhos verdes como florestas se voltam para mim.

Me sobressalto ao acordar, congelada na cama. Meus cílios estão grudados à pele fina embaixo de olhos que não abrem. Preciso esperar os minutos passarem, a paralisia desaparecer. Ela sempre desaparece. As emoções silenciadas no sonho me inundam agora, nojo virando confusão. *Por que ela me mostrou isso?* As dobradiças da porta guincham, um lamento inesperado que faz meus pelos se arrepiarem. É a Lily? O Ba? Respirando, começo a contar.

Um.

Dois.

Dedos tocam meu peito. *Não.*

Três.

Não.

Quatro.

Não.

A pressão aumenta para uma mão cheia, sólida e forte. Os músculos paralisados se recusam a soltar o grito que se forma dentro da minha traqueia, mas meus olhos agora podem ver.

Presa à mão está uma mulher pálida cuja testa se estica como a clara de um ovo maleável, olhos profundos comprimidos no formato de polegares. Me engasgo em saliva acumulada.

Marion Dumont sorri. Desesperada, tento retomar o controle, mas meu corpo me traiu em sua imobilidade. Ela me empurra contra o colchão, a cabeça mergulhando para mais perto.

Você não pode me tocar. Você não deveria conseguir me tocar.

Uma total ausência de cheiro a torna irreal, e ainda assim consigo senti-la. Eu vejo tudo. Um nariz esquelético, com a largura e o comprimento dos nós dos dedos de uma pessoa, mantém seu rosto unido. A expressão dela exibe um divertimento cruel.

— *Mon cœur est ici* — ela diz. Uma risada agita o ar. Unhas afundam em minha pele, e repete, rindo: — *Mon cœur est ici.*

A noite é silenciosa, e suas saias varrem o chão. Seu corpo começa a se mover para trás, mas a cabeça permanece no lugar. Meus olhos arregalados não conseguem parar de olhar essa coisa terrível e fora do normal. Recuando, a mão continua estendida para mim. O bege em sua manga brilha com fios cintilantes. A cabeça dela paira sobre minha cama, enquanto o pescoço se estica com uma textura de caramelo entre eu e a porta.

Ela volta a falar, com sotaque francês.

— Meu coração está aqui, ratinha. — O chão range sob o peso de um corpo.

A cabeça é a última coisa a ir embora, esgueirando-se pela soleira com um sorriso feroz e deslumbrante. Quando toda ela desaparece, meus pulmões relaxam.

Com o corpo saltando para a frente, emito um som alto. Arranco a blusa com tudo, conferindo minha carne onde as unhas deixaram marcas. Fotografias escorregam das cobertas encharcadas de suor até o chão. Nenhuma vez Cam me tocou naquela noite na cozinha, por mais próximas que estivéssemos. Nenhuma vez nessas lembranças, onde sou nada além de uma espectadora, ela olhou em minha direção.

Marion fez ambas as coisas, sem qualquer esforço. Cada dedo poderia ter perfurado minha pele, se ela de fato quisesse.

Cam havia me alertado que falar chama a atenção deles. Eu não dei ouvidos, e o pescoço dela, *deus*, o pescoço dela...

A casa me embala para que eu não grite.

16

POR TODA A NOITE E MANHÃ, OBSERVO MINHA PORTA A CADA silvo e batida. Meus dedos inquietam-se nas bordas das fotografias até que quase haja buracos nelas, e é aí que as guardo embaixo do colchão. Elas não podem me vigiar de lá.

Mantenho apenas o retrato de família solto, prova de que minha bisavó viveu e sobreviveu. As coisas já foram boas nesta casa. Ela se lembrava das flores, mas não de suas decapitações ou de seu perfume intoxicante. Ela ficou bem nesta casa, então por que eu não consigo? Devo ser diferente, ou frágil, ou...

— Não. — Eu solto o ar. Não se trata de mim. Como as pessoas, os lugares mudam com o tempo, desesperados para continuarem relevantes.

Inspeciono meus dentes, em busca de pernas de insetos, depois me visto metodicamente com meu short e blusa favoritos. A extensão embaixo da minha clavícula está sem marcas. Ninguém vai acreditar em mim quando eu mal acredito em mim mesma.

O retrato espia do bolso da frente do meu jeans, dobrado bem em cima do rosto da Senhora de Muitas Línguas. É mais fácil pensar nela partida em duas, mas, mesmo assim, ela provavelmente brotaria outra cabeça, outro pescoço...

— Não. — Meu tom corta a sonolência pesada que ameaça me derrubar.

O passado não pode tomar mais do que já tomou.

Alma pagaria bastante por essas fotos, Ba poderia ficar assustado depois de encontrá-las embaixo do seu travesseiro, mas elas pertencem a mim. Deveriam ser da Lily também. Me obrigo a descer as escadas. O aroma doce e azedo de *canh chua* flutua da cozinha, e, apesar de tudo, minha boca se enche de água por causa das fatias cozidas de abacaxi e peixe branco servido por cima do arroz quentinho. Comida que conforta.

Ignorando a fome profunda, encontro Lily inclinada sobre a mesa de jantar, cercada de papel brilhante.

— Oi — eu digo, dando a ela um abraço lateral rápido antes de me sentar no próximo lugar vazio. — O que está fazendo?

— Trabalhando — Lily diz devagar, dobrando uma folha de papel antes de exibir a capa para mim. *Junte-se a nós para uma inauguração espetacular em Nhà Hoa em 28 de julho*, grita a fonte em negrito. Depois, em uma letra menor: *Celebre o aniversário de Jade Nguyen*. O convite exibe uma foto de Nhà Hoa, amarelo-clara com tijolos cor de ossos, exposta da maneira mais artística possível: espiando por entre os cachos de hortênsias, ao lado de venezianas recém-pintadas e coberta de videiras. A sensação de que a casa sorri, com dentes, me oprime.

Sem chance de Ba ter aprovado meu nome ao lado dela.

Faço que não, dizendo a Lily:

— Não é nada de mais. — Os dez dias restantes, porém, me atingem com um pavor gélido.

— Você diz isso todo ano — Lily argumenta. — Estou dando importância aos seus dezoito anos. — Ela encontra o meu olhar. — Vai ter bolo, me certifiquei disso. Trabalho infantil é pago com chocolate.

— Você não precisa fazer tudo que ele pede — digo. — Mesmo para mim. Eu odeio bolo.

— Eu preciso ajudar! O papai está tão estressado que o olho e a boca dele andam tremendo — ela diz, a expressão suave. Eu mal interagi com ele nos últimos dias, mas confio na observação de Lily. Seu amor por Ba é insuportável de testemunhar. — De qualquer jeito, você detesta diversão — ela continua. — Então o que você e Florence ficam fazendo?

Como é exatamente o que ela deseja arrancar de mim, eu digo, inexpressiva:

— Exatamente o que você está pensando. — Ela solta um guincho, uma reação mais fácil de analisar do que se eu compartilhasse a verdade sobre esta casa, com a qual eles tanto se importam. — Aprender piadas ruins é o risco de ser amiga dela.

— Ahh, amiga — Lily dá um sorriso afetado. — Ok, ok. — As mãos dela se erguem em rendição. — Vou cuidar da minha vida, mas você tem agido de forma suspeita. — Ela cruza os braços.

Suspiro.

— Me lembre de nunca mais abraçar você de novo. — Com cautela, coloco o retrato de família na frente dela. — Olha só isso.

O olhar dela percorre a fotografia, sem reagir à família sentada em destaque no centro. Ela não reconhece Marion, graças a deus, e se concentra na outra figura. Este pequeno e alegre momento pode ser nosso. Lily a segura próximo ao meu rosto.

— É a avó do papai nas cortinas? Bà Cố?

— Acho que sim — digo. — Achei em uma escrivaninha.

— Pode ser mesmo — Lily diz, olhando de um lado para o outro. Eu sempre remeti ao lado paterno, enquanto Lily e Bren foram beneficiados com os olhos gentis e o rosto redondo de mamãe. — Bà Cố não nos assustaria, né?

Meu estômago se aperta.

— Aconteceu alguma coisa?

— Bom, ãhn, talvez você esteja certa sobre as assombrações. Encontrei uma mensagem no espelho — ela explica. — Ah, eu acho que estava em inglês...

Merda. Elas eram direcionadas ao Ba para completar nossa assombração, mas com tudo que deu errado na semana passada, nem me lembro de quando foi a última vez que escrevi no espelho. Seria de grande ajuda se Lily acreditasse na assombração, mas ela parece tão pequena e tão diferente dela mesma, como se estivesse parada em um bosque real em vez de em nossa sala de jantar com o papel de parede falso.

— Dizia "eu vejo você". — Lily se endireita para me olhar nos olhos. — Foi você que escreveu, Jade?

Será que eu escrevi? Vasculho em meu cérebro todos os meus esquemas com Florence. Tudo que se repete, contudo, é a cabeça de Marion pairando sobre mim. Neste silêncio, ainda consigo ouvir Cam mascando a centopeia. É o motivo de eu ainda não conseguir dormir. Cada lembrança levanta novas perguntas.

— Não — digo. — Talvez Ba tenha escrito como brincadeira.

Lily está cética. Não é meu melhor trabalho, porém é inofensivo, já que ela ainda está em segurança.

— Fica com ela — eu digo, dando um tapinha na fotografia. — Acenda um incenso para a Bà Cố. Diga para ela cuidar de nós.

— Você tem certeza?

— Fiz uma cópia no meu celular — digo, omitindo que tapei o rosto dos Dumont.

Então Lily faz a única pergunta que eu deveria ter esperado:

— Você mostrou ao papai?

— Não, isso... — Minha voz some. Eu dobro um dos convites. — *Không muốn.* — "Não quero", porque talvez a barreira linguística amorteça o impacto. Otimismo é o que ela mais gosta de guardar em seu imenso coração. Ela, como Ba, quer disfarçar esta casa como um lar amoroso, passado de geração em geração. — Quis compartilhar com você. Pode fazer o que quiser com ela.

Destruir essa esperança só vai machucá-la. Eles precisam entender sozinhos. Forjar atividades paranormais para me livrar de uma assombração verdadeira, é isso que estou fazendo. Eu dou uma breve olhada para a arandela com uma lâmpada inteligente, e depois volto a olhar para Lily. Apenas dez dias até a inauguração desta casa. Eu sou confiável, a Jade boazinha, a pessoa que sempre vê as coisas como elas são.

A próxima assombração está pronta.

No ensino médio, nunca deixei ninguém entrar escondido em casa, mas hoje à noite, após lavar a panela onde cozinhei tofu e curry de amendoim para Lily, deixei a porta dos fundos aberta. Não sou tão indecisa depois que me comprometo, mas um milhão de pensamentos ansiosos surgem. E se Ba encontrar as lâmpadas antes? Estou fazendo a coisa certa? Será que Lily vai acreditar em mim depois disso? O que Marion quer? Cam é minha amiga?

— Por que você não pode ser mais direta? — eu pergunto, quase inaudível, no banheiro naquela noite, encarando meu reflexo. Não tenho certeza de quem quero que esteja escutando.

Estou tão sonolenta e cansada que cada um dos acontecimentos de merda se torna um borrão único. Os pássaros no papel de parede não ajudam; eles me deixam tonta em seus poleiros, aninhados ali. Os pássaros, Cam tinha implorado. Murmurado tão baixo que sua boca mal se moveu...

Uma notificação pisca em meu celular com o nome de Florence. "*Entrei.*"

Água gelada escorre do meu queixo até a tela. Como pode um dia parecer horas e anos ao mesmo tempo? Já que minha cúmplice está se preparando, eu deveria assumir minha posição discreta também. As portas de Lily e Ba permanecem fechada e entreaberta, respectivamente. O ventilador zumbe no quarto dele, mandando ar morno para fora.

Deslizo para dentro do meu quarto, evitando a cama onde a mancha tênue do meu corpo ainda está imortalizada nas cobertas. Não voltei para cá o dia inteiro. Talvez seja instinto animal, aquela configuração de sobrevivência quando o seu cérebro está funcionando, mas eu congelo.

As fotografias — de Đà Lạt, das festas dadas aqui — estão alinhadas perfeitamente no parapeito da janela, aninhadas em uma coroa de formigas mortas. Rostos em preto e branco me encaram. Eu as tinha deixado embaixo do colchão. *Quem mexeu nelas?* Não importa, porque pela primeira vez, eu vou acatar o alerta. Xingando, pego o meu celular.

QUARTA-FEIRA

23h37
Eu: cancela

23h38
Florence Ngo: mds mas eu já estou aqui

Florence Ngo: tá bom

Assim que a mensagem carrega, Lily grita do quarto dela:

— Ai, meu deus, Jade!

Abro a porta e corro pelo corredor, sem mais nenhum sinal de alívio.

— Paaaai! — Ela puxou o edredom até o queixo, sentada na borda mais distante da cama. A lâmpada em seu quarto brilha em vermelho, funde-se em azul, e muda para roxo, exibindo a gama completa de cores como anunciado.

Exceto que eu não estou com o aplicativo que controla as lâmpadas inteligentes aberto. Não sou eu quem as está controlando.

Minha irmã corre para fora da cama, chorando.

— Mudou de repente. — Lily passa correndo por mim. Eu me viro e vejo que o quarto de Ba brilha em vermelho também, criando um halo de luz assassina quando ela o encontra no corredor. A expressão dele é tensa e sinistra.

Enquanto nos reunimos, e meu cérebro sofre para explicar o que está acontecendo, todas as luzes piscam sem um padrão perceptível. Cores respingam em nossos rostos, indo e voltando, indo e voltando. Estamos presos em uma rave na qual ninguém quer estar. Lily se agarra ao braço de Ba. Meu celular vibra.

23h49
Florence Ngo: AJUDA ESTOU PRESA

O que ela quer dizer com "presa"?

— Vou conferir lá embaixo — aviso à minha família antes de me lançar na escuridão piscante. Qualquer coisa pode ser feita antes que o medo se instaure.

Dez segundos depois, outra mensagem: "*Jade as portas tão trancadas*".

Eu me apresso pela casa até o cômodo dos fundos. Esta porta, pintada de branco, cerca o disjuntor. Os aposentos dos antigos criados. A porta deveria estar trancada, mas se abre na primeira torção. Eu entro, onde ela se revela uma sombra no cômodo iluminado pela lua. Leva um tempo para a minha visão se ajustar.

— Vem — eu digo para o rosto surpreso de Florence, mas agora a maçaneta está presa. — Que merda é essa?

Ba vai estar aqui embaixo há qualquer minuto.

Em um mero sussurro, Florence diz:

— Se mexeu sozinha. A caixa de distribuição, ela... — Embaixo da porta, a faixa brilhante de luz morre, revive, e morre de novo.

— Florence — chamo. Seu silêncio faz meu coração martelar. — Flo! Aqui. Vem até a janela. — Um pequeno retângulo ergue-se alto na parede, fora de alcance. Ela volta a si quando toco seu cotovelo.

Minhas mãos se dobram juntas em um degrau improvisado. O peso dela afunda sobre mim enquanto eu a apoio contra a parede. Ela abre o trinco e se ergue. A casquinha na minha mão esquerda se solta nessa última escalada, e eu aperto os dentes. O corpo dela cai com um baque gentil do outro lado. Sangue pontilha minha atadura, formando uma constelação macabra que prevê desgraça.

Com certeza previu muita dor. Minha palma se fecha quando a porta acerta a parede. Os ombros de Ba tremem, de modo quase imperceptível, quando ele me olha.

— Está tudo normal — eu digo, como se soubesse como é uma caixa de distribuição normal. A expressão dele não muda. Ele está preocupado ou assustado? Será que ele está me olhando neste cômodo, onde nossos ancestrais dormiram, e se perguntando se nós também poderíamos ser uma família?

Ele não lê minha mente, então não há resposta. As luzes se comportam enquanto Ba e eu conferimos entradas e saídas, subindo as escadas depois de trancar as portas. A escada se flexiona a cada passo. Tudo voltou ao normal, exceto Lily, a silenciosa Lily. Ela está parada em seu quarto, iluminada pela luz do corredor, as mãos abertas em choque. Uma figura a quem rezar.

Pedaços de vidro brilham nos cabelos, ombros e pés da minha irmãzinha. O lustre acima balança com lâmpadas quebradas, agitado por alguma força invisível. Lágrimas novas molham suas bochechas. Meu instinto, de novo, é de correr até ela, mas o lustre balança de um lado ao outro, como se me repreendesse:

Chega.

17

MINHA IRMÃ E EU NOS ACOMODAMOS EM CAMAS GÊMEAS NO quarto com temática de campo francês.

Quando ela perguntou por que não podíamos continuar no meu, apenas respondi um "confia em mim". Talvez a nossa Senhora de Muitas Línguas seja boazinha conosco no antigo quarto de seus filhos. Pelo menos está livre de insetos e pedaços de vidro. Traumatizada, Lily cai no sono, o corpo se enrolando no formato de uma interrogação. Embora eu esteja exausta, só para garantir, me encho de chás de ervas e melatonina e lençóis limpos.

A noite e o dia anterior foram um pesadelo interminável. E, ainda assim, o meu maior desejo agora é conversar com um fantasma. Sinto desejo de sonhar furiosamente, e de propósito. Para a mensagem de Florence, "*que merda foi essa?*", eu deixo outra, a mais importante de todas: "*ajudando irmã a se sentir segura, nos falamos depois*". O nome de uma garota morta é a última palavra que meus lábios sussurram.

Neste limbo, que não é bem um sonho ou uma lembrança — sei disso porque não sou forçada em nenhuma direção —, as lâmpadas ainda estão inteiras. Meus pés descalços sentem poeira, depois pedras e grama, em direção ao bosque onde ela estará. Se um rosto pálido observa as minhas costas, não percebo.

Agulhas de pinheiro no alto e ao redor se agitam em massa. Sou uma visitante e, ainda assim, me sinto segura. Ironicamente, estou mais acordada aqui. Consciente. O *áo dài* de Cam tremula tão rápido quanto as asas de um beija-flor ao redor dos pinheiros brancos.

— *Đừng làm nữa* — ela diz, mas o som sai confuso, incongruente. *Não faça mais isso.* Ela toca no tronco de uma árvore. — Não coma. — *Đừng ăn.* É sempre "não faça", sempre "não".

— Não comer o quê? — pergunto, ecoando alto. — Podemos ser menos vagas agora. Ela já notou. Veio me ver. Veio do sonho ou da lembrança, o que quer que seja aquilo que me mostrou. — Gravetos estalam sob meus pés quando paro na frente de Cam. Meus dedos repousam sobre o local exato em que as unhas de Marion se enterraram. — Você é cunhada dela. — Embora eu tenha tido dias para processar as fotografias, a frase sai como uma acusação.

Aqueles olhos hesitam diante de mim, envergonhados, constrangidos, quase o suficiente para que eu me sinta arrependida.

— Meu marido, ele arranjou o casamento com meus pais — Cam conta. — Pierre era... agradável. Nada parecido com o irmão ou com ela.

Não tenho planos de me casar, e menos ainda com alguém que eu conseguiria descrever apenas como "agradável" — principalmente se descarta os medos de sua parceira como bobagem. Os únicos casados que eu conheço que são um pouco felizes são os pais de Halle. Foi difícil perceber no primeiro sonho-lembrança, com todos aqueles mosquitos, mas as fotos não foram alteradas. O cabelo dele tinha fios prateados, os olhos com linhas finas. Mais velho; nada incomum em casamentos arranjados.

— Eles disseram sim — ela continua. — Mas não vieram me ver depois. Nem uma única vez.

Sua voz fica irregular, com um luto inquantificável, um lembrete de que ela já foi real. Suas mãos ossudas se torcem juntas. Deve ter sido solitário e assustador ser abandonada daquele jeito — considerada incivilizada por sua nova família e uma traidora pela sua família antiga. Não tenho palavras para confortá-la. Com delicadeza, digo:

— Você merecia mais do que isso.

Cam levanta o queixo.

— A sua família foi gentil comigo também. — É a primeira vez que ela os menciona.

— Eles estão lá? — pergunto, o coração quase parando na garganta.

Ela se vira em direção à casa.

— Não.

Por um instante, fecho os olhos. Alguma partezinha minha esperava que eles estivessem mesmo lá, planejando maneiras de nos salvar, que eu acabaria os vendo em um sonho ou neste limbo.

— Você consegue aparecer em pessoa? — pergunto, por fim, encaminhado a conversa para coisas que me ajudarão a sobreviver.

Ela brinca com a costura em sua túnica. Sua ponderação é lenta e cuidadosa, e então fala como se usasse toda a sua força para compartilhar.

— Com facilidade... mas não por muito tempo. — Minhas bochechas queimam de repente. Isso significa que ela era real, quase nua na geladeira. Tanto Marion como Cam tinham aparecido em ocasiões diferentes, bloqueando meu olfato.

— Nós somos tão parecidas, Jade — Cam diz. Mais uma vez, meu nome é dito com o "d" pouco presente, enquanto ela foca sua atenção em mim. — Meninas que não conseguem o que querem. Não sou tão furiosa — Cam sorri, porque fez uma piada, parecida com o que Florence disse sobre a minha combustão —, mas não quero que você sofra como eu.

Raiva, confusão e um rápido divertimento viram vergonha quando sinto minha cabeça esquentar. Cam está pensando apenas em mim. Não em todo o resto.

Em algum lugar no mundo desperto, eu estou deitada na cama ao lado de minha irmã porque ela está com medo. Não fui feita para ser emocionalmente multitarefas.

— Então, as luzes explodindo em cima da minha irmã — falo, me aproximando dela, já que a coragem é de graça neste local de passagem. — Foi você quem fez isso ou foi ela?

No momento terrível e silencioso que se segue, Cam respira em um ritmo igual ao meu. Mas meu peito vibra de raiva, não em uma tentativa equivocada de fingir estar viva.

— Eles — ela sussurra. — Eles escutam, sempre.

— Você continua dizendo isso, mas só vi ela e você — digo. — E ambas estão mortas. — Ela estremece. — O que ela pode querer de nós? Por que fazer tudo isso em vez de descansar em paz? — Qualquer que seja o ser superior que está por aí, ele com certeza sabe que, quando eu morrer, vou permanecer morta.

A franja dela se agita de um lado para o outro. Cam mexe em algo dentro da boca intensamente, como se a centopeia tivesse rastejado de volta. Nem posso perguntar sobre isso porque o mundo frágil ao nosso redor balança com cada movimento furioso da cabeça dela. Não há tempo de correr ou acordar antes de ela me agarrar, o vento enredando seu cabelo longo e escuro.

— Você também precisa ouvir — Cam diz. Um toque na minha têmpora, e eu desapareço.

A sensação, breve, é de estar me afogando, onde cada som é abafado, enquanto eu entro em sua lembrança, ou a recriação dela. Reaparecendo, estou em frente a uma porta em Nhà Hoa. A madeira ainda é nova e cheia de risadas de crianças. À distância, suas vozes ecoam, completamente intraduzíveis. Cam escova o cabelo com uma escova de prata, sentada em frente à penteadeira com três espelhos que a minha irmã restaurou na atualidade. Em cada reflexo, ela está distraída com suas pontas duplas enquanto o assoalho range cada vez mais próximo. Eu congelo.

O cheiro acre de vinagre e de banheiro de posto de gasolina ataca minhas narinas quando uma respiração quente sopra em minha nuca. Devagar, mãos agarram ambos os lados da porta, me envolvendo por trás. Ela se demora, unhas sem corte e tudo mais, fedorenta e odiosa, até que Cam percebe, o assento acolchoado retinindo no chão.

— Você deveria estar na...

Com cabelos cor de cobre e extremamente magra, Marion Dumont passa trotando por mim, lançando-se sobre Cam.

— Não se atreva a me dizer o que fazer — ela rosna. — Você não é a senhora desta casa, ratinha.

Cam a segura, suplicando.

— Deixe-me ajudá-la, por favor. — Esta lembrança é diferente da última; mais volátil, mais antiga do que qualquer coisa que já tenha compartilhado. As vozes delas soam distorcidas em meus ouvidos.

— Me ajudar? — Marion ri, os cantos da boca rasgando as bochechas afundadas. — Parasitas, todos vocês criados inúteis, me *envenenando*. — Ela afasta Cam. — Eu vou aonde quiser.

Cam observa, chocada, enquanto a mulher ruiva gira pelo cômodo.

— Ah, minha casinha preciosa — Marion diz, seu vestido grande demais batendo contra a parede. — Eu sempre vou cuidar de você.

Ela canta fora de tom até estar cinza, os membros duros como uma marionete. Exausta, ela não afasta a cunhada para longe na próxima vez que a ajuda surge.

O tempo todo sua cabeça febril nunca para de sussurrar:

— *Eu* sou a senhora desta casa, e ela sabe, ela sabe, minha querida ratinha. — Seus dedos traçam números oito nas paredes antes de ser puxada para longe. — Ela sabe.

✦

Engraçado como uma casa pode ser mais do que quatro paredes: o centro do universo, o único lugar onde seu pai é feliz, uma obsessão. A beira do mundo fica em Nhà Hoa. A neblina se aproxima, engolindo o jardim e a varanda por inteiro. As marcas de mãos, minhas, de Ba e de Lily, são as únicas coisas que consigo ver, encobertas na manhã. O mundo real.

Ela estava doente. Marion sofria e fez Cam sofrer também, sugando qualquer gordura insignificante que ela tivesse e confundindo sua mente. *Por qual outro motivo Marion falaria com esta casa?* Casas não têm histórias ou almas, ou eu teria sido assombrada minha vida inteira.

Eu costumo ser bem-sucedida em planilhas, ordem e organização, mas coisas demais aconteceram em uma semana — porra, em uma noite, desde as luzes com defeito até o passado trágico de Cam. Eu dou as costas para a neblina e olho pela janela da cozinha. Não sei mais o que deveria estar no roteiro para a mamãe. Deslizando a tela até a longa lista de chamadas perdidas, clico nas informações de contato dela.

O telefone toca, e toca, e a primeira coisa que mamãe faz quando atende é me repreender.

— Você não tem atendido as minhas ligações ou ligado de volta, mas me acorda às seis da manhã?

Eu sorrio e digo:

— Desculpa, desculpa. — Uma recusa se tornou duas, e logo chamadas perdidas se acumularam além do meu controle. Agora, eu esperei tempo demais para ouvir a voz dela. *Mamãe.* Eu olho para o céu, e de volta para ela quando meu coração encontra um ritmo contínuo. — Me conte sobre fantasmas.

O abajur em sua mesa de cabeceira é aceso. Ela não parece feliz em ouvir esta filha, nem sobre esse assunto.

— Você está comendo? Parece cansada. Talvez Bren e eu devêssemos ir até aí.

— Mãe, está tudo bem — digo. — Eu fiz *xôi* para o café da manhã. — Incapaz de dormir, dediquei toda a minha atenção a deixar perfeito o arroz glutinoso com coco. — Você sabe que a Lily vai devorar tudo quando se levantar. E nós já temos passagens para te encontrar em Saigon daqui a duas semanas.

As sobrancelhas suaves dela se enrugam de preocupação, mas ela não insiste. Ela nunca insiste. Nem quando preciso que insista.

— *Tại sao con hỏi?*

Porque estou sendo assombrada. Não consigo dormir. Ba não acredita em mim.

— Quero saber mais, só isso — respondo. — Florence me conta muitas histórias de fantasmas. — Não é cem por cento mentira. Ela me contou sobre meninas afogadas em poços, meninas em estradas, meninas divididas entre identidades. Eu agora tenho minha própria história sobre uma menina: a menina presa em um casamento indesejado, assombrada pela mulher que impera sobre uma casa roubada.

— Ninguém pode ter certeza de que eles são reais — mamãe diz, por fim. — Algumas pessoas não são enterradas direito. Então algumas não se vão quando *chết oan*. — A frase ressoa em meu ouvido. Morte injusta. — Fantasmas podem estar famintos por diferentes motivos. Eles morrem jovens ou são assassinados.

A quantos filmes de terror Halle e eu assistimos com um cemitério secreto embaixo de alguma casa assustadora? Ou sobre hospitais onde muita gente morreu? A vingança sempre foi fácil de entender, mas fome implica que algo pode ser preenchido. Qual o limite de um fantasma quando eles não têm um corpo real?

— *Tiếng Việt,* fantasma *gọi là ma* — mamãe diz. — Fantasmas ruins são *ma quỉ*. — Diante da avaliação dela, paro de esfregar minha mandíbula tensa. — Não é bom falar sobre isso. São histórias.

— Eu sei — respondo. Uma história é o que me mantém refém durante o sono. A pérgola construída pela metade me cerca, uma jaula dourada para conter toda minha ansiedade. — É por isso que as pessoas vão ao templo quando alguém morre? Para eles seguirem em frente? — Quando o pai de mamãe morreu, ela usou uma faixa branca na testa e foi ao templo todo domingo, por sete semanas, para se ajoelhar e saudar sob o direcionamento de um monge. Com as rótulas dos joelhos vermelhas e doendo, mamãe completou o ritual.

— Sim — ela diz. — Para ajudá-los na transição para a vida após a morte. — Mamãe se endireita contra a cabeceira, fazendo uma carranca completa agora.

— Nós temos um altar aqui, sabia? — conto, esperando que seja o suficiente para distraí-la. — Para Bà Nội e Quan Âm. Ele realmente quer fazer deste lugar um lar.

— É importante para ele. — O modo como ela fala é melancólico, como se eles não tivessem passado o ano anterior à partida dele discutindo sobre dinheiro e como ele enviava cada pagamento que ganhava aos irmãos no Vietnã, enquanto ela acumulava contas de cartão de crédito para pagar nossas necessidades. Mamãe ama com muita facilidade. Ela perdoa com muita facilidade. Se Ba tivesse enviado flores, ela o aceitaria de volta. Eu sei que sim, como se nós não fôssemos o suficiente, e odeio pensar assim. Mamãe merece ser feliz. Ele não é a pessoa certa para isso.

— Nós paramos na área rural onde minha família viveu quando éramos crianças — mamãe diz, a voz baixa. — Até aquele lugar está diferente. Há estradas agora, e mais casas. Eu não reconheci nada. — Eu não sabia que eles tinham planejado desvios de suas visitas aos templos. Ela olha para algo fora da câmera, para o quarto de hotel que, com certeza, ela e as irmãs estão dividindo. — Queremos nos agarrar àquilo que continua igual. Talvez o seu pai seja assim.

"Um dia, vou te comprar uma casa no Vietnã", é a promessa que a Jade jovem fez. Mamãe pode ter esquecido ou encarado como uma besteira infantil, mas eu estava falando sério. Eu me esforcei na escola, nas atividades extracurriculares, e nos empregos, para que fôssemos dignos daquele primeiro passo para dentro do barco que a levou aos Estados Unidos. Todo esse trabalho, só para eu ferrar com tudo em um acordo com Ba.

Mas entendi errado. Mamãe não quer uma casa nova. Ela quer aquela que deixou para trás aos oito anos de idade. Ela quer nostalgia. Na minha família, não sou a única perseguindo fantasmas.

derme

ÀS VEZES, TUDO QUE ESTA CASA SENTE É MORTE. PÁSSAROS PRESOS em metal e vidro quebrado. Pregos enferrujando, metade para dentro, metade para fora. Mofo traz cor aos cômodos, mas, devagarinho, mata todo o resto.

É muito mais divertido ser habitada hoje em dia.

Mas ela é danada. Má. *Vilaine*, como talvez diga em sua própria língua. Ela carece de um toque suave. Esta casa pertence a si mesma, abrindo-se para visitantes, e banhando-se em estragos antigos. Precisa de mais tempo. Precisa da eternidade, na verdade. Ela precisa aprender isso, ou não servirá para nada.

O mundo a cuspiria de volta mesmo se esta casa batesse com uma parede em seu pescoço.

Coisa tediosa.

18

O MERCADO NOTURNO DE ĐÀ LẠT CINTILA SOB LÂMPADAS FLUORESCENTES. Escamas de peixe estão mais iridescentes do que nunca, reluzindo e intrigando os transeuntes, e roupas com glitter e lantejoulas brilham como diamantes. Vapor eleva-se de panelas quentes, há respingos de cerveja e poças debaixo de pequenos assentos de plástico, e risadas cortam a multidão, uma sinfonia fora de tom.

Eu poderia passar a noite inteira aqui, longe daquela casa opressora e do que eu vi. Do que consegue me tocar. Foi um longo dia fingindo para Lily que estava tudo bem.

— Quer uma lembrancinha? — Florence pergunta quando nos aproximamos das bancas de roupas, o cabelo dela brilhando por cima de um ombro, como se eu quisesse algo além dela. — Você parece estar com frio.

— Nah. — Eu abraço meus cotovelos quando passamos por um estande com suéteres temáticos da Disney. Tudo lá dentro está parado outra vez, um globo de neve virado brevemente de cabeça para baixo. Eu não preciso ir embora do Vietnã com mais bagagem do que quando cheguei. Meu limite é o metafísico.

Eu deveria ter ouvido a mamãe sobre trazer roupas quentes. Me lembra de como, a cada inverno, ela enfia jaquetas cada vez mais grossas em nós. Estou um pouco velha e alta demais para essa luta. De qualquer forma, mamãe confia em mim para tomar minhas próprias decisões. E esse é o erro dela.

"*Vem me ver hoje à noite*", eu tinha enviado à Florence. Fedia a desespero e ironia, mas ela veio mesmo assim: de moto, o capacete estendido, e sorrindo.

Por um segundo, e agora mesmo, aqueles lábios são a única bagagem que quero levar do Vietnã.

Como se ela entendesse, nós deixamos nossos erros de lado, e ela me puxa para perto de sua jaqueta. Fico grata por ter uma desculpa para finalmente compartilhar um pouco de calor. Nós nos misturamos, duas amigas se divertindo a poucos centímetros de distância, e é algo meio Lara Jean, tudo isso para dizer: adorável pra caralho. Podemos ser as estrelas dessa comédia romântica enquanto o inevitável espera.

— Como você consegue se entediar aqui? — pergunto, próximo à bochecha dela para que escute.

Seu rosto se desfaz em falsa surpresa.

— Como você consegue se entediar na Filadélfia, com o Sino da Liberdade?

— Nunca nem vi o sino. — Eu rio pelo nariz. A maioria das coisas fica sem graça após um período, mesmo quando você passa um tempo longe. Mas, no outono, isso poderia ser real: andar com ela na cidade, no campus, em nossos respectivos dormitórios, por novos lugares que descobriremos juntas. Viver uma vida fora do armário sempre foi parte do plano, mas as pessoas eram hipotéticas antes.

Florence não é hipotética.

Por exemplo: ela nos conduz em direção às bancas de comida.

— Tenho amigos aqui. Eles são legais, mas não são meus melhores amigos — ela diz. — Você não quer ir para casa? — Seu olhar astuto cai sobre mim.

A pergunta é justa, indicando tudo o que deu errado com a nossa pegadinha, mas eu não disse que o inevitável deveria esperar? Assim que eu falar a verdade, não vou conseguir parar.

"Meu coração está aqui", a Senhora de Muitas Línguas tinha dito dias antes. Aqui, onde vejo quão bonita Đà Lạt é. Eu tinha pensado o mesmo de Saigon, apesar da fumaça e luzes e prédios — como poderia ter sido minha em outra vida. Uma vida diferente, não necessariamente melhor ou pior. Florence e eu poderíamos ter sido amigas em circunstâncias menos complicadas.

Dando de ombros, escolho os três fatos mais fáceis de compartilhar.

— Sinto falta de Halle. Sinto falta de hambúrgueres. E de batata frita. — O nome de Halle fica suspenso no ar, uma baforada branca, e então se dissipa.

O quadril de Florence roça no meu, me trazendo de volta ao chão enquanto andamos em meio à multidão de pessoas. Ela se deixa levar, mais paciente do que sou capaz de reconhecer.

— As duas últimas coisas nós temos aqui. Halle é...?

Sem mentiras hoje, lembro a mim mesma.

— Ex-melhor amiga. Complicada. Agora babá de gatos — digo casualmente. — E eu quero dizer hambúrgueres *muito* ruins e batatas gordurosas, estilo McDonald's, não essa coisa que vem fresquinha da fazenda. Eu devia ter comido em Saigon quando estive lá. Não fazia ideia de que Đà Lạt era tão refinada.

Ela ri.

— Muito americano da sua parte.

Finjo estar ofendida.

— Eu dividi o meu segredo mais profundo com você!

Quando deixamos o próximo estande com dois pedidos de tofu macio em xarope de gengibre, estou tremendo por inteiro.

— Ok, *agora* eu preciso de mais roupas — digo.

Um vendedor com olhos de águia nos observa, focado em nossa comida com uma precisão de raio laser. Um pingo, e teremos de comprar tudo.

Agarro uma blusa de mangas compridas da Nike que não é realmente da Nike. O mote "Just do it" parece algo que mamãe escolheria, e esta é a quarta verdade da noite. Sinto falta dela. Sinto falta de Bren. Ligar para ela hoje de manhã foi um risco, e estar fora daquela casa permite que as vulnerabilidades cheguem perto demais da superfície. Quando sinto medo, minha mãe ainda é a pessoa que quero encontrar ao virar a esquina.

— É muito caro. — Florence interrompe, antes que eu possa pagar a senhora no estande. Sua voz alta se transforma em vietnamita perfeito enquanto elas pechincham preços. Eu nunca a tinha ouvido falar somente em vietnamita antes, porque era mais fácil planejar em uma língua na qual nós duas somos fluentes. Sou arrebatada por sua boca: como se move, cada entonação perfeita. — Você tem pagado o preço integral das coisas nos mercados? — ela pergunta depois de eu desembolsar a quantia negociada.

— E daí? É difícil acompanhar quando eles falam rápido, e falar é exaustivo em geral — digo. A boca de Florence se curva de um jeito que realça a covinha minúscula em sua bochecha. Não tive muitas oportunidades de notar antes. Sorrindo, eu acrescento: — Sério, me ensina a dizer "pega todo o meu dinheiro e não fala mais comigo".

— Isso é ridículo — Florence diz, pegando as sacolas com nossas coisas para que eu possa vestir o novo moletom.

Ele passa, sem cerimônias, do comprimento do meu short.

A gargalhada dela aumenta de volume.

— Você parece uma aluna do ensino fundamental, o que combina com a sua atitude.

— Tenho dezessete anos completos — digo. — Até pulei uma série.

— Dezessete anos de completa putaria interior, você quis dizer — ela responde com a convicção de alguém que não acabou de fazer a pior piada do mundo. — Espertinha.

— Não me condene pela minha sexualidade ou pelo meu cérebro — digo quando alcançamos os degraus largos e amplos que se inclinam até o mercado. Nossos joelhos se batem quando nos sentamos, o espaço entre nós quase fechado.

Desembalando a comida, ela mistura o tofu macio no xarope grosso e o quebra em uns mil pedaços. Depois de comer uma colherada cheia, ela sopra vapor no ar. Eu deveria estar faminta, mas só consigo lembrar de fantasmas.

— Como é frequentar um internato? — pergunto antes que os sons abafados do sonho anuviem minha cabeça. — E um internacional. Achei que isso só acontecia nos filmes, ou com pessoas brancas e ricas.

— Hã. — Florence estala os lábios um no outro. — Uma loooonga festa do pijama com algumas pessoas de que você gosta e algumas de que não gosta. Mas eu conheci minha melhor amiga lá. Gemma. Meu apelido foi ela quem me deu.

É mesmo, ela tinha interrompido o tio quando ele a apresentou três semanas atrás na nossa porta. Com uma malícia incomum, eu exijo:

— Você precisa me dizer seu nome verdadeiro.

A colher dela é empurrada de maneira desafiadora na minha direção, criando um arco de xarope nos meus dedos.

— Bích[3] — ela responde. Meu estômago dá um giro estranho. *Ngọc bích* é outra forma de dizer "jade". — Nunca achei que tivesse a ver comigo. — Nós já compartilhamos do mesmo nome, traduções uma da outra em diferentes partes do mundo, mas o meu sempre me pareceu certo. Cada letra é dura, impenetrável, algo forte. Minha mãe me nomeou bem.

— E tenho certeza de que as suas colegas sempre pronunciaram o seu nome com muito respeito também — eu comento, revirando os olhos.

— Elas eram uma merda em todos os sentidos. Juntas o tempo todo, sabe? — ela diz. — Algumas começaram a me chamar de Fluxo Alto porque

---

3 *Bích* tem uma pronúncia similar a "bitch", em inglês, que pode ser traduzido como "cadela". (N. T.)

minhas menstruações eram muito ruins e sujavam a cama. Então Gem disse *Flo*[4], de Florence. Combinou e ainda combina. — Com o queixo para dentro, ela se apoia nos joelhos, o recipiente de sobremesa abandonado aos nossos pés.

— Florence — digo, baixinho, e com mais intimidade agora, para mim e para ela, apreciando cada momento em que não estou sozinha neste lugar. — É perfeito. — Lambo o xarope dos dedos. Apimentado e doce, é o gosto que ela teria neste momento. Ela está me olhando com tanta atenção. Cercada de lã, com nossas coxas alinhadas juntas, e pressionada de todos os lados por frequentadores do mercado, tenho certeza de que minhas bochechas estão coradas.

Coloco o meu recipiente no chão. Uma mosca se contorce e se afoga na piscina dourada da sobremesa dela. Nossas mãos encontram-se no mesmo local entre nós, e ela toca ao redor do corte em minha palma. Dói um pouco, mas eu gosto.

— Abriu de novo quando você me deu impulso, foi? — ela pergunta. Nós dançamos no limite da verdade por tempo demais.

Antes que eu possa me convencer do contrário, digo a ela:

— Eu vou embora. — Ela não parece surpresa. Conto tudo a ela, desde a tarde que passamos decifrando fotos até depois da fuga pela janela ontem à noite, e as coisas que fazem sentido e as tantas que não fazem. De vez em quando, ela quebra seu silêncio com um "ah, merda" apropriado que me faz rir, apesar do assunto. — Eu falei com a minha mãe hoje de manhã sobre fantasmas famintos — digo. — Então é provável que ela ache que estou à beira de um colapso. — É tão estranho me abrir com alguém que permaneço sentada, minutos depois, atordoada e confusa por ter mostrado um pouco de emoção humana em um local público. E sobre *assombrações*.

A pele dela ainda está quente, e é assim que percebo que não se afastou.

— Eu acredito em você, Jade.

Olho para cima enquanto minha caixa torácica relaxa, permitindo longas inspirações e expirações que não adiantam de nada para o meu coração acelerado.

A voz dela é firme quando continua:

— Com uma casa tão velha dessas, poderia ter sido um problema elétrico, mas... eu acredito em você. Você é mesquinha pra caramba, tem

---

4 *Flo* tem uma pronúncia parecida com "flow", que pode ser traduzido como "fluxo". (N.E.)

ideias malucas, mas faria qualquer coisa para proteger a sua irmã. Mesmo que vocês se machuquem um pouco. Você enxerga os problemas como eles são.

As palavras me atravessam profundamente, mais íntimas do que uma faca. Eu mal me recupero antes de uma risada desconfortável erguer-se do meu peito.

— Então, é, nossas assombrações já eram. — Para ser sincera, com o tempo eu esqueci o motivo de querer fazer isso. Irritar o próprio pai só é ótimo até as forças sobrenaturais do universo responderem a sua pegadinha. — Vou ligar para a minha mãe amanhã e inventar alguma razão. — Vou tentar uma versão que não seja "eu sinto muito, mas o Vietnã nunca poderá ser a minha casa. Ba nunca poderá ser nosso". A faculdade pode esperar. Posso viver mais um ano com o meu eu falso. Posso esperar para namorar um garoto, ou uma garota, ou quem quer que seja. Já vivi quase dezoito anos assim, então o que é um ano a mais?

— Diga a ela que está com desejo de McDonald's. — Florence sugere. Sua piada horrível libera a tensão persistente em meu pescoço. — Nada de festas na faculdade, então — ela acrescenta, embora meu plano fosse estudar por longas e exaustivas horas, com uma pegação aqui e ali.

— Vou trabalhar nesse ano e ir para a faculdade depois.

— Há muitas opções de fast-food na Filadélfia — ela diz, dando uma pausa e depois recomeçando, apenas para parar antes que uma sílaba se forme. Um sorriso torto substitui o que ela teria dito.

Sustento seu olhar naquele espaço apertado.

— Algo assim, é. — Debaixo das luzes fluorescentes, os olhos dela brilham. Castanhos e acesos internamente. Aquela merda de beleza interior é verdadeira. A Florence não hipotética vai arrasar na faculdade a apenas vinte e quatro quilômetros da minha casa, mas agora ela deve achar que todo o meu tempo será passado trabalhando em estabelecimentos de fast-food.

— Não sei por que eu achei que você fosse inteligente — ela provoca. — Você é duplamente idiota. Caçadora de fantasmas. Assombradora de fantasmas. E agora eu tenho muitos alto-falantes bluetooth, e já comecei a preparar um lençol branco. — Florence levanta uma sobrancelha, como se dissesse "entende?". — O que eu vou fazer sem as suas confusões?

Boa pergunta. Também quero saber. Eu contorno os anéis em sua mão.

Me pergunta se eu gosto de você. Me pergunta se você pode me beijar. Me peça mais.

Porque hoje é sim, sim e *sim*.

*

Quando estou sonhando, caminho pelos corredores de Nhà Hoa. Não no presente, porque um carpete cobre toda a extensão do corredor, felpudo e estampado com o que algumas pessoas definiriam como "oriental" ou "exótico".

Meu objetivo é sair e adentrar o bosque, onde o fantasma faminto não pode nos ver. Cam deveria estar me esperando, mas a única roupa esvoaçante é a de uma menininha que se apressa da cozinha para a sala de estar. Não, isto não é um sonho. Não tinha percebido: os plugues invisíveis em meus ouvidos. Estou visitando a lembrança de uma noiva cadáver.

Risos ressoam daquele cômodo — de mais de uma pessoa, o que nunca vi acontecer na Nhà Hoa reformada. Antigamente, minha família inteira ria junta. Nunca no jantar, já que mamãe trabalhava até tarde, mas naquelas noites de sábado quando nos reuníamos com seus velhos amigos, aqueles que eles conheceram em campos de refugiados nas Filipinas. Havia muitas risadas. Então, é claro, a separação, e as pessoas escolheram lados — mesmo as crianças.

Lily é a única que não consegue.

A menininha, eu me lembro, e me dou conta de que pode ser minha bisavó. Avanço com rapidez atrás dela. Preciso ver seu rosto em movimento. Talvez as sobrancelhas estejam sempre erguidas, como as de Bren, ou então... Marion Dumont passa direto por mim. Seu corpo está mais cheio do que na última lembrança de Cam. Ruge colore as bochechas, seu cheiro nada além de flores esmagadas. Aquele pescoço está em uma posição normal. Ela ainda não está morta ou doente.

Ela grita aos empregados na cozinha. Em francês, em vietnamita ruim, rápida e exigente. Meus — eu me viro — tataravós, uma névoa branca infiltrando-se pelas janelas, insignificantes para ela, que só se importa com a produção de comida. Os convidados fumam e brindam. A menininha reabastece as bebidas deles, alheia à minha presença.

Ao meu redor estão oficiais que, sem dúvidas, mantiveram o Vietnã sob controle e rentável, seus uniformes engomados com as bainhas enlameadas. Uma outra pessoa se destaca. Seu rosto em formato de coração está abaixado, e ela não fala com ninguém. Tantas bocas se movem, mas aqui elas não são traduzidas. Francês acelerado. Nada que eu entenda.

Minha bisavó sorri quando alcança Cam, que sorri de volta. Cam coloca às escondidas um doce no bolso da menina, seus olhos misteriosos sob a franja reta.

— Camilla — Marion diz. As palavras e a boca não sincronizam. Gravação errada, áudio perdido. — Você pode, por favor, ajudar a organizar a comida, querida irmã? — Porém, "querida irmã" não parece significar isso mesmo. É algo que fica preso nos dentes: fio solto, pele de galinha, algo que sua língua quer remover.

O marido dela põe uma das mãos em seu joelho, como se dissesse "não", mas Cam se retira mesmo assim. Um aperto na mão dele, tão rápido quanto o doce para a minha bisavó, agora escondida em névoa. Os rostos ficam borrados.

— *Ce sont tous des parasites* — diz o francês na boca de Marion. *Eles são todos parasitas.* Ela pega uma ostra fresca da bandeja que Cam carrega de volta. — Se eles não estão trabalhando, estão armando alguma coisa. Vamos mantê-los ocupados, então? — Sua boca fina se curva para cima em um sorriso enquanto exige a atenção de todos, limão escorrendo da concha cinza em sua mão até a madeira nobre.

A lareira parece tremer.

Boom. Boom. Boom.

Suave o bastante para ninguém prestar atenção por muito tempo.

Eles não parecem nem um pouco preocupados de que algo possa cair do interior, porque sua boca está em chamas, crepitando em amarelo e laranja, em um país que já lhes pertence.

Eu acordo, e a lareira está escura e ampla. Estou na sala de estar, sozinha e com frio. Não me lembro de ter vindo para cá. Não me lembro de como me despedi de Florence. E embora eu queira rastejar de volta para a cama, permaneço parada e não me mexo, porque se a casa se assentar, não quero que ela saiba que eu consigo ver. Que estou acordando.

19

MEU CORPO ESTÁ EXAUSTO POR PASSAR A NOITE TODA EM UMA poltrona, por isso não faço nada além de ficar deitada na cama até o meio-dia. Na cama gêmea ao lado da minha, Lily dorme tranquilamente — alheia de que, quando mamãe acabar de turistar no pagode de Đà Nẵng hoje, eu vou nos tirar daqui. Já escolhi nossos voos.

Uma batida incisiva balança a nossa porta, e Ba não demora a entrar. A pele embaixo de seus olhos está escura, borrada, como se ele não tivesse dormido. Me lembro de Lily dizer que ele está tão estressado que o olho chega a tremer. Queria que ele desistisse desta casa e partisse conosco.

— Desça — ele pede.

— Não estou com fome — respondo. Do lado de fora, o sol brilha, embora esteja chovendo. Em algum lugar, há um arco-íris. Eu o imagino arqueado com perfeição acima do lago que visitamos uma vez e nunca mais. Será que aquela foi a última vez em que falamos a sós?

— Desça — ele repete, dedos marrons no batente da porta, à procura de mais arranhões, algo que prove que eu destruí este lugar tanto quanto Lily e o estilete. Afinal, sempre sou a culpada. — *Đi xuống*. — Ele nem repara em Lily babando. — Precisamos conversar.

Sua voz é rígida e brava, algo raro ultimamente, então eu vou. A cama geme sob o meu peso. O corredor está preenchido pelo cheiro de porco refogado. Salgado e saboroso, outra coisa que minha irmã não pode comer.

— Lily precisa de comida de verdade — digo, embora não continuaremos a ser problema dele por muito mais tempo. — Ela não pode viver só de arroz.

— Ela vai comer se tiver fome — Ba retruca, a mesma coisa ridícula em que ele tem insistido nas últimas três semanas.

— Então eu vou sair para comprar mais comida. — E ver Florence uma última vez. Como será que nos despediremos?

Ba olha por cima do ombro.

— Você não vai a lugar algum.

O comentário faz meus passos diminuírem dentro da cozinha, onde uma grande panela cozinha com *thịt kho*. Uma camada de temperos doura os ovos. Na lembrança de Cam, minha família estava cozinhando um prato francês. O pensamento se dissipa quando Ba para no canto em frente ao altar. Parece frio. Dias se passaram desde a última vez em que acendi incenso. Talvez seja por isso que minha cabeça parece tão cheia e pesada.

— Não é engraçado — ele diz, me olhando.

— Eu não estava rindo.

Ba gesticula em direção às xícaras enfileiradas para Bà Nội e a estátua de Quan Âm. Apoiados, estamos nós: eu, Lily, mamãe, Bren, ele; sorrindo em fotografias antigas, livres das molduras na cornija. Levo um segundo para entender o que ele quer dizer.

— Eu não fiz isso — digo. O altar é para os mortos. É para os bodisatvas para quem rezamos, as preocupações que eu não consigo deixar em nenhum outro lugar. O altar não é lugar para os vivos. — Eu não as coloquei aí.

— Então quem foi? — Ba pergunta. Ele retira as fotos do altar e fecha a mão sobre elas. — Sem mais truques. — Cada palavra é amarrada com convicção. — Você vai terminar o site para a festa de inauguração, como conversamos. E vai parar com todas as merdas desnecessárias que tem feito.

O fogão está quente demais. Vapor eleva-se do porco caramelizado e é sugado pelo ventilador. Esta casa parece apertada demais, pequena demais, como a caixa torácica que segura meu coração. Tudo é demais.

— Eu disse que essa casa é assombrada — digo, baixinho. — Não é a primeira vez que as fotos se mexeram.

— Não acredito em fantasmas — Ba diz.

— Não — falo. — Você não acredita em mim. — Aperto todas as emoções grandes demais em uma caixa, porque ele não pode ver nenhuma lágrima. As palavras dele me seguem desde o dia em que cortei a mão. "Você vai ficar parada aí chorando?" Nunca mais.

Tamborilando os dedos próximo à boca do fogão, Ba diz:

— Instalei uma câmera depois da noite do jantar.

Cada batidinha me faz dar uma guinada enjoada.

— Você fez o quê?

— Eu as escondi nos sinos dos ventos na frente e nos fundos. Florence veio aqui antes de a energia ficar descontrolada — ele continua. Meus arquivos de memória vêm à tona com facilidade: ele estava bem na minha frente, pendurando os sinos, enquanto eu estava ocupada com tripas de formiga nas mãos. — Você e Florence têm armado as assombrações.

— Porque você não tem prestado atenção na assombração real! — A raiva explode. A casa, Marion, arruinou cada truque nosso. Aumentou. Tornou real. Como explicar... este cômodo inteiro parece um tímpano cheio de pus, uma infecção que me queima e nubla as palavras entre nós. Cada frase é pior que a anterior. — Você sabia que alguém morreu nesta casa? — pergunto. Marion, que era horrível muito antes de sua doença. Nossa *ma quỉ* pessoal.

A isso, ele responde com certa determinação:

— Todos os lugares contêm morte, Jade, dado o devido tempo — ele fala como se eu fosse uma criança com medo de sombras e névoas e barulhos da noite.

— Mas assassinato? — Esse é o meu palpite, a conclusão a que cheguei de por que Nhà Hoa ficou vazia por cem anos, por que Cam permanece com sua cunhada abusiva em vez de seguir em frente.

— Quem disse que houve um assassinato? — Ba pergunta e desliga o fogo, mas o *thịt kho* continua fervendo. — A sua próxima mensalidade vence dia cinco de agosto. Se você quiser o dinheiro e o pagamento atrasado para a sua mãe, isso acaba hoje. Um verão é um verão. Um acordo é um acordo. Você não pode ir embora mais cedo e ainda sair com o dinheiro.

Há um rangido atrás de mim, e eu espero, desejo, que algo prove que estou certa. Um fantasma, um espectro, insetos com muitas pernas prontos para o martírio. Em vez disso, o que encontro é minha irmã com os olhos cheios d'água.

— Você veio aqui por *dinheiro*? — Ela não tinha perdido uma única palavra, a julgar pela raiva em sua voz.

Apenas um de nós queria brincar de casinha. Minhas promessas de que tudo ficaria bem somem em um instante.

— Peraí, Lil. Não é bem isso, e vou explicar tudo, mas você sabe que esta casa é uma porcaria e é assombrada. Eu estava planejando ligar para a mamãe e...

— Papai acabou de dizer que foi você e a Florence! — ela grita. Seu rosto redondo está manchado de vermelho, um livro aberto que detalha a dor que causei a ela. — Então você queria que a gente se unisse dormindo juntas enquanto estou assustada para que eu confiasse mais em você do que no papai. Para que eu ficasse *contra* o papai, e todos nós pudéssemos ser tão cheios de ódio quanto você.

— Como você pode pensar isso? — sussurro. "Ódio" é uma palavra simples demais; o que sempre senti foi dor. Por nada disso ter sido o suficiente para que ele ficasse. Por como as pessoas brancas nos tratam quando acham que não falamos inglês. Por como as pessoas vietnamitas nos tratam quando não falamos bem. Pelo que os outros dizem quando você tenta proteger a si mesma. — Eu queria nos manter seguras.

A mágoa se congela na superfície, fazendo sua boca despencar em uma careta, e ela não para.

— Eu nem deveria me surpreender com isso — minha irmã diz. — Não vou a lugar algum com você. Está ouvindo, Jade? A lugar algum. — Decidida, Lily sai, em seu pijama, o cabelo soltando-se do rabo de cavalo.

A geladeira zumbe, minhas entranhas atordoadas e congeladas. Eu olho para o nosso pai, cuja expressão é vazia e sem opinião agora que ele encerrou o assunto comigo. Contanto que ele consiga o que quer, Ba nunca se importou com danos colaterais. Estou tão cansada. Nada disso me importa mais.

✦

Esta casa. Os fantasmas. Quem está devorando quem?

Eu me sento de pernas cruzadas, de volta ao quarto Maria Antonieta, três paredes de travesseiros ao meu redor, e finjo que isso me deixa mais segura, que não importa, porque estamos indo embora. Mesmo que a única coisa que Lily tenha me dito pelo resto do dia tenha sido: "Por que você não me assombra pela minha atenção?".

A neblina beija minha janela com um manto branco. Por baixo de tudo, uma pá perfura o solo, firme como uma faca em uma pedra de amolar. Ba ainda está trabalhando do lado de fora. Duas e sete da madrugada, e meu celular pisca antes de a bateria diminuir.

As hortênsias enlouqueceram. Elas devem estar se levantando e correndo para dentro, cobrindo o local que vigiam para finalmente tomá-lo para si. As videiras devem estar invadindo a casa, e Ba as está enfrentando.

Atravesso o quarto na ponta do pés e me agacho perto da janela, os olhos nivelados com o parapeito. Uma mariposa convulsiona na minha frente, agonizando até a morte, e do lado externo o solo é perfurado de novo.

Minha cabeça se ergue sobre o parapeito, procurando meu pai pelo chão lá embaixo. A luz de um celular captura seu contorno. Um arbusto de hortênsias quase mortas, com as folhas vermelho-sangue, foi derrubado.

O cabelo fino de Ba balança toda vez que seu pé bate na pá. Ele está cem por cento focado. Será que sabe que horas são?

Em silêncio, eu me esgueiro para o corredor. A cama no quarto dele ainda não foi utilizada. Seus cadernos predominam ali, espalhados por cada superfície. Lily voltou ao seu próprio quarto e com a porta fechada, já que me culpa por todos os fenômenos estranhos. Mantenho as luzes apagadas. No andar de baixo, procuro por uma vela e um isqueiro na cômoda da entrada.

Mordo a parte interna da bochecha, sem me importar se vai sangrar. Meu instinto grita mais alto do que o normal. *Está tudo errado.* Dobradiças de porta ressoam a cada movimento. Tudo está enevoado e branco, e poderia ser dia em vez do céu escuro que eu sei que nos cobre. A vela ilumina meu caminho adiante. Desço os degraus e viro à direita, fazendo uma curva ao redor da casa até o local onde Ba está cavando.

A pilha de terra aumenta. Acho que ele não me notou, mas então diz:

— *Đi ngủ đi.*

— Dormir é a última coisa que quero fazer — respondo.

Ver Lily cair no sono tinha sido um modo de me distrair do medo esmagador, mas agora estou sozinha de novo no quarto onde Marion me manteve presa. Vou dormir quando estiver perto da morte. E Ba, ele perdeu o direito de me dizer o que fazer.

— São duas da madrugada. O que você está fazendo?

Ele não para de cavar, e sua voz irrompe, irritada.

— Consertando estas flores.

Observo a moita de hortênsias caída, nossa pobre planta estressada. Ela é exuberante e dramática, algo pertencente a um conto de fadas ou peça de teatro. Ba deve estar trabalhando nas raízes.

Ainda assim, o som que vem do buraco no solo não é natural. Me remete a dente do siso e apagar sob o efeito de gás hilariante na cadeira do dentista. Sonolenta e intoxicada, sem dor, mas a escavação de cada molar profundamente crescido.

Quando ele se ajoelha, estende as mãos vazias até o solo. A caveira é pálida e manchada de terra, maior que a palma de sua mão.

Eu cambaleio para trás.

— Aí está você — Ba diz, colocando-a de lado com delicadeza, como se fosse uma xícara de porcelana.

— Que merda é essa? — digo. — Você, *você*...

Ele pesca outra caveira pela narina.

— Eu vi em um sonho que elas estavam aqui — Ba conta, a mandíbula tremendo.

Não sinto meu sangue pelo corpo, que está gelado como o de um réptil. Os rostos sumiram há muito tempo, tendo alimentado as hortênsias que Bà Cố amava tanto, e seus nomes, nós nunca saberemos. Nenhum morto é honrado aqui.

O tom de voz de Ba não tem emoção.

— A casa precisa estar perfeita para a inauguração.

— Quem se importa? — Eu surto, chegando mais perto. — Isso é parte de um corpo. — Bile queima a minha garganta, e meu cérebro começa a criar planos. — Nós deveríamos ir embora. Ligar para a polícia, sei lá. Agora você *sabe* que este lugar não é normal. — Pensamentos se dispersam em minha mente enquanto tento entender a cena. *Você fez com que eu me sentisse louca. Você disse que eu estava mentindo, mas você vê. VOCÊ VÊ. Você sonha.*

Os olhos castanhos dele viram-se para os meus, igualmente grandes.

— Você está sempre me dizendo para ir — ele observa. Por muitas semanas, evitei conversar e criar laços, e finalmente estamos próximos o bastante para eu perceber o que deveria ser óbvio. Veias se movem embaixo do branco de seus olhos. Elas se contorcem com gavinhas escondidas que os deixam rosados, irritados.

Cada som é bloqueado enquanto eu desejo, só desta vez, que isso seja um pesadelo. Eu me belisco. *Por favor, não seja real. Por favor.* Eu torço a minha própria pele macia.

— Você disse que tudo bem ir embora quando se está infeliz — ele continua, expondo nosso passado.

Eu era uma criança. Eu ainda *sou* uma criança até a revelação da casa, meu aniversário.

— Não se esqueça de quem me mandou ir quatro anos atrás. — As palavras dele me atravessam, extraindo meu outro segredo oculto. — Se você disser qualquer coisa, vou dizer a sua mãe, irmã e irmão que você me disse para ir embora.

Os anos em que mamãe precisou trabalhar como mãe solo são minha culpa. O julgamento dos professores quando eles descobriram que assinei os boletins de nós três. Os motivos inventados de por que nós não tínhamos pai. Não importa o quanto eu tentasse aliviar o fardo, essas e outras adversidades são minha culpa.

— Não foi bem assim — digo. — Você escolheu ir. Você escolheu me ouvir.

— Você não precisava mais de um pai — Ba diz. Tenho a impressão de que ele está chorando, mas então ele puxa a ponta de um verme fino que se contorce.

Minha respiração para, mas cada célula do meu corpo grita para que eu fuja.

O verme se desaloja do canal lacrimal, reluzindo ao cair na grama. Lágrimas borram as extremidades de tudo, todos os meus pesadelos transformados em realidade. O próximo verme, ele coloca dentro da boca aberta, como a noiva tinha feito com a centopeia. De uma única vez, tudo faz sentido.

Como Marion gosta de dizer: "Eles são todos parasitas".

Ba insistia em nossos jantares às seis da tarde, empilhando comida em minha tigela e se recusando a fazer opções veganas para Lily.

"*Đừng ăn*", Cam havia alertado inicialmente, com as palmas cheias de macarrão infestado de larvas. A geladeira nunca tinha quebrado. Era ela tentando nos salvar, apodrecendo toda a comida para que não comêssemos nenhum ovo escondido. Ao contrário do fungo que se apossa do corpo das formigas, alguns parasitas são mais difíceis de ver.

Ba sonha com Marion. Ela está agarrada a ele como estava com Cam, fazendo-a decapitar hortênsias à noite, enfiando insetos de pernas finas em sua garganta. E ele quer nos controlar também.

Quero vomitar.

— Esta casa será perfeita — ele volta a dizer. — Eu terminarei o sexto quarto em breve, e você terminará o site corretamente. — Ele olha para o sótão, que se esconde sob a névoa.

Devagarinho, a pergunta que menos dói surge em minha boca:

— O espaço no site. Foi você?

— Não posso ser responsável por tudo aqui — Ba responde com um sorriso.

Meus olhos formigam, desesperados para serem coçados, não importa como, e minhas unhas longas podem satisfazer esse desejo e cavar até encontrarem um culpado. Tirar o peso de mim com o que quer que se esconda nos cantos dos meus olhos. Ba não parou de falar.

— "Quanto mais, melhor, então precisamos de todos os quartos", ela disse. Mais dinheiro também, e popularidade. Meus irmãos e irmãs vão ver o que eu fiz com a casa para a nossa família. A sua mãe vai entender o que precisei fazer.

Ce sont tous des parasites.

— Pegue — Ba ordena, seu pé tocando uma caveira. Eu recuo. — Lembre-se: estamos juntos nisso. — Ele embala as outras caveiras nos braços como recém-nascidos. Antigamente, ele sempre segurava Bren e Lily com bastante proximidade, envolvendo-os em segurança. Mas agora não estou com ciúmes. Estou com medo.

— É você mesmo? — pergunto, minha voz enfim falhando. — Ou Marion?

Ele sorri.

— É claro que sou seu pai.

Não tenho nenhuma certeza, percebo, de quem ele é ou do que ela pode fazer. Aperto os dentes.

— Não vou tocar em uma caveira.

— Tudo bem, então — Ba diz, analisando a mim e a obra deles. — Você traz a pá.

Nós enterramos as cabeças no bosque, todas juntas. Se alguém encontrar uma, vai encontrar o resto ao revirar a terra, então por que se incomodar com três enterros? É lógico e nos poupa tempo. O local não é longe da colônia caída de formigas-de-cupim. Eu nem procuro por elas porque sei que estão lá, crescendo, se espalhando. Não dizemos mais nada no caminho de volta para a casa, onde eu lavo as mãos na mangueira e deixo a água me entorpecer até os ossos.

fígado

ESTA É UMA HISTÓRIA QUE *MỘT NGƯỜI MẸ* CONTOU, CERTA VEZ, aos seus filhos:

Um menino vivia em um vilarejo pobre na beira do rio. Sua família era de fazendeiros, mas o que eles criavam não era deles.

Toda noite eles comiam arroz e *canh rau má*. O menino guardava dois grãos de arroz na manga, enquanto seus pais e irmãos lambiam as tigelas.

No dia seguinte, ele alimentava o filhote de passarinho que havia caído em seus terrenos. Alguns dias, o passarinho comia um. Em outros, dois.

Quando a mãe o encontrou certa manhã, com o filhote e seu ninho de arroz seco, ela gritou:

— Cada grão de arroz que você não come é uma larva na vida após a morte.

Mas, como boas mães fazem, ela não contou a ninguém, e ele continuou alimentando o pássaro. Um dia, o pássaro não estava lá — apenas sangue e penas.

Anos depois, quando o garoto já idoso morreu, chegou até uma tigela de larvas no submundo. Ele comia, mas nunca ficava satisfeito como sua mãe, pai e irmãos.

Pode não haver um inferno para casas, mas esta casa nunca deixa uma migalha ser desperdiçada.

20

PARASITAS VIVEM EM CIMA OU DENTRO DE OUTROS ORGANISMOS, se alimentando de seus hospedeiros. Eles são tão pequenos que você nunca os verá. E eles podem estar em qualquer lugar.

Tênias que formam cistos devido à carne de porco.

Vírus que incham o cérebro deixados por uma picada de mosquito.

Amebas que se abrigam no intestino escondidas em saladas.

Bactérias carnívoras soltas dentro de uma ostra.

A internet é um portal para o inferno, cheia de ilustrações que captam essas monstruosidades. Parasitas evoluíram para se alimentar dos outros sem parar. Algumas relações são simbióticas — ambos os lados se beneficiam. Em outras, o hospedeiro morre.

E Marion, arrebatada pelo que quer que tenha habitado seu corpo, morreu.

Será que existe uma espécie do fungo das formigas zumbis que infecta humanos? Ou talvez algum parasita sobrenatural esteja agarrando-se, mantendo-se firme aos horrores desta casa.

Depois do terror da noite passada, Ba tem certeza da minha obediência. Ele não monitora meu comportamento. É Lily quem me traz comida, a julgar pelos rangidos no assoalho do lado de fora do meu quarto. Mesmo brava comigo, sou um ser vivo que ela não deixará passar fome. Talvez haja esperança para nós. Os pratos estão intocados. Em vez disso, eu mordo o lábio, tanto doce como salgado, pelos palitinhos de chocolate e salgadinhos de camarão que eu contrabandeei para o meu quarto. Não tenho fome de nada real. Como alguém poderia ter, se soubesse o que eu sei?

Minha mensagem para Lily (*não coma nada que o papai te der*) fica o dia todo sem resposta. Mando outras também, ensinando-a a cozinhar o tofu que marinei ontem ou a fritar o macarrão seguramente embalado. Minhas opções são horríveis, não importa o quanto eu pense nelas: 1) ligar para a mamãe e contar a ela todas as decisões erradas que tomei e por quê; 2) denunciar Ba ao seus parceiros de negócios que, com certeza, se importam mais com dinheiro e prestígio do que com o bem-estar dele; e 3) fingir que não testemunhei nada.

A última opção, em especial, é impossível. Meu corpo inteiro reage a qualquer som parecido com o clique de uma mandíbula solta, cada movimento que possa estar ligado à asa ou à antena de um inseto. Qualquer coisa parecida com o peso de uma pá cai das minhas mãos culpadas.

Tem alguma coisa que estou deixando passar. Consigo senti-la arranhando meu cérebro.

Sob minhas janelas, a lateral da casa também está arranhada. Dou uma olhada.

Um empreiteiro posiciona um novo arbusto de hortênsias no chão. Suas folhas são de um verde saudável, e serão enraizadas no solo, em vez de carne. Lily paira atrás dele, direcionando-o ao local certo.

Alguém tentou te dizer isso. As folhas vermelhas da planta que Ba arrancou.

A noite em que Marion Dumont me prendeu em minha própria cama foi a mesma em que Cam podou flores naquele sonho-lembrança. Aquelas folhas vermelho-sangue tinham me espiado de volta sob a luz da lua. E não é só isso. Meus dedos estão brancos enquanto deslizo a tela pelas minhas mensagens com Florence, as últimas perguntando se eu tinha falado com a minha mãe deixadas sem resposta. Está bem lá no início, a mensagem à qual mal prestei atenção.

"Aliás, vc viu o arbusto embaixo da sua janela? As folhas estão ficando vermelhas."

As coisas com que você se acostuma para sobreviver. A lógica em que você se apoia. Preciso me livrar delas. Ba afirmou antes que estresse ou deficiência de fósforo causam mudanças na cor, mas nada é tão simples em Nhà Hoa. Puxo as fotografias de baixo do colchão. Esse tempo todo, houve avisos. Já é hora de agir.

Abro a porta. Aos meus pés está uma tigela de *bánh canh.* Fios de macarrão largos e brancos nadam em um caldo marrom e suculento, os camarões rosa--alaranjados flutuando como enfeites de Natal. Passo por cima da bandeja e adentro o corredor escuro, onde tudo está bem fechado. Ba deve ter tido outra dor de cabeça. Provavelmente é a Marion, revirando a fundo. Mesmo quando ele mantém os segredos dela escondidos, ela não o deixa em paz.

"Perfeita" foi a palavra que ele usou. A casa está quase perfeita e pronta para os hóspedes. Ba anda vistoriando o sótão, consertando o sexto quarto como prometido. Lá embaixo, no saguão, uma pintura da Senhora de Muitas Línguas foi pendurada, já que Ba abandonou todo o fingimento. É grande e está aninhada em uma moldura dourada, uma peça encomendada que levou semanas para ficar pronta. Marion vai usá-lo até o talo, e depois vai sugá-lo até a última gota. Ela me observa sair.

Meus passos são abafados pelo barulho das hortênsias sendo plantadas de volta e da varanda sendo equipada com luzes. As fotografias estão esmagadas em minhas mãos, e eu caminho pelo bosque, o ar tão denso que poderia ser um segundo corpo se aproximando para um abraço.

— Estou tão cansada. — As palavras são vazias, vagueando para que os pinheiros as ouçam. Nada se mexe enquanto caminho em direção à casa de férias de Alma e Thomas. Não sei o número da polícia no Vietnã, mas eles vão saber. Uma risada se agita para fora de mim.

Quinze minutos depois, estou na sebe que cerca a casa em estilo francês deles. Esta foi construída completamente do zero. Suas extremidades se alinham em perfeita harmonia. Ela não paira sobre mim. As janelas são grandes e limpas, tanta luz no interior como no lado de fora. Eles devem estar em casa.

Em vez de dar a volta, eu me aperto e passo por cima da sebe, os galhos me acertando alfinetadas de todos os lados. Eu desabo no chão de grama. Da varanda, Alma grita:

— Jade, querida! — Com um sorriso largo, ela dá uma longa tragada em um cigarro antes de jogá-lo fora. Sua cabeça balança com animação, pitoresca demais sobre o lenço de seda amarrado ao redor do pescoço. — Entre. Você parece com frio.

As pessoas continuam me dizendo isso. Agulhas de pinheiro e folhas se agarram à minha blusa colada e ao meu short de bolinhas. Por baixo, estou toda arrepiada, embora não sinta.

Eu me apresso e acompanho seus passos para dentro de uma cozinha moderna, com eletrodomésticos prateados.

— Tommy, faça um chá, por favor — ela pede.

O marido se levanta da mesa de café da manhã e me cumprimenta antes de se ocupar com uma chaleira elétrica. Alma, parecendo tão respeitável quanto uma orientadora do ensino médio, me guia até outra área de estar cheia de pelúcias beges. Ela pega um cardigã e o posiciona em uma grande poltrona. Dá um tapinha no assento, indicando que está pronto para a minha bunda manchada de terra. Eu odeio orientadores.

— Está tudo bem? — Ela olha para as fotografias enroladas em minhas mãos e, então, de novo para mim.

Este é o meu momento.

Não, não está nada bem. Cinco palavras para nos libertarmos. Para conseguir ajuda, aquilo que eu deveria ter feito após o descuido da faca. Mas estou congelada, imóvel, como fico durante um episódio de paralisia do sono. Igualmente comum e familiar. Nem ao menos estou surpresa com a minha completa inutilidade.

— Eu... — Minha voz diminui até parar. Olhar as pessoas diretamente nos olhos é um dom muito particular meu, mas não estou me sentindo abençoada nem talentosa neste momento. Eu absorvo a sala, como o clima é diferente aqui, e qual o seu gosto: não comestível, tecido e metais novos, a natureza de Đà Lạt batendo contra paredes bem isoladas. É uma casa bem insípida.

Uma abundância de sol é refletida pelas inúmeras telas de entretenimento. Uma estrela brilhante de luz irradia de um ponto: uma escova de cabelos prateada, com asas curvadas ao longo das ranhuras.

— Bip, bip! — Thomas ri ao deslizar uma xícara de chá em frente ao meu rosto. — Está quente.

Eu a pego sem uma resposta imediata, a esta altura provavelmente assustando essas pessoas a ponto de se esquecerem do tédio.

— Aquela escova não é da Lily? — pergunto. O pires esquenta meu colo, mas minhas coxas coçam ao roçar no casaco de lã. Agora, encaro Alma com sincera intensidade. Aquela escova pertence à penteadeira antiga que minha irmã restaurou em seu quarto. No antigo quarto de Cam.

— Ah. — O marido de Alma interrompe, então o encaro também, sem beber do chá floral que ele me preparou. Suas orelhas estão rosadas. — Eu acabei passando pela casa e falei com Lily. Ela entendeu que meu aniversário com a Alma está chegando, e... bem, Lily foi muito gentil em dá-la.

Como assim?

A cabeça de Alma balança de novo.

— Você pagou por ela, não foi, querido? — Ele assente, parado ao lado dela, a mão sobre seu ombro. Ela acrescenta: — Na verdade, não vale muito no mercado de antiguidades, é muito fácil de ser reproduzida, mas, sentimentalmente, significa muito para mim.

— Certo, é claro, dra. Alma — digo. Amasso as fotografias ainda mais antes de guardá-las dentro do cós, como algum caubói prestes e atirar em suas próprias partes íntimas. O que, ao menos, parece mais produtivo do que a raiva repentina vibrando dentro de mim. Ajuda, dessas pessoas? Eu dou uma risadinha tardia. — Minha irmã tem treze anos. Ela tem idade suficiente para saber o valor das coisas. Vocês falaram com o meu pai, por acaso?

— Hum, não — Thomas responde. — Não recentemente.

A mulher com cabelos brancos e energéticos diz:

— Seu pai fez tanto progresso na casa — ela comenta alegremente, sem entender o ponto principal.

— Não acredito que só falta uma semana para a festa! — Thomas continua. — Nós a divulgamos entre a comunidade dos expatriados. A casa estará cheia, que empolgante.

Vir aqui foi a minha decisão mais absurda, incluindo quando eu decidi assombrar uma casa assombrada. Eu tinha mesmo considerado deixar que *eles* colocassem um pouco de juízo em Ba. Thomas me olha como se eu fosse digna de pena.

— Bom, é melhor eu voltar. Eu precisava de um tempo da construção — digo, com falsa alegria. A escova vai precisar ficar, embora retomá-la possa ajudar na minha relação com Lily.

Nós nos levantamos, eles inclinando-se até a minha xícara de chá intocada, que se solta de seus dedos. Ela cai e quebra, escaldando o chão.

— Ops — eu digo. — Sinto muito.

— Sem problemas. — A voz de Alma é severa, indicando que ela me quer fora dali.

Quando finalmente saio, volto para o bosque dando outra risada. Preciso de outro plano, com o qual eu não corra o risco de virar um trabalho acadêmico. Não acredito que eles são o segundo casal que eu conheço que é feliz junto; a adoração obstinada de Thomas à esposa me enoja. Seguro as fotografias com cuidado para que elas não voem.

Ce sont tous des parasites. Se Marion e esta casa estão em uma relação simbiótica, quem devora quem? A fantasma obviamente acredita que está no comando, mas não tenho certeza. Não posso me preocupar com os assuntos dos fantasmas quando os meus próprios são um fósforo sem fogo.

Ba está descontrolado. Eu estou precisando de trinta e oito mil dólares. Mamãe pensa que só vou levar garotos para casa. Halle não quer falar comigo. Lily está mais do que com raiva de mim. Somente eu posso mudar a resposta. É essa a sensação de ser pai? Fazendo escolhas impossíveis ou as evitando para sobreviver. Aprendi do jeito mais difícil como não se pode confiar em mais ninguém, e agora Ba está usando isso contra mim. Vergonha queima minha pele, libertando-se. Lily não teria dito as coisas que eu disse. Lily não teria feito as coisas que fiz ou farei.

*

O peixe estava em um aquário: nadando, nadando. Havia apenas um círculo como trajeto. Sua cauda era fantástica: um pincel molhado em laranja-clementina. Nada parecido com os peixes que fisgávamos no rio ou lago. Mamãe o tinha comprado para nós.

— Ele não está muito feliz — eu disse, observando-o nadar e nadar.

Ba me olhou, seus olhos como pedras achatadas.

— Então vamos deixá-lo feliz.

Nós apertamos os cintos no carro e dirigimos até a cidade. O aquário estava em meu colo, envolto em um desajeitado filme plástico. Eu estava feliz por estar com Ba. Era tão raro — nós dois —, porque é isso o que acontece quando você não é a favorita. Quando é a mais velha.

Em Penn's Landing, caminhamos até o píer lado a lado, os meus braços ao redor do aquário absurdo, e os de Ba ao redor de si mesmo. Eu deveria ter percebido muita coisa na época, mas pensei que iríamos comprar algum sorvete à base d'água juntos, sentar e assistir aos barcos passando.

Ba começou a chorar. Bem na grade, nós dois com os cabelos levantados pelo vento e o peixe chapinhando naquele inferno. Bà Nội havia morrido sete meses antes; a bebedeira começou menos de um mês depois disso. Bác Sang, irmão mais velho de Ba, tinha ligado do Vietnã, sua voz avançando no viva-voz. "Por que você não atendeu? Mamãe chamou por você. Ela queria falar com você."

Minha mão se fechou sobre a dele. Ao puxá-la de volta, eu sabia que teria cheiro de metal, da grade e do trabalho dele. Ele nunca parou de chorar. É assustador assistir a um pai chorar. Ba disse:

— Eu falhei. Eu devia ter estado lá. Má. Má.

Em vietnamita, há muitas palavras que expressam proximidade, mas por que ninguém me ensinou a dizer "eu te amo" em momentos difíceis?

Ba era o mais novo. A mãe dele o havia colocado em um barco junto com seus sonhos. Ele veio para cá e viveu com o tio. Ele era dela, mas ela não era dele, um oceano esticado entre os dois. Não o bastante. Houve sobrinhas e sobrinhos que ele nunca segurou, primos que eu mal conheci. Tantas coisas submersas entre nós.

Ba soltou a mão da minha. Ele tocou a lateral do aquário, e então deu um tapinha nele.

— Tudo bem se ele partir, Jade?

E eu soube. Eu tinha apenas treze anos, mas soube o que ele estava me perguntando.

— Vai, então — falei tão alto que as pombas se espalharam. Eu falei tão alto, que deixei o peixe morrer, a água do aquário se juntando à água cinza-esverdeada do Delaware. — Só vai — falei tão alto quanto os batimentos do meu coração.

Seus olhos — meus olhos — disseram tudo. Ok. Ok.

Eu não pude amar Ba em seu luto, e o fiz partir.

21

— ESSA É UMA PÉSSIMA IDEIA — FLORENCE DIZ, ANDANDO AO MEU lado no bosque. Vindo dela, confirma que é mesmo uma péssima e *nada boa* ideia. Mas não tenho outra escolha; não tenho sonhado há dois dias. Nem mesmo tive paralisia do sono desde que Ba desenterrou as caveiras. Talvez Marion ache que estou mansinha agora. Ela está errada. Farei qualquer coisa para exorcizá-la de nossas vidas. Mesmo quando cada sonho suscita uma pergunta, Cam é a única pessoa a quem posso perguntar. Ela viveu e morreu nesta casa.

Na minha mão está um maço de incensos surrupiado do altar. Talvez ela me responda longe do domínio de Marion. Ba também não pode perceber o que estou fazendo. Meu ombro quente roça no de Florence através de nossas roupas. Já que não há um jeito delicado de dizer, pergunto calmamente:

— Você acredita em possessão?

As sobrancelhas dela se levantam a uma altura bem impressionante.

— Tipo... estilo *O exorcista*?

— Menos católico — digo. — Estou pensando em todas aquelas formigas que encontrei do lado de fora de Nhà Hoa.

— As zumbis? — Florence indaga, cobrindo os olhos do sol. — Porque aquela foi uma leitura incrível para as quatro da manhã. Obrigada. — Embora seu tom de voz seja enlaçado pelo humor, ela tem me olhado mais do que o normal, esperando que eu conte mais sobre minha briga com Lily. As palavras são brutas demais para repetir, mesmo sem os segredos de Ba, mas ela sabe que estou determinada a consertar tudo. Vou continuar aqui, por enquanto.

— Marion estava doente antes de morrer — compartilho os fatos com que a bombardeei pelo telefone. — E se ela estiver tentando algo assim com as pessoas que estão na casa? Mexendo na nossa comida, ou como naquela primeira lembrança que Cam me mostrou. Ela foi picada por mosquitos.

Florence levanta a mão em objeção.

— Mas ela não tem um fungo enfiado na cabeça nem está espalhando esporos nojentos, né? Atividades parasitárias em formigas não significam atividades *paranormais* em formigas.

— Não precisa ser em formigas — digo. — Tem os vermes pulmonares de ratos. — Encontrados em roedores, mas também em lesmas, camarão, sapos e caranguejos. — Os nematódeos. — Em abundância no solo e nas plantas. — Os parasitas da esquistossomose. — Que, utilmente, ocupam a água. — Um *outro* fungo que tem estragado as reuniões de dezessete anos das cigarras, e os mosquitos que, provavelmente, carregam a culpa original, além dos vermes que incham partes do corpo.

Florence ri pelo nariz. Por um instante, tenho certeza de que ela vai dar meia-volta e ir embora — a magia do passeio ao mercado desaparecendo. Últimas noites são propícias para compartilhar coisas, porque a premissa de ser a *última* nos torna mais corajosos. Não é comum enviar uma mensagem ao seu crush depois, com teorias nojentas e assustadoras. Florence pega metade do incenso de mim quando chegamos em uma clareira.

— E é por isso que você quer falar com a Cam — ela conclui. — Pessoalmente. Entender o que deixou essa casa vazia por tanto tempo.

— Sim. — O calor em minha garganta não diminui. Larvas espiam dos olhos de Ba, mesmo que eu não as tenha notado desde então. Meu pai, ou eu, se transformando em uma mulher branca está no topo da minha lista de medos agora, mas não é algo que posso compartilhar.

Florence esfrega a cruz em seu pescoço e diz:

— Deus, seria ótimo se nós pudéssemos chamar um exterminador normal para soltar a Marion no inferno.

Eu rio, aliviada por ainda ter alguém ao meu lado, e pego um isqueiro. Sua chama tremula entre nós.

— Pronta?

— Pronta.

Eu encosto a chama em um vareta de incenso, e ela pula para outra, queimando um círculo iluminado de cinzas. Também acendo o maço de Florence antes de dar um passo à frente, as costas viradas para que eu possa me concentrar.

— Cam — chamo. É o meu plano, mas não preparei nenhum apelo. É mais fácil falar com os mortos quando não há chance de eles responderem. Parar em frente ao altar é libertador. Parar ao ar livre segurando fumaça parece condenatório. — Cam, por favor, preciso de ajuda.

Ma quỉ. Nos milhares de guias sobre fantasmas famintos das tradições vietnamitas e de outras, desenhos retratavam criaturas com gargantas inchadas, bocas pequenas, apetite por fezes e podridão, e outras maneiras criativas de sofrer eternamente. Marion Dumont tem um pescoço comprido além do possível. Estou chamando por uma Cam que talvez eu não compreenda.

Uma fumaça intensa sobe das minhas mãos. Nos sonhos, nas lembranças dela, conseguimos nos entender, mas esta é a vida real. Preciso falar a língua de nossos pais.

— *Cần giúp*. Por favor. — Cinzas cobrem o topo das varetas amarelas e vermelhas, soltando-se até que sobra apenas metade do que é inflamável. — *Cần giúp.*

— Puta *merda* — Florence xinga atrás de mim. Eu me viro.

Ela está ali, em carne e osso, muito parecida com a primeira vez em que me visitou. Sua presença bloqueia todos os outros cheiros, como se ela tivesse deslizado uma máscara em minhas narinas. Cam parece muito mais nova em seu *áo dài* todo branco, um uniforme escolar feminino. Ela chega mais perto, lâminas de grama agitando-se contra suas calças de seda. Seu rosto está fascinado por nossos maços de fumaça, a boca aberta, narinas se dilatando, enquanto absorve o incenso que flutua. Ela o inala como a um cigarro, como comida. O pescoço embaixo da gola cresce um centímetro, e o instinto me faz recuar.

— A Marion seguiu você? — pergunto.

Seus olhos estão focados em mim, e ela flutua para mais perto, absorvendo a fumaça com fome.

Florence, cuja expressão eu gostaria, desesperadamente, de conseguir interpretar agora, traduz, segurando o incenso longe do corpo.

— *Bà* Marion *có đi theo* Cam *không?*

Cam inclina a cabeça, e parece tão real que preciso me lembrar de que ela tem a mesma essência central de Marion: espírito, fantasma, alguém que não consegue se libertar.

— *Không bao giờ ra khỏi nhà.*

— Ela nunca sai de casa — Florence explica, parecendo aliviada. Marion Dumont ainda está presa à sua agorafobia, graças a deus.

Mudo o peso de um pé para o outro, desejando poder falar a sós com Cam. Embora eu devesse estar acostumada com outra pessoa ou o Google sendo um intermediário, sempre me sinto uma intrusa em minha própria cultura quando preciso deles. Ainda mais agora, quando preciso reconhecer o pensamento intrusivo que criou raízes em meu cérebro: *Nós merecemos tudo isso?* Parasitas estão em toda parte, mas eram os meu antepassados que preparavam a comida dos Dumont. Talvez a vingança de Marion seja pessoal. Com uma respiração lenta, pergunto:

— A minha família envenenou Marion, de alguma maneira?

Naqueles mundos falsos com Cam, não havia limites, então é agonizante esperar a tradução de Florence.

— Não — Cam diz em inglês. Sou tomada pelo alívio, depois culpa por ter considerado essa opção. Ela repete o "não", obstinada.

Como se sentisse o meu desespero, Florence se aproxima de mim. Sua mão repousa no meu ombro, esperando que eu continue. Assinto.

— Marion *muốn gì?* — Para mim, "querer" sempre foi uma palavra fácil de lembrar, e eu a uso. Se não é vingança, talvez haja algo mais que eu possa fazer para podermos dormir em paz esta última semana. Só assim eu ficaria tranquila em deixar Ba aqui.

Sua calma desaparece. Mais uma vez, Cam inala a fumaça, a primeira vez que ela parece mais fantasma do que pessoa. Vermelho infiltra-se em seus lábios cinza-rosado, mais sinistros do que bonitos. Eu a prefiro em meus sonhos. Talvez minha fantasma não esteja me contando o que Marion quer porque as possibilidades são inúmeras: ela foi enterrada nos pinheiros e deseja a França, ela quer voltar a ver os filhos, ela não aceitou a morte.

Há sempre um preço ao falar com os mortos. Incenso, uma oferta de comida, queimar dinheiro fantasma e casas de papel.

— Me mostre tudo — peço à garota que nos acha parecidas. — Me mostre *você*. — Eu me solto de Florence, dou um passo à frente e seguro o incenso acima do meu coração acelerado. — *Giúp em không?*

Boca vermelha, olhos famintos, Cam assente e estende a mão até mim. Quando sua unha afiada toca a minha têmpora, eu desmaio.

✦

É primavera, e Đà Lạt está toda florida.

As mãos de uma garota estão no ar, finas e segurando um chapéu que ela usa para perseguir uma borboleta dourada. Estou suspensa, um espectro sem corpo, puxado em direção ao sorriso de uma Cam mais jovem. Seu rosto em formato de coração se vira para baixo, onde um menino corre em volta dos seus joelhos ao mesmo tempo em que ela conduz a borboleta para mais perto. Suas roupas estão gastas e velhas, tão curtas que os tornozelos ficam à mostra.

A risada deles ecoa neste dia do passado, luminoso e cheio de pólen.

Um homem branco a observa da rua suja. Seus olhos são de um verde--claro, a pele velha de um gafanhoto.

A cena se dispersa como sementes, e Cam está usando um *áo dài* da mais fina seda. Seu cabelo escuro está escovado para trás de uma coroa nupcial de fios dourados.

Nhà Hoa é jovem aqui também. Os tijolos e a madeira são menos amarelos. O telhado de mansarda se encontra limpo. As hortênsias, contudo, já estão altas e firmes. Enquanto pétalas se espalham ao vento, uma Marion emburrada está parada à janela ao lado de Roger Dumont.

O outro homem segura a esposa nos braços e entra na casa, que se abre com a ajuda dos homens marrons de seu irmão. Não há comemoração nestas roupas de cama. Nenhuma bandeja de frutas, joias e porco assado para honrar a união de uma família, apenas o inevitável se aproximando.

Não quero ver nada disso, quero dizer a Cam, mas ela não está aqui comigo. A Cam do passado, sim, desaparecendo na escuridão da casa.

Passaram-se anos e Marion está, enfim, morta. A casa ficou vazia sem seu marido e filhos. Uma tigela de laranjas ao lado da antiga cama dos Dumont começou a mofar com uma penugem branca e verde. Cam está apoiada na cabeceira e pega a fruta que está apodrecendo mais rápido, descascando-a por partes. Ela enfia os gomos na boca, suco escorrendo pelo queixo.

Fascinada com esta transformação, observo quando seu marido entra carregando uma bandeja de comida. Ele derruba a laranja da mão dela.

— Você precisa comer outra coisa — ele diz, o som dessincronizado com sua boca.

— Pierre, eu quero ver minha família — Cam diz. Suas bochechas estão côncavas e escuras, parecidas com as de Marion durante a doença. O zumbido doce de abelhas irradia das paredes. A cabeça dela se contorce em direção ao som, distraída.

Ele aperta a mão dela.

— Eles não querem te ver. Tentei ao máximo. — O tom de voz dele é cansado, ambivalente. Ele já disse isso inúmeras vezes. Soturna, Cam observa a parede. A laranja apodrecida para no meio do caminho, envolvida em poeira, e ele faz uma careta. — Talvez devêssemos contratar ajuda de novo — o marido oferece. — Esta casa é demais para você sozinha.

Cam afasta a própria mão, batendo na xícara de chá na lateral da cama.

— É exatamente isso que ela quer — ela diz, irritada. — Mais e mais pessoas para impressionar e torturar. Não importa o que eu coma. É tudo igual! — Cam se põe de joelhos e arremessa a bandeja para longe, gritando enquanto o zumbido atinge seu ápice. Eu também dou um pulo dentro da lembrança. Nunca a vi tão amargurada ou brava. — Sai! Eu te odeio! — Ela joga outra laranja podre no marido que nunca quis. — Eu te odeio! Você me trouxe para cá!

✦

Desesperançosa, sou abandonada em outra lembrança. Nesta casa de sonhos, lençóis brancos cobrem cada móvel. Apenas os fantasmas permanecem expostos. Enquanto Cam olha pela janela, a fantasma de cabelo vermelho inquieta-se no hall de entrada.

A casa inteira parece estremecer. Marion se aproxima das paredes com um raro olhar de súplica costurado ao rosto.

— Ela está fraca — Marion sussurra. Me aproximo para observar o tremor em sua voz. — Ela poderia ter parado por conta própria, mas ela quis, você não entende? — Embora estejamos a um passo de distância, este vestígio do passado não consegue me ver.

Como antes, as paredes zumbem. Indo e voltando, casa e anfitriã conversam, até que, por fim, Marion lamenta:

— A morte dela não é minha culpa!

Ela aponta um dedo acusatório à cunhada, mas Cam nunca responde a esta encenação.

Do lado de fora, as estações passam com sombras pálidas. O tempo todo, Marion nunca interrompe seu tormento.

— Você não consegue fazer nada direito, consegue?

✦

Meu nome é chamado. Alguém embala meu rosto. Uma cortina de cabelos escuros acaricia minhas bochechas, e eu pisco.

— Jade... — Florence ofega, os ombros relaxando, e eu tenho um vislumbre do céu azul e da linha chanfrada das agulhas de pinheiro. O cheiro dela é real: condicionador cítrico, com um toque de gasolina.

Xingando, ela se levanta e pisoteia o incenso que foi solto de nossas mãos.

— Onde... — Minha voz sai arrastada, meus pés voltando ao chão.

— Ela chegou bem pertinho de você, depois *puf*! — Florence esbraveja. — Você me assustou pra caramba, caída e sem responder.

Eu nem sabia que Cam podia compartilhar lembranças quando estou acordada. Confiro minhas têmporas. Sem sangue.

— Estou bem — digo. — Ela me mostrou algumas lembranças de quando se casou e entrou naquela família, e de quando todos os que estavam vivos deixaram a casa vazia. Eles não conseguem ficar personificados por muito tempo.

Com um olhar desconfiado, Florence afunda a bota em mais incenso amassado.

— Ela disse isso?

— Ela me disse algum tempo atrás. — Dou de ombros, embora minha mente nunca tenha estado tão clara. É difícil ouvir nessas lembranças, mas os sinais estão todos lá. Só preciso segui-los. Marion ou a casa precisavam de Cam, mas a Senhora de Muitas Línguas não conseguia resistir ao desejo de atormentá-la. A sacada de ferro em Nhà Hoa ainda está grosseiramente curvada em direção ao solo, marcada pela morte injusta de Cam.

— Cam te pediu para ficar? — Florence interrompe meus pensamentos, enquanto me guia de volta para a casa. — Não é mais fácil você ir embora e depois convencer sua irmã e seu pai?

Minha família está perto demais de se romper por inteiro. Qualquer chance de perdão seria destruída se eles descobrirem que Ba foi embora porque não consegui me conter.

— Preciso tentar. Não vou desistir — respondo. Cam me dará as respostas de que preciso. Tudo está mais claro agora. Os fios estão aguardando para serem puxados juntos. Não estou desamparada. — Eu posso consertar isso, Flo. — O apelido dela vem doce e fácil depois de tudo o que vimos juntas.

Ela suspira.

— Isso é coisa demais. Não você. Todo o resto. — Ela sobe na moto, um sinal óbvio de que não entrará comigo. — Quero dizer, ãhn, fantasmas *e* alienígenas são reais. Preciso pensar sobre isso.

Nós ficamos paradas, orbitando ao redor uma da outra, a pele com cheiro de fumaça agora que Cam se foi.

— Obrigada por ter me acompanhado — agradeço, e por ela ser real e estar preocupada comigo, eu me inclino e a beijo na testa.

Os dedos de Florence tocam os meus.

— Te vejo depois, tá bom?

22

MEUS SONHOS RETORNAM, E COM ELES A PARALISIA. DEPOIS DE quase três semanas acordando sem corpo, eu deveria estar acostumada. O pânico alivia após meus dedos estalarem, a sensação voltando a cada parte, como se eu tivesse sido desmontada durante a noite e juntada de novo. Espero pela aparição de Marion, esgueirando-se de trás da porta do quarto, e cada segundo que ela não aparece me preocupa que esteja em outro lugar, assombrando minha família. Nunca quero dormir, mas preciso. É a única maneira de Cam me mostrar o passado, para que eu descubra como vencer Marion em seu próprio jogo.

Na última visita, Cam me conduziu por jardins selvagens repletos de calêndulas, ainda não pavimentados para a expansão de Đà Lạt. Ela compartilhou lembranças confusas de seu tempo na casa, quando Marion começou a espreitar nos cantos. "A comida tinha um gosto normal", Cam me contou depois, naquele limbo que comecei a considerar como nosso.

E agora estou acordada, no mundo real, onde apenas eu posso investigar, onde o som é tanto bruto como sem filtro. Há um preço por explorar as vívidas memórias de um fantasma, porém. Meu corpo implora por descanso. Minha mente está lenta e cansada. Conforme desço as escadas para interpretar a filha zelosa de Ba, percebo que a casa permaneceu conivente em bom comportamento. Nada novo quebrou. Não nos deu nenhum motivo para querer partir.

No exterior, os empreiteiros ouvem música tão alto que as janelas tremem. Eles têm trabalhado sem parar, quase tão duro quanto eu. Ouvir músicas familiares — mesmo quando as letras vietnamitas são incompreensíveis para mim — é um bálsamo para a minha ansiedade. Estou aqui, e posso ser útil. Há amido seco e embalado para preparar para Lily enquanto como qualquer coisa feita por Ba. Me sinto enojada pelo meu desejo por aqueles rolinhos de ovo crocantes e recheados com jícama, cogumelos orelha-de-judas e porco triturado da noite passada, quando pode haver qualquer coisa dentro deles.

Na sala de estar, nossas fotografias foram devolvidas aos seus lugares na cornija. As hortênsias estão terríveis, caindo para ambos os lados em seus vasos. As poltronas estofadas são monumentos nesta sala exuberante, e pés pendem da lareira. O ar está pesado com uma música romântica enquanto eu ando em direção à cozinha, pronta para ferver mais macarrão sem graça. Mas algo está errado. Encaro a sala de novo.

Pés pendem de dentro da lareira.

Isso é real?

Eu enlouqueci?

Passar cada momento acordada em vigília tem um preço alto.

Dentro da lareira estão duas pernas pálidas. Uma tornozeleira falsamente alegre brilha no tornozelo esquerdo.

Gritando, eu me atiro lá dentro, meus antebraços ao redor das panturrilhas dela, puxando, arrancando. Os pelinhos em suas pernas me arranham de volta. *Quando foi que você começou a depilar as pernas?*, é o que vou perguntar assim que ela sair, e *você já está morta?* Por favor, não esteja morta.

O corpo que seguro também grita.

— Lily — digo, com urgência, assim que ela está livre.

Ela não me vê, embora estejamos nessa realidade confusa juntas. Os olhos estão fixos nos ossos finos como penas que ela segura nas mãos. Hera se enrolou em algo quebrado com o formato de um passarinho, videiras florindo pelas órbitas oculares. Aperto mais os dentes.

— Eu ouvi... — Ela para, piscando lentamente para mim. Seu cabelo comprido está enrolado ao redor do pescoço. — Eu ouvi uma batida, e depois um gorjeio. Quis conferir. — Deixando sua descoberta cair, ela esfrega as mãos com força no pijama cheio de fuligem. Manchas pretas vão das bochechas até a ponta das orelhas. Olhos castanhos atrás de um brilho úmido. Alguém está prestes a chorar.

— Vamos nos limpar — digo, guiando-a com gentileza pelos ombros. Ela se curva para a frente, tornando-se menor, e me segue até o andar de cima. A coisa morta não se mexe atrás de nós. No banheiro, eu a ajudo a tirar fuligem da parte traseira dos braços e outros lugares que ela não vê. Essa casa nunca incomodou ninguém além de mim. — Você viu mais alguma coisa? — pergunto quando sua respiração normaliza. *Como eu deixei isso passar?*

Ela volta a atenção para mim com violência.

— Eu não acredito em fantasmas.

— Não é o que estou perguntando.

— Não vou te ajudar a ir embora mais cedo — Lily continua, libertando-se dessa paz. — Não vou usar o Ba por dinheiro. — Ela joga uma toalha úmida em mim antes de correr de volta para o próprio quarto. Ela nunca foi boa em confrontos. Enquanto minha irmã extravasa em acessos controlados, sempre gostei de um ataque direto, explosivo.

Eu a impeço segundos antes de a porta bater. Madeira se finca em minha mão, mas ignoro a careta de Lily.

— Não aceite nada que o papai te der — eu a lembro. — Apenas a comida seca. Comprei o suficiente para a semana. — Sua expressão muda para irritação, e ela responde batendo a porta na minha cara.

O impacto reverbera pela casa. Meus olhos correm em direção ao teto, depois para o armário do corredor. É este o meu sinal. Cam, ou alguma outra coisa, está respondendo. Desde a nossa chegada, as batidas têm exigido serem ouvidas. Eu devia ter investigado antes, quando sentia menos medo. Atrás da portinha com muitas trancas, a escada para o sótão me espreme de ambos os lados. Continuo avançando. Quando meus pés tocam o chão do sótão, o som irrompe de novo.

TUM. TUM. TUM.

A coluna da casa estremece. Ecoa em meu corpo. Em menos de uma semana, Ba cobriu o isolamento com *drywall* novo, suavizando a sala com uma paisagem cinza. A escrivaninha de Marion está aberta, poeira remexida em sua superfície. Os filhotes de rato que encontrei da última vez não estão em lugar algum. Ba andou ocupado.

Paro ao lado da chaminé, as palmas sobre o tijolo áspero, e sinto o tremor de um punho raivoso. Encosto minha bochecha na casa, da mesma maneira que Marion fez no passado. A vontade de falar é esmagadora.

— O que você está tentando dizer? — sussurro, tocando suas linhas de argamassa bem assentadas.

Uma imperfeição salta aos meus olhos: um único tijolo sobressaindo-se ao resto. Uso os dedos para escavá-lo, puxando, puxando e puxando, até que minhas unhas começam a levantar. Uma nova dor queima minhas mãos, mas prendo a respiração e separo o tijolo do restante. A lanterna do meu celular ilumina o suficiente para eu ver um papel preso à parede oposta. Em um movimento que tanto Halle como Florence diriam ser extraordinariamente imprudente, enfio o braço dentro do buraco escuro, quase até o bíceps. O ar é quente demais dentro da chaminé, embora nenhum fogo tenha sido aceso.

O papel está alto demais neste ângulo. Preciso tornar o buraco maior. Preciso pegar o que quer que esteja lá dentro, desejando ser encontrado. Uma marreta da caixa de ferramentas solitária de Ba é perfeita para isso. Pesa muito menos do que uma pá, no fim das contas. Eu a bato com facilidade contra os tijolos adjacentes, espalhando migalhas de concreto pelo chão empoeirado. Destruir algo tangível é terapêutico. Saber que vai irritar Ba torna ainda mais terapêutico.

Com uma porção de tijolos quebrados, tento de novo, na ponta dos pés. Metade de mim espera uma mordida feroz, penas de outro pássaro perdido, ou o aperto de vinhas possessivas, mas o papel de cor sépia desloca-se com facilidade. Enquanto a coleção de Marion tinha sido cheia de festas, natureza e retratos de família, esta pilha de fotografias é menor e selecionada com maior cuidado. Soldados encaram a câmera com estoicismo, orgulhosos, ao ar livre em um vilarejo desconhecido. Os locais trabalham em uma plantação de seringueiras, alheios de que alguém imortalizou suas costas. Em outra foto, rostos mortos repousam sobre um toco de árvore.

Olhos fechados. Corpos por toda parte.

Estas não são fotografias do tipo que se pendura.

Os irmãos Dumont e seus colegas oficiais têm uma postura de caçadores com seu prêmio sangrento. A história amaria chamar esses prisioneiros executados de bandidos. Eu diria, talvez, que eles estavam em casa quando os forasteiros chegaram.

— Vocês todos morreram aqui? — pergunto em voz alta, quando, na verdade, o que quero dizer é: *Eu enterrei vocês direito?* E, mesmo assim, as caveiras deterioradas que escondemos podem não ser deles. Nenhuma resposta simples surge. Meu punho se aperta ao redor das fotos. Então percebo que elas podem ser as únicas fotografias que seus descendentes verão, e as desdobro rapidamente. Dano colateral, como minha bisavó nas cortinas durante o retrato de outra família.

Solto a marreta, que cai com um tinido. Alma mencionou antes que o marido de Marion comandava em Tonquim, ou seja, suas ações eram encaradas como dever. Uma risada curta, pesarosa, crepita dos meus pulmões.

Se as fotografias anteriores eram dignas de virar assunto de trabalho acadêmico, estas pertencem a um museu. Tanta gente as penduraria em exibições, detalhando a história de como o colonialismo arruinou vidas, sem jamais dar nomes a essas vidas.

Minha bisavó, jovem e ingênua demais para entender os perigos em sua vida. Minha avó, perseguindo soldados americanos por doce enquanto bombas de napalm caíam em uma província vizinha. Ba, em um barco lotado, mas sozinho no mar. Os buracos na história familiar de mamãe, apesar da meia dúzia de irmãos para construir relatos. E Cam, cujas pessoas que ela amava pararam de vê-la por causa de um casamento que as salvou.

Eu tenho agido errado; não preciso saber o que Marion quer. Racistas não precisam de motivos para serem racistas. Ela viveu para ser vista. Há tantos outros esperando serem ouvidos, que foram negligenciados e esquecidos, sem qualquer poder. Minha família não se libertará se eu jogar pelas regras dos outros, permitindo que o padrão se repita — incansável e faminto.

Nunca foi apenas Cam e Marion nesta casa construída para sobreviver à carne.

— Vocês estavam aqui esse tempo todo — digo para as paredes, girando devagar no centro do sótão. É por isso que Cam disse "elas". — Vocês estavam ouvindo. — Cam teve medo demais de se envolver com o sobrenatural quando estava viva, mas casas não são leais.

Todos nós aprendemos o que precisamos para sobreviver.

Nós moldamos o entorno, e ele nos molda também. A Senhora de Muitas Línguas foi a inquilina mais antiga de Nhà Hoa, sim, mas outros andaram por aqui e deixaram fragmentos de sua alma — ou *vibrações*, como a teoria que Florence criou do nada. Eu rio, desta vez com alegria. Os fragmentos me trouxeram até aqui, assim como as folhas vermelhas daquela moita de hortênsias. Histórias foram escritas profundamente em seus ossos, mesmo que tudo que essa casa queira seja nunca mais ficar sozinha. Marion é egoísta e arrogante. Ela não percebe esses detalhes, e talvez Nhà Hoa também não. Eu posso ser diferente. Há coisas que esta casa ainda precisa aprender sobre mim.

E por ainda estar respirando, decido qual fera preservar atrás de vidros de um museu ou pressionar entre páginas de um livro que talvez nunca mais seja lido. Estou viva, disposta, e, por isso, esta casa precisa mais de mim do que da senhora morta. Pressiono meu corpo para mais perto de Nhà Hoa, para que ela possa ouvir meus batimentos. Depois, sussurro:

— Eu serei sua anfitriã.

laringe

ELA SUSSURRA NOS CANTOS. ELA É UMA FILHA DESTA CASA, E DIZ coisas tão gentis.

"Você é linda e os outros deveriam te ver."

"Estou escrevendo uma história que todos vão ler."

"Por acaso a foto te irritou?"

"Eu sempre vou ouvir. Você pode me contar."

Esta casa sempre quis um filho.

"Eu tenho mãos, olha! Posso trazer o que você pedir."

Eles são tão resilientes no afeto, e sempre voltam ao normal após um tapa.

23

QUEIMÁ-LAS. TRANSFORMAR AS FOTOGRAFIAS EM CINZAS, COMO se elas nunca tivessem existido. Fingir que não as vi. É assim que protegerei a minha família. Eu mesma. Estou começando a entender o tipo de pessoa que sou.

Inclinar-me para a frente, encostada em Florence na moto, faz com que eu pare de me preocupar com o que está em minha bolsa.

Ela vive em uma rua barulhenta na Đà Lạt propriamente dita, com casinhas atrás de portões maciços. Passamos por uma casa enfeitada de vermelho para um casamento, de onde eles disparam fogos de artifício ilegais, que borbulham para cima em amontoados de fios. Seguro Florence com mais força, enquanto o cheiro me leva de volta aos templos na Filadélfia durante o Tết. Lily e eu assistindo, o mais próximas possível, Bren nos braços de Ba, e mamãe bem ao lado dele. Seus rostos se iluminam. Não confio em sorrisos desde então.

— Vocês têm estátuas de leão — digo, inexpressiva, quando tiramos nossos capacetes. Leões idênticos com rostos sorridentes guardam as portas frontais da casa.

O cabelo de Florence cai bagunçado em suas costas, um sorriso desalinhado e travesso.

— Eles protegem minha bo...

— Viu, ela voltou! — um homem grita, saindo da casa em passos rápidos, e aponta para Florence. — Suas batatas fritas estão queimando. Você *deixa* o forno ligado. — Ele está na casa dos trinta e está bem-vestido em um colete listrado.

— Queimando, tipo, neste exato momento? — Florence geme, me empurrando para dentro com um olhar acanhado. — Esta é a Jade, e este é o Tuấn.

— Nós somos babá das batatas — ele diz, exasperado, embora seus olhos sejam calorosos. — A gente não deixa elas morrer. — Ele sorri para mim. — Se divirtam, vocês duas.

— Vocês *dois* — Florence começa —, não bebam demais. — A conversa flui naturalmente, como se eles já a tivessem tido milhares de vezes.

O tio dela é mais reservado quando passa por nós, vestindo um paletó cinza.

— *Đi bộ qua đó. Đừng lo.* — Seu olhar é desconfiado, mas não me encolho diante da postura protetora. Na rua, os dois viram em direção à festa de casamento que vimos antes.

Florence para de acenar quando uma fumaça cáustica acomete nossas narinas.

— As batatas fritas! — Ela se joga no corredor, me abandonando no lugar que compartilha com o tio e Tuấn. É amplo, com luzes embutidas e realçado em prata, tirado de uma revista com muito bom gosto. Fotos decoram a entrada. As poucas de Florence mais jovem confirmam que ela teve um corte tigelinha quando criança. Nas mais recentes, ela está esmagada entre os dois. Não há um único retrato que pareça ter sido tirado com os pais dela.

Minha mão procura por um pulso na parede. Uma simplicidade inofensiva pressiona de volta, comum e esquecível. Ela não fala como Nhà Hoa.

As batatas fritas já estão a salvo quando vagueio para dentro da cozinha deles. A assadeira exibe várias marcas de queimado e batatas meio carbonizadas, logo empurradas para um prato oval. Florence repousa luvas de forno comicamente grandes nos quadris, o nariz enrugado.

— Não estão mortas, mas isso ainda é uma punição.

Eu me inclino sobre a ilha da cozinha, pego uma única batata do prato e deixo cair metade na minha boca.

— Quente, amarga e oleosa — digo, olhando para Florence. — Exatamente como eu gosto.

Ela ri, atrapalhando-se com uma frigideira e alguns hambúrgueres pré-prontos em seguida.

— Vai ter bastante disso. Não cozinhei muito na escola, e Tuấn consegue tornar as coisas confortáveis aqui, mas ele também não sabe cozinhar.

— Estou comendo macarrão de *kimchi* sem parar há quatro dias — digo. — Só vou reclamar se você surgir com algo instantâneo. — Meu apetite oscila com frequência demais para que eu me importe, mas é fofo que ela se lembre da minha confissão sobre McDonald's no mercado noturno. Eu ficaria feliz apenas com a presença dela. — Eu ajudo.

Trabalhamos em um silêncio confortável enquanto a frigideira chia entre nós. Ela me dá espaço para respirar, e eu aceito essa liberdade, permitindo que a casa dela nos mantenha a salvo. Ela é minha amiga e não foi embora correndo, apesar de toda a loucura. Nós cozinhamos os hambúrgueres bem passados, para que não haja um rosinha no meio onde um parasita possa estar. É neste momento que ela pergunta:

— Então, como você está?

A palavra escapa com facilidade.

— Bem. — Há um aperto traiçoeiro no meu peito. Quando foi que me tornei alguém que gosta de ser questionada?

Florence imita o som de erro de um computador.

— Me parece mentira. — Na última sílaba, ela me dá um tapinha leve com a espátula. Uma marca oleosa e quadrada fica acima do meu peito esquerdo. Ela gargalha.

Sua risada se agita em meu peito, enquanto confisco a espátula. É bom voltar a ser normal.

— Você me deve uma camiseta nova — digo.

— Desculpa, eu não tenho tamanho infantil — ela provoca com outra olhadela para a blusa estragada.

— Você costuma pensar muito no que eu visto? — questiono, a mesma pergunta que ela me fez quando estivemos naquele armário minúsculo juntas, a respiração ofegante após encontrar o primeiro conjunto de fotografias. Ela tinha ido atrás de mim naquela ocasião também. Ela é uma boa amiga.

— Talvez — Florence diz. — Sobre o que está faltando. — Ela quer dizer o corte da minha camiseta, o estilo do meu jeans, mas não consigo evitar o calor que percorre meu rosto.

— É uma boa distração — digo.

É fácil esconder o fato de que suas roupas são velhas quando os garotos apenas passam os olhos por elas. Pensei que seria melhor ser um estereótipo que ninguém consegue compreender, mas ultimamente parece que tudo o que fiz foi me machucar. Eu sou tão hétero, por exemplo, que beijei o crush de décadas da Halle porque eu queria que as pessoas *soubessem* que eu era hétero, para que ninguém percebesse que eu olhava para onde não devia.

Essa é uma verdade que eu não esperava que viesse à tona.

O celular de Florence vibra, surpreendendo nós duas. Encabulada, ela levanta o aparelho com orelhinhas de gato para atender.

— Que foi, Gem? — Uma garota de cabelo vermelho aparece na tela. No primeiro meio segundo, elas compartilham olhares que apenas melhores amigas entendem, algo que eu costumava ter com Halle.

Aquele espaço vazio que ela costumava ocupar cresce ainda mais enquanto eu assisto a Florence e Gem se inteirarem das novidades rapidamente. Enquanto escavo os segredos da casa, ela faz o mesmo comigo. Me sinto exposta e boba. Deslizo os hambúrgueres para os nossos pratos. Algumas partes da conversa vazam: se reunir para uma viagem, comprar passagens. Será que Florence vai partir em breve?

Então, sabendo que estou presente, Gemma diz em voz alta:

— Você é legal demais com as pessoas. Não se envolva com aquela garota.

Embora eu não apoie violência contra objetos inanimados, estou considerando seriamente dar um soco no telefone.

— Ela não tem tanquinho ou peitos, e você merec...

— Ok, tchau — Florence se apressa em dizer, e desliga. — Ãhn, desculpa. É o jeito dela.

— Sem problemas — eu digo, me obrigando a não pensar demais. Permito que o peso da minha bolsa me centre novamente. — Quero queimar as fotos do sótão. — O rosto dela é tomado pela surpresa. — Minha irmã já está com a foto da minha *bà cố*, então as outras podem queimar. Já existem racistas demais sendo lembrados. Não precisamos adicionar mais à coleção das pessoas. — Recordações de guerra, exibições históricas, livros didáticos, álbuns de família, letreiros e legendas de uma linha para resumir décadas. — Nhà Hoa não será o próximo destino turístico do momento.

Assentindo, Florence nos dispõe ao redor do braseiro no terraço. As labaredas começam baixas, depois aumentam com uma luminosidade purificante que aquece minhas pálpebras. Jogo a primeira no braseiro. O papel se curva em manchas escuras.

— Fiquem quietos, espíritos racistas — Florence diz ao jogar um punhado de fotos da pilha. Nós as observamos virar cinzas. Engulo fumaça e ainda não encontro nenhum alívio. Estamos na segunda pilha agora. O fato de elas existirem é um lembrete de como aqueles habitantes acreditavam profundamente em si mesmos.

Eu me lembro do exato local onde coloquei aquelas cabeças, então, quando Florence se mexe para virar a próxima foto, minha mão se fecha sobre a dela.

— Essa estava escondida na chaminé. Você não vai quer vê-la.

Ficamos paradas por um longo minuto, ela me analisando.

— Eu me protegi por muito tempo também — ela diz. — Posso lidar com o que quer que seja. — Me dói a suavidade em suas palavras. *É algo nosso*, ela parece dizer.

Solto a mão dela e a fotografia.

Florence a levanta no céu noturno.

— Você queimou o rosto deles.

Há buracos onde a cabeça dos oficiais deveriam estar, mas as pessoas mortas permanecem. Separadas de seus corpos, elas já sofreram demais.

— Queimei. — Com um incenso aceso, borrei o rosto dos assassinos e de todos que se apossaram daqui. Não fiz cópias digitais de nenhuma fotografia até que eles estivessem sem características identificáveis. — Para apagá-los — explico —, já que sentem tanto orgulho do que fizeram. — Não muda em nada o passado, mas isso está em minhas mãos agora.

Com as sobrancelhas unidas, Florence queima a foto na chama mais alta.

— Aquela casa de merda, cara.

— Aquelas pessoas de merda — eu corrijo, porque a casa me levou até a chaminé. Ela sabe de coisas, e me contará se eu for gentil. Cam estava sempre assustada demais para ouvir, mas ela só tinha a si mesma com quem se preocupar. Pela minha família, sou capaz de fazer mais. A casa quer ser conhecida, então que seja. O que é um fantasma sem uma casa para assombrar? Serei a confidente e a anfitriã de Nhà Hoa, escrevendo as histórias mais bonitas para a festa de inauguração. Estou fornecendo o que ela precisa, para que nunca sejamos descartados.

Como ela acabou aprendendo, meus familiares foram aqueles que mais a amaram.

A noite se estende lânguida em volta de mim e de Florence. Próxima, íntima, e quase normal. Observamos o braseiro até o fim, quando temos certeza de que nada escapou. Não confiei que Marion me deixasse fazer isso na casa, mas aqui estou livre. Estou no controle. Nós recolhemos as cinzas, espalhando-as ao vento.

— Eu liberto vocês, racistas! — grito, e Florence se junta a mim, nossas vozes abafadas pela música estridente do casamento.

Não sei dizer se quero rir ou chorar, então comemos. Os hambúrgueres são tão gordurosos como prometido, uma provinha da extravagância do McDonald's. As batatas fritas enchem minha boca com um gosto acre que eu confundo com cinzas frias. Amanhã vou contar meus planos à Florence, decido, por fim.

A tela do meu celular pisca com a resposta relutante de Lily: "*estou bem*". Ficaremos bem por esta noite. A casa sabe que sou amiga dela agora.

Mais tarde, Florence e eu paramos no corredor, eu em um par de pijamas xadrez dela, já que me esqueci de trazer qualquer outra coisa.

— Então... acho que você pode dormir no quarto do Tuấn. Ele costuma dormir no... você sabe. — Florence não parece envergonhada ou nervosa. Ela está pensando na segurança. O quarto próximo ao principal é decorado com uma cama muito bem-feita.

— Eu prefiro dormir com você — digo. A boca dela se levanta. — De maneira platônica. Quer dizer, tirar um cochilo. — A essa altura, ela já está rindo. — Estou tão cansada.

O quarto dela não é tão habitado quanto eu esperava. Ela afasta duas malas abertas. Cortinas, lençóis, almofadas e até mesmo paredes lilás marcam presença, destruindo meus globos oculares.

— Desculpa, tá? Quando vim morar com meu tio, ele tinha este quarto projetado para mim, que, sou obrigada a dizer, *não* foi projetado pelo Tuấn. Enfim, eu era pequena, depois fui para o internato, então nunca trocamos a cama. — Eu observo a cama de solteiro. — Gosto de dormir do lado esquerdo, se não tiver problema.

É um teste para a faculdade, digo a mim mesma, mesmo não indo este ano. É a última coisa em que penso. Constrangidas, subimos na cama, o cobertor sendo esticado de uma extremidade à outra.

— Está meio frio — ela diz.

— Tudo bem se chegarmos mais perto? — pergunto. Faz sentido, e com certeza não é uma desculpa, já que tem o espaço de uma caverna ártica entre nós; mais distantes do que quando paramos juntas no terraço, gritando para o mundo.

— Sim. — Nossas colunas se alinham juntas, nossos pés quase emaranhados. Espero que eu tenha lembrado de passar um creme neles depois do banho, é o pensamento único e semi-inteligente que possuo no momento. — Então... — digo enquanto o relógio digital dela pisca em verde-limão — ... a sua amiga Gemma não gosta de mim. — Um assunto ótimo e feliz para equilibrar a noite que tivemos. Muito boa de lábia.

— Ela é sempre assim. Está irritada porque não vou fazer mochilão com ela este ano — Florence explica.

É o tipo de coisa que jamais farei, mas é fácil imaginar Florence viajando e tendo um blog ultrapassado com selfies terríveis.

— E você quer ir?

Quando a cama se altera sob o peso dela, eu também me viro, até que estamos de barriga para cima, a dois centímetros de distância.

— Não é tão simples — ela responde, sendo que consigo visualizá-la fazendo tudo. Estrelas falsas brilham mais verdes do que douradas acima de nós. — Meu tio quer que eu me forme em administração na Temple, depois volte e ajude a conduzir a imobiliária. Meus pais, também. — Florence finge pegar uma das estrelas entre os dedos. — Eles sempre quiseram mais do que posso dar. Meus pais, quero dizer. Sempre fui diferente. Não do tipo "sou diferente das outras garotas", mas "não sou o que meus pais esperam que eu seja". Eles queriam um bebê silencioso; eu era barulhenta. Eles queriam alguém que aprendesse rápido; levei uma eternidade para ler. Pelo menos agora consigo sentar mais ou menos parada nas aulas.

Ela ri, mas não é agradável. Ela baixa a mão de novo.

— Eu tinha os mesmos adesivos de estrela na nossa casa antiga — falo baixinho, e aponto para o teto. — Uma vez, eu as descolei para dar à minha melhor amiga da época, e meu pai me bateu porque eu arranquei o reboco sem querer... mas não foi nada grave, e eu estou bem. — Balanço a cabeça, afundando ainda mais no travesseiro. — Não sei por que estou te contando isso, a não ser para dizer que os adultos assumem o que é melhor para os filhos, e às vezes eles estão errados. Na maior parte do tempo, até. — Faço uma pausa, reunindo meus últimos pensamentos. — Você deveria fazer o que acha certo. Não o que eles exigem de você.

Ela está quieta demais. Devo ter dito algo errado ou me excedido, mas então Florence dá um tapinha na minha mão, a leveza de volta à sua voz.

— E você, vale mesmo a pena esconder as coisas da sua mãe só para ir para a Universidade da Pensilvânia?

— Já me decidi — digo. Vou adiar um ano para juntar o dinheiro. A escola é bem conhecida, então posso conseguir um trabalho após a formatura, pagar qualquer empréstimo que tiver feito, e a mamãe não precisará trabalhar tanto. É perto de casa, mas não perto demais, e poderei viver como eu quiser. Mesmo assim, em um mês, nós duas poderíamos estar vivendo na mesma cidade, sem muita fiscalização. Pela primeira vez, quero que a minha vida seja complicada por alguém bom, e Florence é isso e muito mais. — Se você acabar indo para a Temple, posso te mostrar a vizinhança.

Mesmo que não estejamos olhando uma para a outra, consigo sentir seu olhar sobre mim. É o mais perto que chegamos de falar sobre passar um tempo juntas fora de Đà Lạt. Prendo a respiração.

— Você é tão teimosa — ela diz, com certeza, sorrindo, para minha infelicidade. — É claro. Aposto que você guarda muitos rancores.

— Eu tenho mesmo uma lista de reclamações mesquinhas que vou levar para o túmulo, para que possa dizer "eu te disse" na vida após a morte.

— Bate. Na. Madeira. — Florence bate os nós dos dedos na parede acima das nossas cabeças. Como se sentisse meu ceticismo, ela me repreende. — Fantasmas são reais, então o azar também deve ser. — Após um segundo, ela pergunta: — O que você planeja fazer a respeito de Marion? Já que você ainda não vai embora.

O cansaço me consome, puxando minhas pálpebras para baixo. Eu ouvi a casa praticamente a noite toda, juntando histórias de como ela surgiu, mas compartilhar tudo isso com Florence pode ficar para outra hora. O site ainda estará lá amanhã.

— Estou rezando para ter sucesso em apaziguar o espírito dela — digo levemente, virando de lado para encará-la. Ela faz o mesmo, a palma da mão embaixo da bochecha. — Você é minha cúmplice delinquente e tudo mais... bom trabalho até agora, por sinal... mas não temos só este assunto para conversar. Podemos bolar planos mais tarde.

— Ai, merda — ela diz. — Você quer *conversar* comigo? — Florence se abana, dramática.

Ela tem uma pinta próxima ao olho direito que eu nunca tinha notado. Hoje à noite, estou vendo tudo novo, e diferente. Aqui, não ouço as árvores. Apenas a música estridente do casamento e gritos de karaokê na escuridão.

— É um começo — eu digo, a voz baixa. Um leve rubor se espalha pelo rosto dela. Ela se recupera de imediato ao entrar no mérito de waffles como jantar, e nós rimos, falando sobre nada e tudo, como cores favoritas e a época de rinite. Falamos tanto que minha boca fica seca, e o cansaço torna-se vigor horas depois, como se tivéssemos fugido de casa para depravações adolescentes.

No início de outra música lenta e distante, Florence pergunta:

— Já se apaixonou alguma vez?

— Por que a pergunta séria? — indago. Sem ser solicitada, a lembrança aguçada do meu diário e de todos os nomes escritos nele aparece. Quase desmaio. Sempre foi um crush, ou desejo, ou comprovação. Na minha vida inteira, nunca cheguei perto de amar alguém.

— Ué, já se apaixonou? O suficiente para continuar assombrando um lugar.

Uma carranca se fixa entre minhas sobrancelhas.

— Não. — Meu antebraço está embaixo da orelha, embora eu nunca durma de lado. Mamãe diz que pessoas que *chết oan* às vezes continuam como fantasmas famintos, e vários folclores e lendas atribuem emoções persistentes a espíritos persistentes, mas a perspectiva de continuar no mundo para *mais* idiotices parece cansativa. — E você?

— Nunca — ela confessa. — Mas é loucura que as pessoas se apaixonem de maneira tão estúpida, sabe? Como é ser tão boba e feliz? Eu meio que queria saber.

— Você já é louca o suficiente — digo. Mesmo dentro das famílias, amor é algo impossível de determinar. Como estranhos conseguem? — Às vezes, é melhor não pedir pelas coisas que queremos ouvir. Elas têm mais significado assim.

Com um murmuro pensativo, Florence puxa o cobertor para perto do queixo.

— Bom, você vai ficar desapontada, mas... — Seus dedos são delicados quando ela traz o cobertor para perto do meu queixo também. — É hora de dormir. — Ela ri e finge dormir, depois cai no sono. Minha pele está quente onde ela a tocou, mas são as partes de mim que ela não tocou que mais queimam.

Só Florence consegue me desnudar com apenas um olhar. Faz eu me despir de todas as camadas com um toque que me assombra muito depois de ela ter fechado os olhos.

24

DURMO UMA NOITE SEM SONHOS QUE, PELA MANHÃ, ME LEVA A ficar ainda mais próxima de Florence. Seu cabelo longo cobre o meu, um preto profundo e natural por cima do meu castanho tingido. Um gradiente de cores entre nós. Não há nenhum peso extra em meus membros, apenas uma leveza profunda que prova que esta é a minha primeira noite tranquila no Vietnã.

Nós rimos sobre hálito matinal e nos empurramos, rolando no tapete peludo em seu quarto. Escovamos os dentes em espelhos iguais, as paredes de trás em um azul suave em vez dos passarinhos vigilantes de Nhà Hoa.

Ela diz alguma coisa sobre ir preparar o café da manhã, e que eu deveria procurar algo para vestir em seu armário.

Camisas xadrez, camisetas duvidosas e jeans rasgados compõem todo o closet de Florence. Eu visto a camisa xadrez menos ofensiva, o tecido gasto acaricia minhas maçãs do rosto. Esta rotina aconchegante pode continuar na Filadélfia, se quisermos. É mais fácil ter esperança quando não se está cercada por uma casa com necessidades que vêm em primeiro lugar.

A fome agarra minhas entranhas, mas um lampejo chama minha atenção. Há papel espalhado embaixo de uma pilha de roupas, amassado e familiar. Uma dúvida profunda e feia controla meu cérebro. Me livro das meias-arrastão que imaginei manusear de outras maneiras. A escrita me prende. Há números intermináveis e linhas desenhadas, que reconheço imediatamente porque andei nelas dia e noite por quatro semanas. *Minha casa.*

— Jade? — Florence chama de algum lugar distante.

Agarrando outro caderno, viro páginas agora marcadas com notas autoadesivas que dizem desde "conferir contrato" até "que merda é essa?". Os cadernos são dele, mas a escrita colorida não é. Respiro fundo. Por que ela está com eles? Além do primeiro dia e de quando passamos um tempo juntas, Florence não frequenta a nossa casa. Quando ela os pegou?

Os dedos descalços dela aparecem no canto da minha visão.

— Jade. — Meu nome nunca soou tão suave, e, ainda assim, sou um pavio pegando fogo.

— O que é isto? — pergunto. Me levanto da posição ajoelhada, para que ela seja forçada a olhar para cima por causa da altura. Florence nunca me verá abaixo dela, desmoronando e confusa de novo. — É por isso que você sempre insiste em ficar lá em casa? — Nunca foi pela pesquisa. Não consigo pensar no porquê; apenas que ela foi até Nhà Hoa por um motivo, e nem sempre era eu. O enjoo surge quente e vergonhoso. — Você gosta dele ou algo assim?

A reação dela é imediata.

— Não! Eca. Escuta. — Ela se inclina para pegar os cadernos, mas eu recuo até que os cabides espetem minhas costas.

Ela morde o lábio superior antes de falar.

— O seu pai roubou dinheiro do meu tio. Eu queria provas. — Florence aponta para a pilha pequena em minhas mãos. — Ele me deixou entrar na casa para um tour certa vez, antes de você chegar, e me supervisionou o tempo todo. Você não me observava tão de perto. — Florence experimenta um sorriso triste que apenas me deixa brava. — Encontrei os cadernos uma tarde. Há números escritos, e reparos, que ele nunca contou ao meu tio. Aquela casa nunca teria passado pelas inspeções sem propina.

Florence tinha roubado essas coisas. Surrupiado do quarto dele quando eu não estava olhando, tirado das coisas caóticas pelas quais ele nos substituiu.

— Você nunca pensou em me contar? — indago, apertando-os com mais força. *Nós poderíamos ter nos ajudado*, penso. *Tudo poderia ter terminado de um jeito diferente*, — Ông Sáu sabe?

Ela respira fundo.

— Não. — Ela mordisca o lábio inferior. — Ainda não. Já está muito perto da festa de inauguração. O que passou, passou, e você...

— Uma fantasma é minha única amiga aqui — eu digo com uma risada incrédula.

— Você acredita mesmo nisso? — Florence pergunta. — Ela pode estar por trás de todas as assombrações, até onde sabemos. — Não, só da comida, sempre da comida estragada; para nos alertar, para nos impedir de engolir larvas e asas e horrores microscópicos. Cam *chết oán* naquela casa. Ela morreu injustamente por causa de Marion, e agora nem consegue escapar de sua assassina. Ela não me machucaria.

Olho diretamente nos olhos de Florence.

— Não me distraia da verdadeira questão, que é... — pauso, saboreando aquele último espacinho entre nós — ... como posso confiar em você?

Não há uma resposta imediata enquanto corro pelo quarto reunindo os meus pertences.

Florence vem atrás de mim, sem recuar da briga. Deve ser uma característica que ela desenvolveu no internato.

— Ele é louco, e se você pudesse ler o mínimo possível de vietnamita, entenderia — ela diz. — Você veria com os próprios olhos as merdas que ele escreve nesses cadernos! Ele é mau, mais do que você percebe. Entre o seu pai e o meu tio, eu escolheria o meu tio todas as vezes.

Meu coração se aperta pelas palavras ditas com perfeita veemência. Eu deveria saber: o idioma da minha família, a forma escrita, a verdade. Por que não falo vietnamita bem? Por que não consigo ler? Eu devia ter me esforçado mais. Florence aprendeu inglês, então por que não fiz isso com minha língua-mãe? Eu não me encaixo aqui. Sou um lobo em pele de cordeiro, como diz o clichê, ou talvez seja mesmo uma banana: amarela do lado de fora, mas branca do lado de dentro, como pessoas prestativas já me disseram. Quem sou eu além de alguém definida por outras pessoas?

É mais fácil ser um estereótipo. Ser você mesma machuca. Sei muito bem quão ruim são as coisas.

— Eu gostava de você — digo, dando uma última olhada para Florence. Sua boca está pequena, aberta, vazia. As pontas de seu cabelo flutuam, como se apanhadas em meio a um movimento. — Eu gostava mesmo de você. — De que adianta dizer isso a ela agora? — Uma amiga de verdade teria me dito. — Meus olhos se aguçam em um olhar furioso. — Não se preocupe mais com o site. Eu me viro.

Do lado de fora, o dia está acordando. Carros apitam, destrancados, e tudo continua. Ninguém está sendo destruído, apenas eu, que caminho sem saber aonde estou indo. Meu celular está com três por cento de bateria. Ligo para o meu pai.

Ele me encontra trinta minutos depois em uma lojinha pequena, e estou com uma das únicas coisas que sei pedir de cor em vietnamita: *cà phê sữa đá*. Minhas gengivas estão doces demais quando entro na caminhonete. A mistura de café e leite condensado deixa minhas mãos geladas. Eu penso *que se foda*, e não coloco o cinto de segurança.

Dirigimos, Đà Lạt espalhada ao nosso redor. Quero drenar este céu lindo por um canudo largo. Quase me faz chorar, mas eu inspiro e conto, jogada no banco.

— Você e Florence brigaram? — Ba pergunta quando passamos por um túnel de árvores próximo à casa, porções de sombra e de luz na estrada em curva. Quase dou risada. Tudo que é horrível acontece dentro de um armário maldito.

— Sim. Bom. Ótimo — digo, à toa. — Como está o seu olho zumbi?

A resposta dele é objetiva.

— Bem. — Já que não há nada melhor a fazer, tento perceber se ele está mentindo. No milésimo de segundo em que nossos olhos idênticos se encontram, vejo que estão branquinhos, e não cobertos de larvas. Talvez ele não esteja sendo controlado neste momento.

O silêncio ainda seria minha preferência, quando se trata de contato, mas ele volta a falar:

— Olha, se você gosta dela...

— Não gosto.

— Jade, eu sei — Ba diz. — Não devia ter lido o seu diário todo aquele tempo atrás. — A confissão me faz refletir.

Tensiono a mandíbula. Este verão não é para autodescoberta ou exploração. A faculdade, mesmo atrasada um ano, será minha nova vida. Depois disso tudo, vou poder viver em um dormitório com outras pessoas. Conhecer pessoas novas. Conhecer pessoas como eu. Amigos que vou aprender a nunca deixar partir. Isso é o mais próximo de desculpas que conseguirei de Ba. Pais vietnamitas não se desculpam com os filhos, não importa a circunstância.

— Eu não devia ter dito aquelas coisas — Ba continua, os dedos apertando o volante. — Você pode contar que é gay para a sua mãe. Ela vai entender.

— Eu sei, mas esse não é o problema — falo, talvez mentindo, talvez não. Não há uma palavra adequada para alguém como eu, e preciso acertar de primeira. Mamãe pode saber, e ela provavelmente vai me amar, mas preciso de espaço para acertar. Meus olhos estão queimando.

Se isso é manipulação de Ba, acreditei em metade dela. Abro minha bolsa e tiro os cadernos, espalhando notas autoadesivas aos nossos pés. É mais fácil do que dizer a ele que não me encaixo aqui, que às vezes sinto que não pertenço a mim mesma.

— Florence estava com as suas coisas. Ela disse que você pagou propina para conseguir que a casa passasse nas inspeções.

Não há qualquer negação. Ele simplesmente diz:

— Ela contou ao tio?

— Ainda não — digo.

— Ele vai passar lá amanhã, para dar uma olhada em tudo antes da festa no domingo — Ba diz. — Aí dou um jeito.

Um arrepio percorre meu pescoço.

— E lembre-se, você não pode convidar sua mãe para vir aqui, ok? — ele continua, a mandíbula apertada como se estivesse impedindo um tremor. Seu olhar se volta para mim, enquanto o pavor se acumula em meu estômago. Eu quase esqueci que Marion pode estar dentro dele. — Ela nunca iria embora. Eu não deixaria. Ela não deve ver a casa, entendeu?

A caminhonete para na entrada. Os dedos de Ba batucam no volante, discretamente apontados para Nhà Hoa. A casa aguarda, limpa recentemente e iluminada pelo verão.

— Satisfaça a casa, e você e sua irmã estarão livres.

— E quanto a você? — pergunto, o enjoo surgindo em minha garganta, a pergunta implorando para ser respondida.

O que vai acontecer com você?

— Não vou embora — Ba diz, estacionando a caminhonete com aqueles movimentos lentos e controlados de novo. As rugas de preocupação sumiram de seu rosto. Ele segura meu ombro com uma das mãos e os cadernos na outra. — Esta é a casa da nossa família agora.

Nossa, como se fosse tão simples.

Naquela noite, ela vem. Cam me visita durante o sono. Parada na luz sarapintada do bosque, digo:

— Florence mentiu para mim. — Neste espaço entre sonho e lembrança, minha boca fala um vietnamita perfeito. Me machuca profundamente, mesmo aqui, saber a diferença entre esperança e realidade.

Cam assente e me oferece a mão pálida.

Quando a pego, ela puxa meu corpo para um abraço. O cheiro de buquê velho me sufoca, devagar e constante.

— É bom ter uma amiga — Cam diz em meu cabelo. — Assim você nunca está sozinha. — Vou ficar aqui, onde alguém me entende sem explicações. Eu me agarro a ela com mais força, enquanto ela sussurra: — Deixa eu te mostrar o que importa. Ela fez algo errado comigo.

Tocando minha têmpora, ela me leva — por inteiro — ao seu mundo. Acontece assim:

✦

A casa geme, com uma tosse molhada e fraca por entre janelas quebradas, as portas da frente ainda balançando. Adolescentes correm até suas bicicletas do lado de fora, inteligentes o bastante para não dar meia-volta. Eles fugiram, para desgosto dela.

Marion circunda garrafas vazias de bebida, irada, um pouco mais colorida que o ar.

— Você é inútil — ela diz para uma Cam pétrea. Sua língua está coberta de angústia. A noiva vietnamita não responde. Ela apenas se move até ter ultrapassado as portas também, para onde Marion não a segue; *não pode* segui-la. Marion brame: — Você não pode nos deixar para morrer!

Aqui, pisos e corrimãos não têm polimento; as paredes não foram lavadas; e falta amor em tudo, igualmente. Apenas as hortênsias crescem, arruinadas e etéreas, mais músculo do que raízes. A luz atinge a garrafa de bebida em um feixe forte que queima meus olhos.

✦

Um garoto me beija neste sonho — não, não é tudo um sonho, mas uma lembrança real, minha. Da Jade. Eu me lembro daquelas mãos, fortes e confiantes, e de como pensei: *Então isso é desejo*. Os chapéus de formatura escorregam de nossas cabeças, quase a única coisa que estamos usando, e eu ia dizer alguma coisa. Meu cérebro tem um curto-circuito, porque eu sou isto: sempre mais do que minha mãe espera.

— Acabe comigo — digo contra os lábios dele. — Me deixe exposta. — Me mostre como o corpo de uma garota é frágil. Me mostre como fazer minha melhor amiga chorar, porque ela te ama, e eu não, mas você me quer, e, às vezes, isso basta. Em algum lugar, tenho certeza, Cam observa a minha versão passada sussurrar algo vergonhoso: — Chega mais perto, Marcus.

Os pinheiros são lampejos brancos e imponentes ao nosso redor. As saias dela abanam no ar escuro, um sussurro cinza. Nuvens grossas blindam uma lua brilhante.

Minhas pernas não queimam, apesar do quanto estou correndo. Não é como na época em que eu corria no ginásio, saltando por cima de obstáculos com pés errantes. Não houve uma largada. Nós apenas corremos e corremos. Nossos pés estão atrapalhados na mata rasteira.

— Camilla!

O marido dela é uma sombra no bosque. Cam tropeça nas saias, chorando de dor, mas volta a se levantar e olha para trás, com medo. Ela corre, aflita e sangrando, mas Pierre a ultrapassa com suas pernas compridas. Ele a pega pela cintura, e um grito animalesco irrompe da garganta dela.

A boca de Cam assume o formato de palavras francesas, mas ouço aquelas que consigo entender.

— Ela está me devorando por dentro! Me deixa ir, Pierre. Por favor. Por favor, me deixa ir.

Ele não responde à esposa, mesmo enquanto ela bate os punhos pequenos no peito dele.

Você pisca para acordar. O teto não caiu, mas o peso dele cobre sua pele. Você tem certeza de que ainda tem membros, mas não consegue mexê-los. É uma experiência extracorpórea que está no seu corpo: perfeitamente contida.

É manhã onde você está, e noite onde sua melhor amiga está. Onde *estava*, porque ela não é mais sua melhor amiga. Você acabou com ela, não foi? Você queria poder dizer-lhe isso. Ela é a pessoa mais gentil que você conhece. Você se pergunta se ela ainda é, depois do que você fez.

Você tenta se mover, mas não consegue. Sua têmpora está úmida com uma lágrima que trapaceou sua saída. Você não sente, mas, com certeza, está chorando.

Ao lado da sua cama está sua amiga nova. Cam, linda e gélida, com o pescoço dentro da gola do *áo dài*. A mão toca sua testa.

— Shh. *Sắp xong rồi.*

Está quase, Jade, você está quase pronta.

25

A LUZ PÁLIDA DO SOL SE ESPARRAMA POR ENTRE AS LÂMINAS DA persiana, deixando listrada uma parte da parede. Os pinheiros farfalham em um vento fraco, o último sinal da tempestade noturna. Já passou do meio-dia, e eu acabei de acordar. Os sonhos e lembranças da visita de Cam demoram-se em minha mente, seu conteúdo fora de alcance. Ao contrário das outras vezes, não consigo me lembrar de nada. Uma noite perdida, então. Suspirando, confiro meu celular — nenhuma mensagem nova de Florence. Talvez tenha sido assim a invenção da palavra *esmagar*: a esperança florescendo indômita sob o medo constante de ser destruída.

Quando meus pés atingem o piso frio de madeira, a sensação de que este será um dia ruim fica pior. A pele ao redor dos meus dedos se enruga, levando a uma coceira que sobe até os tornozelos. Flocos escuros — lama — escamam dos meus pés. O cobertor se amontoa sob o meu aperto grosseiro, e eu o jogo para o lado. Uma variedade de folhas e grama sujam os pés da cama, aninhando uma escova prateada. Seu design curvilíneo me oferece um sorriso diabólico. Eu a viro, revelando cabelos brancos e elegantes enrolados em seus dentes.

A escova antiga que pertenceu a esta casa, depois a Lily, depois a Thomas e, então, a Alma. O que está fazendo aqui?

Não não não não não.

Sangue pulsando. A casa se fechando. Meus pés no corredor, permitindo que o assoalho ranja de novo. Dedos atrapalhando-se em maçanetas douradas. Respingos gelados sobre a pele suja, e a água fica turva. Espumas de sabonete entre meus dedos e sobre a areia nas minhas panturrilhas.

Quando estive do lado de fora? Não não não.

Eu dormi, eu estava dormindo, descansei a noite toda. Afundo o rosto nas mãos molhadas. Nunca estive tão acordada em toda a minha vida. Devo ter esquecido de tomar banho ontem. Devo ter, embora meu cabelo esteja com o mesmo cheiro de sempre, coco recém-cortado. O estresse causa esquecimento. O site, Ba, Lily, Flo — tudo isso e mais, mesmo que eu esteja indo embora. *Nós* estamos indo, em breve.

Talvez o remorso tenha batido e Thomas trouxe a escova de volta, colocando-a com delicadeza na minha cama, como o Senhor Mia-Muito teria feito com um rato ensanguentado. Thomas quer muito que gostem dele, e eu prefiro ser observada do que não saber o que meu corpo fez.

Eu me limpo e me visto para o dia, recusando quando a ligação de mamãe aparece. Apenas três dias até a festa e o meu aniversário. Consigo aguentar até lá. Nhà Hoa está quieta enquanto a percorro, cada movimento um segredo entre nós.

Ainda assim, sinto como se estivesse sendo ridicularizada. Estou andando em direção ao inevitável. Passo pela sala de estar branca e entro na cozinha, onde vapor sai do *congee* quente. Cada tigela é uma casa própria com chaminés feitas de massa de pão frita. Lily revira a sopa cremosa de arroz, olhando para cima. Ao menos ela ouviu, embora seria mais simples se aprendesse a dizer não ao Ba. Não sinto fome, mas ela não vai deixar sobrar arroz. Ba nos assustou muitas vezes com a história da larva-por-grão-desperdiçado quando éramos crianças.

— Você acordou tarde — Ba diz, desmembrando um pato cozido. Ele divide o pescoço em partes grossas. Eu inclino a tigela de Lily para dentro da boca, inabalável. A comida desce me escaldando. Sem o peito de pato suculento misturado com molho de peixe e gengibre, o gosto é triste, e esta é a menor das minhas preocupações quando se trata da culinária de Ba. Ele separa a cabeça.

— Alma e Thomas sofreram um acidente.

Minha mão fica fraca na tigela pela metade. Cada vez que ele abaixa o cutelo, deixa uma marca na bela tábua de bambu. Despejo o restante da sopa no triturador de lixo. Se o inferno existe, serei responsável por este desperdício.

— Como? — pergunto.

— Eles estão bem. — Lily gira a massa comprada na loja antes de dar uma mordida. — Quer dizer, mais ou menos. Ông Sáu nos contou quando veio aqui mais cedo. — Eu mal escuto com o sangue pulsando em meus ouvidos. Tinha pensado que a tigela vazia ao lado da dela era de Ba, mas deve ter sido dele. É assim que Ba vai lidar com o tio de Florence? E como eu dormi enquanto outra pessoa andava por esta casa?

— Eles estavam voltando tarde do mercado. Alma disse que não tinham bebido, mas... — Ba coloca um prato com o pato em pedaços na mesa. A pele amarela brilha com gordura, acumulando óleo no prato. — Eles saíram da estrada para evitar atropelar alguém.

— E evitaram? — minha pergunta é calma demais, nada relevante. Eu devia ter perguntado se eles estão bem.

— Ela está machucada, e Thomas ainda está inconsciente no hospital, então *ai biết*. — Se ele está chateado devido a possível perda de rendimento ou realmente sentido com o que aconteceu, não há como dizer. A expressão de Ba não muda. — Ela não está pensando direito. Está confusa.

Faz sentido que eles estivessem bêbados. Os irmãos de mamãe viviam quebrando a regra de não-beber-e-dirigir em Saigon, não importava o quanto mamãe criasse caso. E Alma e Thomas amam festejar; durante nosso jantar, eles passaram quase vinte minutos mostrando fotos e vídeos de sua viagem à Tailândia.

O calor desta casa é excessivo com o fogão ligado.

— Vou dar uma caminhada — digo. Lily abre um potinho de geleia de lichia, não mais interessada na conversa, mas Ba me observa sair.

Do lado externo, o chão é esmagado sob as botas emprestadas, já que as de Ba estavam mais perto da porta. Ninguém caminha de verdade por essas estradas, mas me mantenho o mais próxima possível das árvores — só para garantir. Uma garoa cai dos galhos suspensos. Contar me distrai até o número quinze. Por que me sinto enjoada se nem gosto de Alma ou Thomas? Não quero que eles se machuquem, mas nós mal nos suportamos. Nenhum lado deve nada ao outro agora, com a escova de volta e as fotografias destruídas.

Na curva logo antes da casa de férias deles, a cena do acidente torna-se nítida. Cones de trânsito foram deixados para trás, derrubados por pessoas seguindo a vida. Metal e vidro são pérolas brilhantes espalhadas por todos os lados, então cuido para pisar onde não há nada. Mas perto da calçada, a sujeira não é sutil. Entre os destroços há uma marca de pés na lama. Não as marcas de passos dos primeiros socorristas ou caroneiros. Essas marcas levam para o bosque.

Meu pé se ajeita ao lado da pegada, mas este é o sapato de Ba, no mínimo um número maior. Ignoro o instinto de ir para casa. Metódica como um jogador de lacrosse amarrando as chuteiras antes de um jogo, eu desamarro a bota e a descalço. Minha meia é nova, já que mamãe comprou um pacote gigante no Walmart antes de virmos para o Vietnã, e o calcanhar e os dedos têm listras roxas. A meia é do mesmo tamanho que a pegada, o que deve significar que meu pé também é do mesmo tamanho.

Um grito sufocado escapa da minha garganta. Não era minha intenção fazer aquilo — ou isso. Imagino tudo com perfeição: uma garota cruza uma estrada sinuosa no meio da noite. Faróis tão claros que suas retinas doem. Um motor ronca. Ela não se mexe, e, quando eles finalmente a notam, ela está suspensa e realçada em branco, uma cor confusa que manda o carro deles diretamente para os pinheiros.

Isso é a minha imaginação ou uma lembrança? Eu estava no meu corpo ou fora dele? Estou aqui mesmo? Esfrego as mãos uma na outra. Estou andando em um globo de neve cheio de pneus de borracha rasgados e restos de carro, o apocalipse de um sonho que não percebi ter. Eu fiz Alma e Thomas baterem ontem à noite. Ninguém me trouxe aquela escova maldita. Eu invadi a casa deles atrás dela. Alguém poderia ter morrido por minha causa. Alguém ainda pode morrer por minha causa.

Eu não estava aqui, de verdade. Ou talvez estivesse: todas as cores rodopiam na minha mente, lampejos de coisas que aconteceram com Cam e de coisas que aconteceram comigo. Será que Ba se lembra do que faz? Achei que estávamos seguros no bosque, em algum lugar longe da casa, por onde Marion Dumont não perambula, mas talvez ela não precise sair por inteiro de Nhà Hoa. Seja lá o que ela tenha deixado em minhas entranhas é o bastante.

Contar a alguém seria a coisa mais inteligente a fazer, mas é mais fácil ser uma lenda urbana. As pessoas acreditam em lendas urbanas. Fantasma vagueia pela estrada e causa um acidente de carro. A garota é sempre o problema nas histórias.

Minha outra bota pisa em cima da pegada e a apaga do trajeto. Deslizo o calçado de novo e de novo, até o solo estar liso e sem marcas reveladoras.

Caminho para casa no meu tempo, me testando. Vou desaparecer à luz do sol ou murchar como uma lesma com sal? Não sei quais partes ainda são minhas e quais foram substituídas. Desesperada, quero rastejar de volta para a cama e criar uma muralha de almofadas. Há um preço por estar acordada e atenta.

As hortênsias subiram até o telhado, estendendo folhas, videira e pétalas brancas sobre as telhas de barro, o que adiciona escuridão à Nhà Hoa até que sua sombra esteja irreconhecível pelo gramado verde. Estou atravessando o jardim dos fundos quando a voz agitada de Ba surge da cacofonia de árvores enormes.

— *Đã mua vé rồi* — Ba diz. No terraço, ele passa uma das mãos pelo cabelo fino. — Ok, tudo bem então, tchau. — Ele ergue o celular como se fosse jogá-lo, mas sua mão fica pálida quando se contém. Meu pai se vira para mim, de repente. — Eles não vão vir.

— Quem? — pergunto. Talvez a festa tenha sido cancelada.

Mas a dor dele parece mais intensa — um circuito elétrico arruinando seu controle.

— Meus irmãos e irmãs — ele responde. Seus olhos fervilham com algo escuro e perigoso, mais potente que um parasita. Já vi isso antes, quando ele partiu para o velório da mãe no Vietnã. Enquanto eu fazia o Juramento de Fidelidade em uma sala de aula da Filadélfia, ele a enterrava após um voo de dezenove horas sozinho. Não havia dinheiro para todos nós viajarmos. — Nenhum deles. Eu comprei as passagens, mas eles mudaram de ideia. — Ele ri com amargura. — Dias antes da inauguração.

Mais dele vem à tona: linhas rígidas ao redor da boca enquanto as palavras são cuspidas.

— Eles me acham mimado porque vivi nos Estados Unidos. — Ba balança a cabeça. — Eu não pedi para ir. — Só ouvi a história algumas vezes: o barco partiu do Vietnã lotado, mas a polícia estava perto. Não havia lugares para todos eles. Bà Nội o colocou, o mais novo e menor, dentro de um quadradinho de espaço com o irmão dela e ajudou a empurrar o barco para a água. — Eu me lembro de nossas raízes aqui. Por que eles não veem isso? — Esta não é Marion ou Nhà Hoa. Este é um menininho solitário que cresceu e ainda está desesperado para ser aceito em casa.

Ontem ele segurou meu ombro, e tenho um ímpeto intenso de fazer o mesmo agora, de estender a mão, tocar a manga da camisa dele e pressionar o polegar em sua pele de um jeito que diga *eu te amo*.

— Você não precisa deles — asseguro, mas soa mal e pouco convincente. — Nós estamos aqui. — Não por muito tempo, não para sempre, mas deve valer de alguma coisa, para variar, eu querer que ele fique.

Ando em direção ao local onde nossas mãos foram preservadas em cimento. Esta casa, esta terra, tem ao menos esta marca nossa. Quando me ajoelho para traçar nossas iniciais, vejo minúsculas formigas pretas se afogando na água da chuva coletada em nossas impressões. Ficamos em silêncio por tanto tempo que elas morrem.

— Você não precisa se preocupar — Ba diz, por fim, tirando um colírio do bolso e espremendo lágrimas nos olhos. É um momento engraçado, exceto pela parte em que, na verdade, é uma merda. — Eu removi as câmeras.

O *congee* se solidifica em uma mistureba gelada e desajeitada dentro do meu estômago. Eu me esqueci das câmeras que ele tinha instalado para pegar a mim e a Florence assombrando de mentirinha este lugar.

— Já apaguei o vídeo — Ba continua. Sou tomada pelo alívio, depois culpa, porque, por um segundo mórbido, eu queria ter me assistido deixar Nhà Hoa.

— Ông Sáu disse mais alguma coisa? — pergunto, já que Florence deve ter tido muitas oportunidades de conversar sobre os cadernos. Nós os recuperamos, mas uma pessoa inteligente, especialmente uma nerd especialista em tecnologia, teria tirado fotos.

Ba nega com a cabeça. Uma esperança incisiva e selvagem debate-se em meu peito. Entre meu pai e o tio dela, ela sempre vai escolher o tio, mas talvez eu tenha uma chance. Nunca pensei, depois de tudo, que Ba ficaria do meu lado, nos protegendo do mesmo modo que ele quer que eu proteja a mamãe.

— Obrigada — digo baixinho, desconfortável, antes de me pôr de pé. Eu olho nos olhos que espelham os meus. *Đôi mắt bồ câu*. Grandes como os de uma pomba. Três dias até a festa. Precisamos aguentar mais três dias até conseguirmos o que queremos. Serei a anfitriã perfeita até lá.

26

BA, LILY E EU ESTAMOS RINDO, O SOM TÃO ABRANGENTE QUE salta por todo o sótão. Cada um de nós segura a ponta de um lençol de elástico, completamente enganados a respeito de qual lado é o certo enquanto giramos ao redor da cama de dossel disposta no centro do quarto.

— Essas coisas deveriam vir com instruções! — Lily grita quando erramos de novo. A esta altura, estamos provavelmente fingindo, nos agarrando ao algodão luxuoso como se fosse uma corda de salvamento.

Ba pediu desculpas, não pediu? E ele quer proteger a mamãe, e a nós, e nos deixar orgulhosas, e também quer um lar no meio disso tudo. Repetir isso facilita estar aqui. Debaixo da raiva e do ressentimento, há muito amor. *O amor torna tudo mais fácil*, como diria um dos adesivos motivacionais de mamãe.

Algo está fervendo no fogão lá embaixo. Um calor apetitoso serpenteia pela porta estreita e nos envolve. Por fim, nós prendemos o lençol na cama. Minha irmã está feliz por estarmos juntos, por estarmos dando um significado às nossas mãos gravadas em cimento. Lily faz um estardalhaço com as cobertas e almofadas jogadas, e Ba e eu focamos nas paredes. Consertei os buracos retangulares na chaminé mais cedo — de um jeito medíocre, mas o suficiente para passar pela vistoria de Ba. Os baques também não nos provocam mais, ausentes desde que libertei aquelas fotografias brutais.

As paredes foram lixadas bem lisinhas e preparadas para o papel de parede. Fumaça cáustica do primer acrílico se mistura ao cheiro de uma refeição deliciosa. Aplicamos o papel de parede amarelinho em uma extremidade, e eu paro vez ou outra para escutar, a orelha achatada até ouvir o barulho de pinças embaixo dele. Este sexto quarto é o maior de todos. A casa estava certa: os hóspedes vão adorá-lo.

Quando nos inclinamos para trás e admiramos nosso trabalho manual, a estampa do papel torna-se nítida. Não é *damask* branco, como tínhamos pensado, mas diamantes ondulados com o rosto de Nhà Hoa no centro, repetidas vezes. Centenas de Nhà Hoas despontam da parede, e a promessa de muitas mais permanece enrolada no chão, pronta para ser colocada.

— Eu mandei fazer um papel de parede especial — nosso pai diz. — Os Nguyen tornaram esta casa bonita.

— Precisamos dar um nome vietnamita ao quarto — digo, porque é nosso, não importa qual fantasma o reivindique.

Ba esfrega o queixo.

— *Ngọc bích loa kèn* — ele sugere. Nós encaramos, sem expressão, o revestimento oleoso espalhado em seu rosto. — Tenho quase certeza de que significa "Lírio de jade".

Que ele próprio não tem certeza é o que torna o nome perfeito. Eu sorrio.

— É horrível.

— É o melhor, você quer dizer — Lily intervém, iluminando-se, e então recua quando se lembra que deveria estar brava comigo. Ela está parada próxima à escrivaninha de Marion, agora polida e restaurada em um tom cereja, e evita olhar na minha direção. Hortênsias cor de creme roçam no parapeito acima dela. — E Brendan?

— O seu irmão não está aqui, está? — Ba diz, porque a essência de uma boa ação é autoexplicativa. Seus olhos se viram em minha direção. — Não esquece de atualizar o site.

Claro, o site, que deixarei perfeito. Dois dias até sua estreia na festa, e agora o sexto quarto tem nossos nomes. O antigo nome de Florence também, já que compartilhamos a tradução, mas eu não deveria estar pensando nela.

— Vamos comer. — Ba nos guia pela escada estreita, onde minha vista fica instável. Respiro com dificuldade e em pânico, até que o mundo se ajeita de volta. Fiquei acordada a noite toda ouvindo esta casa, de guarda para que meu corpo não fosse tomado. Não vou desistir ainda. As horas se misturam tanto, que percebo que pulamos o almoço.

No pé da escada, Lily me para, sua voz sem mais nenhum afeto:

— Mamãe nos enviou uma coisa. Semana passada.

Ela entra em seu quarto, e vejo que, com a habilidade de transformar qualquer lugar em um lar, ela afastou a cama do lustre e empilhou seus livros e tricôs favoritos no lugar onde o vidro explodiu. Lily volta com uma caixa, a fita adesiva esfarrapada. Não falamos sobre muita coisa desde a nossa briga. Se eu tivesse atendido qualquer uma das tentativas de contato da mamãe, saberia que ela mandou um presente. Lily empurra a caixa para os meus braços.

— Você a está magoando, então, por favor, retorne as ligações dela.

A intenção dela é me deixar para trás, mas é minha vez de pará-la.

— Tenho algo para você também. — E embora eu não devesse, pego a escova prateada na minha mesa.

Os olhos dela se arregalam diante da antiguidade.

— Como você pegou de volta? — ela pergunta.

Eu tirei o cabelo branco emaranhado de Alma e deixei água quente escorrer pela escova enquanto os passarinhos da casa assistiam. Me pergunto se Lily acreditaria que fui possuída por um fantasma, e que sinto muito mesmo que alguém, incluindo Alma e Thomas, tenha se machucado. Eu mesma mal acredito. Em vez disso, digo:

— Não aceite nada do papai. — Nem uma colher cheia de mel, nem um enfeite de hortelã. Os lábios dela se afinam, insatisfeita com a minha falta de resposta, e ela coloca a escova de volta na penteadeira. Por um brevíssimo momento, queria que ela perguntasse de novo. Ela desaparece escada abaixo.

Escondo minha decepção no meu quarto. Um tecido esverdeado está dentro da caixa. Quando o tiro, o *áo dài* cai em cascata sobre o meu braço. Ramos se estendem para cima a partir da borda da túnica, brotando delicadas flores creme. É maravilhoso, mais bonito que todos que experimentamos no início do verão. A calça de seda é de um branco brilhante. Só de olhar, sei que vai servir no meu quadril largo, até mesmo perfeitamente. Penduro o cabide sobre a janela.

Há uma profusão de insetos no parapeito. Eu parei de limpar quando o pote foi roubado, e o tempo roubou o brilho dos exoesqueletos restantes. Que sorte, contudo, eles terem morrido juntos, confortáveis e aquecidos em uma cama arrumada.

Não consigo pensar em dormir. Também não consigo pensar em comer.

De repente, a onda de aromatizantes da cozinha é demais. Me forço a sair pela porta da frente, gritando para a casa:

— Já volto. Preciso ligar para a mamãe rapidinho.

Estou cansada demais para isso, mas Lily está certa, é claro. Mamãe se lembra de aniversários, feriados e dos recitais de Bren na escola. Ela escreve cartas à mão em vez de enviar e-mails, e fecha envelopes com adesivo. Mamãe é importante, e eu preciso falar com ela. Cercada por coisas secretamente escondidas, sei que ela é o último fio que me liga à normalidade.

Os pinheiros estão frescos a esta hora do dia. Quando chego à colônia de formigas, parece que emergi das profundezas de uma piscina.

— Oi, mãe — digo assim que ela atende. — Recebi o *áo dài*. — Ela desliga a televisão ao fundo, e a culpa roe o vazio do meu estômago. Comparado ao início do verão, o sorriso dela é menos espontâneo.

— *Có vừa không?* Tive que adivinhar suas medidas — ela diz. — A sua tia estava errada sobre quem pode usar *áo dài*. É muito bonito.

Sorrio. Indiretamente, de alguma forma, ela está me dizendo que *eu* sou bonita.

— Vou usar na inauguração da casa. Onde está o Bren?

Mamãe acena para ele fora da câmera.

— Vem, Bren. Bren! — Ela franze a testa quando reenquadra o celular. — Ele não quer falar agora. — Ótimo, ele está bravo comigo também. Contrariando a razão, Ba é a única pessoa com quem estou me dando bem agora. — A Lily gostou dos grampos de cabelo?

— Ela amou — digo. — Você falou com ela recentemente, né?

— Lily diria que gostou de qualquer coisa dada por mim — mamãe diz, enquanto cutuco a borda da colônia de formigas. — Eu estava pensando... — mamãe continua. As formigas abandonaram o tronco de árvore caído e foram para as árvores mais acima, onde estão congeladas, as mandíbulas firmes nas hastes. Pedúnculos espetam o ar, e uma teia fina as segura unidas na morte. — Vamos para Nhà Hoa. É o seu aniversário.

— Não — disparo. — Nem pensar. — O alerta na caminhonete foi claro. Ba nunca a deixaria ir embora.

A voz dela baixa.

— Por quê?

— Porque... — A casa é assombrada, eu sou assombrada, o papai está fodido, temos problemas com parasitas, não é seguro porque eu amo você. *Eu amo você.* Minha mandíbula dói enquanto eu organizo palavras na minha boca. — Não quero que vocês venham. Verei vocês semana que vem, de qualquer jeito. É um desperdício de dinheiro.

— Grande coisa. Dinheiro é só dinheiro — mamãe retruca. Um colchão guincha quando ela se endireita com uma vergonha rara. — E, na verdade, já estou em um hotel em Đà Lạt. — É por causa de merdas assim que não sou otimista. A esperança nos condena a tomar decisões idiotas, como ignorar o conselho romanticamente desafiador, mas bem-intencionado, da sua filha para evitar o seu quase ex-marido, que, com certeza, ainda é um caos, mas de um modo diferente e provavelmente sobrenatural.

— Você está aqui para me ver ou para ver o papai? — pergunto. Eles não se veem pessoalmente desde a visita daquele final de semana, quando Ba sugou toda a alegria e a cor dos balões de aniversário de Bren. Apesar de tudo isso e das nossas ligações esparsas, ela quer vê-lo. Quanto mais tempo levo para afastar o pensamento, mais fácil fica imaginar Marion tomando o meu lugar com um "sim, *sim*, venham para cá" suave. Um fantasma faminto sempre precisa de mais, e esta casa aprendeu o que não devia. Já eu sou outra desculpa para ela vê-lo. — É um aniversário. Quem se importa? Você devia ter me perguntado primeiro.

Ela suspira.

— Ok.

— Estou falando sério — insisto, a mandíbula estalando. — Não sou sua desculpa para vê-lo. — Permito que mamãe testemunhe a parte minúscula de mim que se ressente dela também. — Esse é o *nosso* momento com Ba. — Ela recua com as palavras que nunca falei em voz alta. Estou cansada de guardar tudo para mim, quando todos têm a intenção de se reconciliar com alguém que nos abandonou.

Mamãe suspira antes de dar um sorriso fraco.

— Tire umas fotos para mim, ok?

Por dez minutos estressantes, a faço prometer não contar a Lily ou a Ba que ela está aqui. Que, em vez de vir à festa de inauguração, ela e Bren vão colher grãos de café, fazer rafting em corredeiras, ou seja lá o que os turistas fazem. Depois, nos encontraremos no aeroporto e voaremos juntos para Saigon. O sol baixou quase até o horizonte quando desligamos, o telefone queimando em meu bolso.

Quando chego à varanda de Nhà Hoa, o primeiro cheiro que sinto é de sal marinho. Caranguejos esmagados, pasta de camarão, e chalotas fritas. O interior da casa está escuro, exceto pela sala de jantar. Ba e Lily me esperam à mesa. São seis da tarde e tudo está preparado. Linho rendado cobre o carvalho robusto.

— É o seu preferido — Ba diz da cabeceira da mesa. Suas sobrancelhas estão empoeiradas com a penugem amarela do material isolante.

— Não quero comer — declaro, mas, mesmo assim, sou chamada à frente. Lily, com seu cabelo longo caído sobre um dos ombros, está sentada do lado oposto. Ela olha através de mim.

Eu me sento. Os pauzinhos estão nas minhas mãos. Há tomates flutuando, moles e suculentos, e um caldo vermelho flamejante em uma tigela de porcelana. Macarrão branco, carnudo como minhocas em uma calçada molhada. Pés de porco cozidos na panela de pressão, os pelos arrancados.

— Não estou com fome. — Mas eu como. O gosto derrete na minha língua e me preenche. Quando minhas mãos param, Lily suga sua sopa fumegante. Ba nos observa antes de alfinetar uma almôndega feita com caranguejos moídos e carne de porco. Minha irmã geme dentro de sua tigela. Estou tão cansada que não consigo lutar. Segredos não alimentam uma garota, mas isso me nutre. Me lembra de casa, das noites de sábado em uma cozinha aquecida.

Eu como, e eu como, e eu como.

A casa observa do papel de parede, zumbindo, ficando mais alta, dominando as conversas. Ela é sempre tão mandona. Eu trituro tendões entre os meus dentes. Não quero fazer isso. Estou tão faminta. Me sinto bem por não estar no controle. Rasgo pele e músculo. O linho branco está salpicado com o interior mole de um tomate cozido demais. Eu sugo cada osso e o separo dos outros.

Ossos se empilham no centro da mesa, os restos de nosso banquete em andamento.

medula

ELES ESTÃO COMENDO ESTA CASA! *ELES ESTÃO COMENDO ESTA CASA.* Eles estão comendo esta casa. Eles estão comendo esta casa! Eles estão comendo esta casa! Eles estão comendo esta casa! Eles estão comendo esta casa! Eles estão comendo esta casa. Eles estão comendo esta casa. Eles estão comendo esta casa! Eles estão comendo esta casa.

Que delícia.

27

FALAR SOBRE ISSO É SOLICITAR JULGAMENTOS. FALAR SOBRE ISSO é dar poder a ela.

Então não falamos. Não por um tempo e uma noite. Lily dormiu no meu quarto, a barriga doendo por causa dos animais que comeu. Ela adormeceu segurando minha mão com firmeza, perto da cama.

Pela manhã, o arrependimento marca nossas bocas, mas o lixo é ensacado e tirado, evidências deixadas para apodrecer.

Decidimos fazer nossos cabelos. O meu, para ser exata, já que as raízes cresceram uns dois centímetros. Parece mais seguro estar trancada naquele banheiro minúsculo, embora não seja. Armários se fecham com gritinhos risonhos, as dobradiças das portas estalam em preparo para um dia de trabalho, cortinas dançam sem uma única brisa, e por baixo disso tudo está sua verdadeira linguagem de amor: pernas apressadas e antenas ásperas tão entusiasmadas como o balbucio de um bebê.

— Mamãe acertou em cheio com esse aqui — Lily diz, examinando meu *áo dài* pendurado na porta. Distante, ando para mais perto do papel de parede, que se deteriora em manchas artísticas. É charmoso, então dá para tolerar até certo ponto. Traças encontram caminhos por entre a cola, não importa o quanto Ba sele as brechas. Um odor de mofo emana dos poros largos do papel.

— Você está me ouvindo? — Lily pergunta.

Não estava, mas...

— Sim. — Eu viro a cabeça, a mandíbula doendo, e me sento na cadeira que arrastamos para dentro. A cintura e os quadris de Lily estão nadando no meu *áo dài*, mas o comprimento é quase perfeito. Os olhos dela se estreitam, desconfiados. — Acho que não vendem muitos *áo dài* com "girl power" escrito em lantejoulas — comento, e, depois de um instante, ela relaxa. É normal estar estranha e fora de sincronia quando você e sua irmã têm brigado por uma semana.

— Se alguém consegue algo do tipo, é a mamãe — Lily responde, os lábios curvados. Não estamos acostumadas a isto, brigar e estar sem a nossa mãe. Será que esta casa é uma câmara de eco para Lily também? Uma cacofonia de vozes e chilros compartilhando opiniões que se tornam fatos. Afundo as unhas na coxa. Não devo perguntar a ela. *Não posso perguntar a ela.* A casa está sempre ouvindo, assim como eu, agora, estou sempre ouvindo. Preciso continuar sendo a criatura que mais a assustou nesta casa. Quando meus pensamentos vagueiam demais, pensar em mamãe e nos adesivos ridículos em letra cursiva ou em caixa-alta sempre me traz de volta à realidade. De certa forma, é o meu verdadeiro norte. Há um lar longe de Đà Lạt.

Tiramos uma foto, com iluminação péssima, de Lily fazendo uma pose chique para mamãe, e a enviamos com, no mínimo, cinquenta emojis de foguinho. Saindo da conversa, releio minhas mensagens com Florence.

SÁBADO

2h33
Eu: sei que você não contou. Obrigada.

Não me lembro de ter mandado isso, mas agora que vi, é claro que mandei. Sinto falta dela e dos comentários bestas no código do site. Ela não dedurou as propinas de Ba para o tio, embora eu duvide cada vez mais que uma propina fosse necessária. Esta casa é perfeita, superior à casa abandonada que Florence e eu visitamos, e melhor que as casas frágeis e tediosas que têm pontilhado Đà Lạt.

— Nós vamos fazer uma parte por vez — Lily diz, depois de tirar o vestido. Coloco o telefone de lado. — Assisti a muitos vídeos sobre isso no YouTube. — Já que sou eu quem retoca as raízes da mamãe de tempos em tempos, e Lily não tem permissão para pintar o cabelo ainda, sua ânsia para brincar com tinta é quase diabólica. Eu afasto seus grampos de cabelo banhados a ouro, mas Lily prende as borboletas no topo da minha cabeça, como se eu fosse uma flor a ser polinizada. — Não me importo se ficarem sujos. Eles são meus, e eu decido o que fazer com eles — ela me repreende. Eu cedo.

Estamos sentadas no banheiro como naquele dia em que ela teve sua primeira menstruação, com a diferença de que ela está pintando meu cabelo sem nenhum preparo.

— Falei com a mamãe ontem — digo, mantendo a voz casual, como se não tivesse insistido para que ela não viesse ao meu aniversário. Feri os sentimentos dela de propósito, levando em consideração a vergonha sincera que eu sabia que ela sentiria. Produtos químicos pinicam meu couro cabeludo.

— Ótimo — Lily responde. — E o papai? — Por instinto, aperto os dentes. A culpa sempre recaiu sobre mim pelo comportamento dele. No espelho, a lateral do rosto dela é indecifrável. — Ele se esforça com você mais do que com qualquer outra pessoa.

É uma afirmação, não uma pergunta. A injustiça absoluta dessas palavras me atinge, agitando minha bile. Eu carrego o fardo dele, então é justo que ele carregue um pouco do meu também. Uma câmera não é nada se comparada a uma caveira. Eu inspiro com força.

— Não é verdade.

A escova me acerta com força atrás da orelha.

— É totalmente verdade. Ele fez um acordo com você.

— Foi ideia dele — rebato, explicando como a separação sem divórcio dos nossos pais arruinou o auxílio financeiro, e também como, quando eu liguei, ele pediu pela minha visita. É claro que eu tinha interpretado o convite nos termos mais simples: uma tentativa meia-boca de união.

Lily suspira.

— E você não foi capaz de me contar.

Triste, me viro para ela.

— Mamãe deixaria de ver a família por mais uma década só para que pudéssemos comer *e* sermos escolarizadas. Que outra opção eu tinha? Ela merece voltar a viver a própria vida. — Não se sacrificando por nós e, definitivamente, não por mim.

— Mas daí você começou a fazer pegadinhas na casa — Lily insiste —, para ir embora mais cedo.

— Por causa da assombração verdadeira — digo, embora ela esteja certa em partes. Eu queria que nós duas fôssemos embora mais cedo e com o dinheiro, se possível. — Algumas coisas, sim, foram feitas por mim e Florence, mas tem muito mais que não foi. — Eu escuto pelo protesto da casa, mas ela está silenciosa, exceto pela nossa respiração. Tudo isso já foi contado a Lily antes.

Minha irmã hesita, provavelmente considerando arrancar cabelo do meu couro cabeludo.

— É óbvio que, antes da noite passada — os lábios dela tremem —, eu estava evitando a comida do Ba, porque é estranho que ele quisesse ser o Papai Chefe de Cozinha com a gente, e você disse para não comer. Mas agora eu não sei, Jade. Ontem foi estranho. Eu precisava me entupir daquele jeito? Me empanturrando com tudo aquilo... — Ela para de falar, imitando o ato de enfiar comida invisível para dentro da boca com uma risada nervosa. — Este lugar é assustador.

— É um lugar com uma história — digo, com cuidado. Minha reação imediata deveria ser alívio por minha irmã acreditar em mim, mas tudo o que sinto é medo desenrolando-se sob os olhos acetinados dos pássaros e das mandíbulas estalantes das traças. As histórias precisam esperar. Elas vão agraciar o mundo na noite de inauguração, como previsto, para a maior das audiências. — Nunca faço as coisas sem um motivo.

Lily ri pelo nariz.

— Eu sei que você tem motivos. Só que nem todos eles são bons.

Ergo minha sobrancelha.

— Me desculpa por ter te assustado das outras vezes, mas eu precisava convencer o papai. Não adiantou nada. Ele já se decidiu.

Lily me olha com ceticismo.

— Você é exatamente como ele, Jade.

— Que merda você quer dizer com isso?

— Você se decide sobre alguma coisa e não muda de ideia — Lily diz, soltando outra mecha de cabelo. — Tipo aquela vez que decidiu que não gostava de Oreo, mas acabou comendo meio pacote sozinha.

— Eu estava estressada com os estudos e precisava da energia do açúcar.

— E como você continua insistindo que o Senhor Mia-Muito não é seu.

— Ele não é.

— Ele é, sua molenga. *Você* o encontrou e o levou para casa.

Puta que pariu, você faz uma coisa legal e as pessoas nunca mais esquecem.

— Não planejei ficar com ele — digo.

Felizmente, meu celular se ilumina, uma desculpa para escapar desse assassinato de reputação.

SÁBADO

11h35
Florence Ngo: Eu nunca contaria

Há tantas coisas a dizer que um teclado não é bastante. Sob o meu esterno, algo está solto e feroz. Não posso ir embora sem vê-la. Rapidamente, antes que eu mude de ideia, pergunto se ela quer se arrumar comigo amanhã.

Quando bloqueio o telefone e olho para cima, Lily está sorrindo para mim.

— E ela — Lily diz, decisiva. — Você estava tão determinada a odiá-la.

— Não estava — argumento, incerta se devo me chatear ou achar graça.

— Sabe — Lily começa, escovando as raízes escuras do meu cabelo, sua voz um sussurro —, eu te amo, independentemente de tudo. — Sua voz volta a aumentar, e com alegria. — Todos os meus amigos são *queer*.

A hora é essa, não é? Minha irmã sendo mais madura do que eu e encontrando as palavras que sempre me deixaram nervosa. Quem se importa se elas estão em inglês ou em vietnamita quando posso dizê-las em voz alta?

— Também te amo — murmuro. Talvez seja o motivo de nossos pais não nos dizerem mais isso; é a mesma coisa que dizer que lama é suja ou que o céu é azul.

— E eu também amo o papai — Lily diz, sem sentir vergonha. — Não vou deixá-lo sozinho aqui. O lugar dele é em casa com a gente. Que o Ông Sáu fique de caseiro, ou a Alma, quando ela melhorar.

— Eu sei. — Estou tentando. Eu quero. Eu o tinha vislumbrado na caminhonete, aquele fio de preocupação ainda dentro dele e aquela necessidade desesperadora de pertencer. Eu também quero pertencer a algum lugar. Sempre quis.

Lily baixa a escova e a tinta de cabelo.

— Ok. Já foi tudo.

Minha cabeça queima com a tintura, mas sorrio.

— Quer fazer luzes? — pergunto, e ela se ilumina. Mamãe me fez esperar até eu ter dezesseis anos. Trocando de lugares, eu desamarro a faixa de seda do cabelo dela.

Lily se afasta.

— Ai, desculpa. Minha cabeça tem estado um pouco sensível.

Franzo a testa.

— Eu mal toquei em você. — O mesmo cheiro terroso flutua das paredes e se mistura ao aroma químico. — É por isso que tem usado o cabelo solto?

— Sim — ela diz. — Acho que é uma espinha por causa dos hormônios ou algo assim.

Coloco o tecido dobrado na borda da pia.

— Deixa eu ver.

— Sério, não é nada de mais. — Lily recua, mas, com o máximo de gentileza, passo as unhas pelo cabelo dela. Cada som de dor que ela solta me leva para mais perto da coisa que faz meu coração bater mais forte.

Nesta casa, nada é coincidência. As batidas pararam quando descobri o que estava escondido na chaminé. Minha irmã, voltando a ser sonâmbula, marcou sua altura junto à dos filhos de Marion. A comida apodrece, não importa a idade da geladeira, e agora estas paredes soltam seu cheiro animalesco. Reparto ao longo da divisão do cabelo onde a faixa estava, e Lily geme de dor.

O vergão está maduro, feito uma uva com sementes. O centro é branco, bulboso, como se tivesse sido arrancado fresco de uma videira. Um líquido claro goteja quando algo se desloca dentro dele.

— Não se mexa — digo, mas para quem? Para a coisa ou para a minha irmã? Diante daquilo que não consegui afastar de Lily, quero gritar. O som ameaça me fazer em pedaços, mas preciso me recompor. Estamos tão perto do fim, e não posso confiar em Ba para juntar os cacos se eu desaparecer completamente nos corredores desta casa. Lily merece mais do que isso.

A inquietação aumenta na voz da minha irmãzinha.

— O que é?

— Não é uma espinha — respondo, direta, e pego meu nécessaire na prateleira. Lily tenta se levantar, mas eu a seguro no lugar, de onde posso vê-lo se estufar. Aflito por ter sido encontrado antes da hora.

Como sei que ainda não está pronto no casulo quente que é a cabeça da minha irmã?

Quem me disse?

O olhar dela se ergue no espelho.

— O que você está fazendo?

— Não olha — digo a ela antes de passar sanitizador de mãos em uma pinça. O gel doce e enjoativo cobre o metal. Não sei o que estou fazendo, mas sei que não posso deixar essa coisa continuar ali. Estive focada em nossa comida, mas há outras maneiras de uma entidade indesejada entrar. Eu deveria saber, depois de toda a minha pesquisa, com que facilidade alguém pode ser colonizado: infecções começam de forma tão inocente quanto lamber sal dos dedos.

Esta casa tem a crueldade de Marion. Ela brinca comigo. *Ce sont tous des parasites.*

Tudo pode acontecer com as pessoas que me são importantes se eu não me abrir voluntariamente para a dissecação.

— Desculpa — digo. No espelho, meu reflexo segura Lily em um mata-leão. Ela grita quando eu toco perto demais da borda vermelha do vergão, resistindo ao meu aperto. Estou segurando minha irmã em um mata-leão. — Você precisa ficar parada. — Embora ela esteja assustada, eu aperto a ferida e uso a pinça para beliscar a ponta branca. Eu puxo, libertando um ponto de sangue que me faz querer vomitar. Prendo a respiração.

A larva expande seu corpo redondo, nova demais para se contorcer nessa pinça de metal. Não posso parti-la no meio. Não quero saber o que acontece quando alguém tem algo semivivo dentro de si, então me mantenho gentil, calma, até que o corpo incrivelmente inchado surge do buraco na cabeça da minha irmã.

— Não olha — repito, minha mão tremendo com uma adrenalina assustadora.

Lily não consegue conter o pânico. Assim que a solto, ela se joga para a frente e tenta me alcançar — para ver o que estava comendo o interior de sua pele.

Mas sou mais rápida. Levantando o assento do vaso e jogo a larva lá dentro. Sua forma volumosa se contorce quando dou a descarga, minha outra mão empurrando minha irmã para trás.

— O que era aquilo? — Lily pergunta, os ombros levantados até as orelhas enquanto se abraça.

Aperto a pinça com mais força.

— Tem mais?

— Mais o quê?

— Lugares que doem ou coçam — explico com calma, embora percorra a língua pelas gengivas e dentes, procurando por alguma perna solta. A cortina do box se move, apesar de ninguém a ter tocado. Esta casa nunca fica entediada. Ela tem ideias demais.

Lily balança a cabeça. A pinça cai dos meus dedos e acerta o azulejo com um tinido. Eu puxo Lily para os meus braços. Lágrimas molham minha camiseta.

— Era piolho, Jade? — ela quer saber, fungando. Ela sabe que não, mas também aprendeu comigo quando uma mentira basta e nos mantém seguindo em frente. — Você não pode contar a ninguém que tenho piolho.

— Não vou — prometo em meio aos cabelos dela, lançando um olhar desafiador aos pássaros. Ela está envergonhada, é claro, mas ninguém pode se culpar pelo lugar em que uma mãe decide colocar seus ovos.

28

MAIS TARDE, NAQUELA NOITE, SUSSURRO PARA O ASSOALHO. *Você é especial, e as pessoas saberão disso.* Ba terminou o sexto quarto há uma hora. Ao anoitecer, ele guardou todas as ferramentas na caminhonete, porque esta casa está perfeita. Logo será a minha vez de revelar os toques finais — fotografias cuidadosamente selecionadas, com legendas amorosas e elogiosas. Quando a boca de Nhà Hoa se abrir para a temporada turística, outras pessoas proverão aos insetos.

Lily estará a salvo; Ba, logo depois.

Uma mão pega a minha. Sua presença é um susto branco com veias esverdeadas, mas, ainda assim, os ossos e o toque são tão familiares quanto os da minha irmã — porque, é claro, eu tinha me enganado ao pensar que era Lily segurando minha mão para dormir, precisando de mim ao ficar assustada. Cada dedo já deslizou por entre os meus antes. Meus olhos seguem o trecho de pele ligada ao corpo embaixo da minha cama.

Ela está vestida de rosa, caída como uma pétala no tapete. A franja pesada se divide sob a força da gravidade. Cam tem uma cicatriz na testa e um sorrisinho nos lábios vermelho-sangue. Ela tem se escondido debaixo da minha cama, sempre perto de mim. A mão aperta a minha, e a outra está em formato de concha sob a orelha, colada ao chão. Também estou ouvindo.

Algo mastiga. Algo roe.

Cam diz as palavras em vietnamita enquanto o chão suspira contra o meu ouvido.

"Minha."

Ela me abraça para que eu durma, eu acho, porque estamos sonhando acima de uma colina, onde ela colhe flores selvagens. Seu *áo dài* balança ao vento, lindo, e eu me pergunto se também ficarei assim com o meu.

Então ela me mostra belíssimas paisagens de lugares nos quais nunca estive em Đà Lạt, e que foram perdidos para construções na vida real. Em algum lugar, no meu mundo, estão os parentes dela, os filhos de seus irmãos, mas todos eles terão esquecido seu nome, do mesmo modo que eu desconheço o da mãe da mãe da minha mãe. Não há onde encontrá-los mais.

Andamos por pomares, ela sempre um passo à frente e sorrindo e tão real que meu coração dói por saber onde sua vida acabou. Ela nunca menciona Lily ou o ovo na cabeça da minha irmã, se ela sofreu o mesmo.

Ela não volta a me mostrar a sacada torta, mesmo quando entramos — brevemente — em uma lembrança dela brincando de esconde-esconde com os filhos dos Dumont. Eles eram doces, em sua maioria, e idiotas: tinham um medo evidente de conferir embaixo das camas.

Ela se arrepende por nunca ter passado muito tempo com a minha família, e, como da última vez, há espectros brancos como névoa assombrando a cozinha. A Senhora de Muitas Línguas dança pela sala de estar, ordenando que Cam dê corda no toca-discos velho repetidas vezes.

Sombria, Cam compartilha comigo as plantações de seringueira onde seus pais trabalhavam. Ótimos pneus Michelin foram feitos graças à mãos vietnamitas famintas.

Caminhamos por catedrais onde disseram a ela que deveria depositar seus pecados, mas sou eu quem os escuta, é a mim que ela confia um sussurro que começa com "quem eu poderia ter sido". Para se casar, ela não se converteu de apenas uma maneira.

Entre um piscar e outro, sonhamos de volta para o meu quarto. A luz noturna está ligada, e eu vejo com clareza como o robe florido pende de seus ombros, a borda de seda sobre as linhas duras de suas clavículas. Seu cabelo é hipnotizante e quase azul.

— Vem cá — Cam diz, com suavidade.

Há algo animalesco no modo como eu a quero — o peito tão frágil como uma xícara de chá cheia demais. Eu ainda não a conheço bem, mas, como em um sonho, ela é cada garota que eu sempre quis e de que sempre tive medo. Somos ensinadas que garotos desejam e garotas são desejadas, mas e as pessoas como eu? Queimando silenciosamente entre o desejar e o ser desejada.

Iluminada pela luz da lua, ela gesticula para mim. Até as hortênsias do lado de fora se inclinam até ela, procurando por qualquer rachadura minúscula no vidro da janela.

— Traga-me seu coração — ela diz.

Marcus me tocou como se tivesse certeza, e eu quero retribuir o favor a alguém, por que não ela? Ela é um fantasma, e este é um mundo sem consequências.

Posso fingir que temos escolhas.

O torpor me consome enquanto dou um passo à frente, tão perto daquela ausência de cheiro. Cam pega minha mão estendida e a posiciona em seu peito. Um pânico gélido rasga a ponta do meus dedos e vai direto para as minhas entranhas.

Ela não me solta. Cam sorri.

O toque nunca se abranda, apenas torna-se mais forte, mais agressivo. A pele se racha sob minha mão enquanto olhos castanho-dourados escurecem e se transformam em uma vegetação invernal, um verde podre.

Sua testa se alarga, e o cabelo sangra, emoldurando um rosto diferente, o rosto de Marion. Mais cruel do que seu retrato, a verdadeira. É ela quem estou tocando, é no peito dela que estou desmoronando.

Minha mandíbula se aperta com o grito agarrado à minha garganta.

— *Donne-moi ton cœur.* — Marion sorri e, então, começa a rir, ecoando pela casa. Traças irrompem de seu peito perfurado. As perninhas de pelos longos percorrem minha pele. Estão me comendo. Tenho certeza de que estão me comendo. — Comporte-se, ratinha — Marion diz. Lápides cinzentas enfileiram-se em suas gengivas. — Bajule o quanto quiser, mas esta casa ainda é minha.

Ela me solta, e eu subo de volta para a cama. Ela se funde ao nada. Os insetos caem, lampejos azuis e prata como neve flutuando à noite. Ela entrou nos meus sonhos, ou talvez esta seja eu acordada.

Marion usou o rosto de Cam, e eu não sei mais quem é real e quem não é.

29

A TERRA ENGOLE A CHUVA E DEIXA A SUPERFÍCIE LIMPA, ONDE Ba e seus operários jogam pedras achatadas ao redor da casa. Precisamos manter os sapatos dos convidados impecáveis para que, quando forem embora, lembrem-se apenas da beleza de Nhà Hoa. Não da terra em que repousa a casa ou das minhocas debatendo-se nela. Deste modo, será um terreno onde vão querer pisar de novo.

Minhas mãos não conseguem tocar em nada macio.

A carne esponjosa de Marion assombra cada ponta dos meus dedos; minhas articulações conhecem a leveza úmida de pudim. *Sempre a rainha do drama*, a casa havia fofocado sobre sua primeira inquilina.

Tudo que ela quer é ser a grande anfitriã, então é claro que preciso ser mantida na linha.

Florence chega à tarde — e eu tinha esquecido que ela viria —, sorrindo ao levantar uma sacola plástica cheia de comidas nada saudáveis e sorvete que derrete com rapidez. Não quero ficar sozinha, mas, ao mesmo tempo, não quero estar com ela. Não posso contar com o que sobrou dentro desta casa para me conter: a relação ainda desgastada entre Ba e eu, a cura entre Lily e eu. E Cam, desaparecida. Cam, que não atendeu ao incenso que queimei do lado de fora da minha janela. Eu perm iti que cinzas comessem as pétalas logo abaixo, embora isso deixe a casa brava.

— Você mudou os móveis de lugar — a garota real diz. Florence se joga na cama perfeitamente arrumada, que foi movida para a parede oposta ao seu local original. A penteadeira também foi reorientada, e o espelho, polido até brilhar. A escrivaninha foi afastada da janela. Acho que mudei mesmo as coisas. Ela me joga um picolé e sorri.

— Feliz aniversário!

Eu tinha me esquecido disso também, com toda a excitação pela estreia de Nhà Hoa hoje à noite.

— Obrigada — respondo, e me forço a lembrar de um dos adesivos motivacionais de mamãe. *MENTALIDADE É TUDO.*

— Ei — ela diz, a cabeça inclinada para me olhar nos olhos, um toque de vergonha em suas bochechas. — Não vou ir a nenhum lugar onde você não possa me ver.

Os cadernos. Tenho certeza de que Ba também aprendeu a lição. Florence não encontraria nada, mas eu aprecio a sinceridade.

— Por que você não contou tudo ao seu tio? — pergunto, a última ponta de curiosidade queimando em minha mente.

— O que aconteceu, aconteceu — Florence responde, desembalando um picolé de um roxo intenso. — E você merece mais do que ser arrastada para baixo junto com ele. — Em seu tom de voz, "ele" soa grotesco. Ela está sendo injusta. Ba tem feito o melhor que pode com as perdas que herdou. — E não faria bem a ninguém, não mais. Além disso, todo o nosso trabalho duro no site seria em vão, e ele está maravilhoso... ou é melhor que ainda esteja, depois do que você ficou fazendo sem supervisão nos últimos dias. Meu tio está me deixando doida agora, de qualquer jeito.

Desarmada, eu rio. Vai ficar tudo bem; Florence me acha digna de ser poupada. Cada hora de trabalho gasta nesta casa valeu a pena, e agora o site terá seu público. Sentadas juntas, passamos a hora seguinte finalizando o site, nos baseando nas últimas anotações do tio dela. Testamos o sistema de reservas com nomes falsos engraçadinhos, muito entusiasmadas com a inteligência uma da outra. Eu guardei minhas descrições para depois. Ela não sabe o que esta noite significa de fato para esta casa. Permaneço no momento atual, onde nossos lábios estão úmidos de doces e risadas. Nós não falamos sobre o que vai acontecer quando o verão acabar ou como eu tinha me oferecido para mostrar a Filadélfia para ela. A mensagem de mamãe me desejando "feliz aniversário" é deixada sem resposta.

Com poucas horas sobrando, começamos a nos arrumar. Acendo um isqueiro e deixo que a chama amoleça meu delineador.

— Tem uma coisa chamada delineador líquido — Florence diz, cética quanto ao risco de incêndio.

Passo o pincel pela linha dos cílios. Sempre amei o calorzinho. Deixo a ponta inclinada para cima. Quando termino, Florence ainda me observa pelo espelho. Levanto uma sobrancelha para ela.

— Mas não ficou bom?

Raiva não é o bastante para atenuar o modo como ela me despiu de todas as camadas naquela noite, na casa dela. Ela apenas acariciou meu queixo, pelo amor de deus, mas estou forçando-a a olhar para mim de novo, e de perto.

Hoje, ela abandona sua jaqueta bomber, um amado presente de Gemma, ao que tudo indica, e veste uma camiseta com amarração e uma saia longa com estampa de oncinha. A fenda na lateral sobe até a coxa. Ela está acomodada na cama, pés com meias bordô balançando, enquanto eu visto o *áo dài*.

— Precisa de ajuda? — ela oferece, baixinho, como se algo estivesse ouvindo e esperando que passássemos dos limites.

Levanto o braço em resposta, e Florence se aproxima, os dedos apertando o corpete com facilidade. Abaixo o braço contra o ombro dela, repousando-o sobre uma onda macia de cabelo escuro. Ela abotoa a roupa com paciência, de baixo para cima, e o tecido se estica em meu peito, de algum modo contendo meu coração acelerado.

Ela não se afasta ao terminar, nem eu. Seus olhos passeiam pelo comprimento do *áo dài* até os meus pés e depois sobem até minha boca sorridente.

O olhar continua até que não há mais nada a ser feito a não ser se mexer. Eu a puxo para perto, nossos narizes se batendo, e então a tensão desaparece — tantas partes minhas relaxam com o toque dela, e tantas outras ganham vida — com o beijo, o único local quente em minha memória. Me pergunto se há outros que podem queimar por nós.

Paramos para respirar. Uma risadinha escapa de nós duas.

— Você estragou as uvas para mim — digo, observando os lábios dela, ainda manchados de roxo no centro.

— Bem, você não estragou o café para mim — ela responde, diplomática, fixando-se na minha gola. — Eu já achava horrível.

— Ah, sério? — Eu me inclino de novo. — Posso melhorar?

— Você pode tentar mais.

Eu a beijo com mais vontade, desesperada, uma fome estranha me rasgando. Meus dedos se enroscam em seu cabelo. Ah, como eu amo isso — a sensação do cabelo dela em minhas mãos, a sensação de tecido fino cobrindo nada.

De mais, de menos, às vezes volátil, e ainda assim sou absorvida por ela. Ela me empurra contra a parede, e eu a puxo comigo.

Suas mãos também estão em mim, quentes, mas não macias. Sinto sua respiração acelerada em meus lábios, o tremor de sua coluna. Sinto ossos embaixo da pele, um fóssil estriado...

Ofego.

— O que foi? — Florence pergunta, as pálpebras pesadas. Me pergunto se ela sente gosto de sangue pelo modo como destruí minha própria boca de ansiedade.

— Eu não... — O sonho vem com tudo. Meus dedos prensando o peito de Cam... não, de Marion; macio como um cheesecake, em busca de algo que não posso mais nomear. — Desculpa. Essa não... — Eu me afasto em direção à janela sob a qual as hortênsias aguardam. Elas me segurariam se eu caísse. — Essa não sou eu. — É mais uma pergunta do que uma afirmação, mas ela não entende. Não consigo imaginar Florence tendo medo de nada, e muito menos dela mesma.

— Que merda isso quer dizer? — A voz dela treme, quase furiosa.

Eu entro em pânico. Uma verdade em troca de eu encobri-la.

— Nós não estamos nos usando mutualmente, de qualquer forma? — pergunto. — Você disse que estava entediada e que precisava fazer alguma coisa, mas, na verdade, você queria se vingar do meu pai. Desculpa se eu me recuso a ser seu passatempo.

— Não vire essa história para mim. Não tem nada a ver com passatempos ou com eu estar entediada. Tem a ver com você, usando um bode expiatório para dizer o que sente ou não sente — Florence diz, com raiva. — Será que você pode admitir sua própria culpa nas decisões que toma? Ou tem uma fantasma fria e maldosa dentro de você? Tenho uma novidade: você já considerou que talvez a culpa seja apenas sua? E do seu pai, aliás? — Ela pega a jaqueta e sai, a porta ecoando ao fechar atrás dela.

Mais uma vez, estou sozinha.

tendão

ESTA CASA TEM OSSOS BONS.

O solo está desocupado para alimentar-se melhor, as paredes estão livres de memórias, e o assoalho abandona suas antigas curvaturas para receber passos novos. Ela sussurra de ansiedade, erguendo-se tanto que suas unhas se levantam — determinadas a pegar um dedo ou três.

Por favor, que sejam três.

É preciso compensar os anos de solidão. Seu amor é abundante, embalado em flores e videiras para que não derrame na estrada por onde os convidados começam a chegar.

Esta casa tem ossos bons. *Venham ver.*

30

NHÀ HOA ESTÁ LINDA. LUZES BRILHANTES ESCONDEM NAS sombras as manchas da casa e acentuam suas qualidades: as hortênsias selvagens, as paredes amarelo-creme, sua presença incomparável. Os convidados estacionam os veículos na entrada e seguem um encantador caminho de pedras ao redor da casa, onde vendedores instalaram estações de comida e bebida. Culinária francesa e vietnamita são apresentadas juntas: *macarons* próximos a taças minúsculas de *chè ba màu*; delicados papéis de arroz recheados com hortelã fresca, macarrão e camarão recém-cozido, seguidos de seu equivalente em massa folhada e queijo; além de muito mais coisas fatiadas e preparadas para um banquete.

Ba está mais charmoso do que nunca, e nossos convidados devoram sua companhia.

— Você vai ter que reservar uma diária — ele provoca sempre que alguém pede por um tour interno. E é o que eles fazem: eles me encontram na multidão e insistem que eu habilite nosso sistema de reservas.

— Em breve — prometo, o tempo todo acompanhada pela minha irmã, que declara em voz alta que é meu aniversário.

Os olhos deles percorrem meu *áo dài* perfeito, dos pequenos botões laterais que Florence fechou para mim até as pontas das minhas sapatilhas despontando da calça. "Feliz aniversário", eles dizem, depois desaparecem na verdadeira festa.

Até que o site vá ao ar às nove, é impossível relaxar. Nem todo o café no mundo poderia substituir o tempo que perdi sonhando ou no limbo. Por toda a noite, confiro o código do site no meu celular, de novo e de novo, para ter certeza de que todas as palavras ainda estão lá.

— O papai vai amar — Lily garante, confundindo minha ansiedade com esforço genuíno. Discretamente, procuro pelo buraco em sua cabeça, mas ela prendeu o cabelo escuro para trás com seus grampos de borboleta. Eles brilham sob a luz quente, uma distração. — Os cartões de visita estão quase acabando, olha! — Ela aponta para as pilhas diminutas em cada mesa de coquetel. As pessoas esperam ávidas pelo acesso ao site, por uma chance da ganhar uma estadia gratuita de uma semana na ilustre Nhà Hoa.

A terrível necessidade de contar a ela a verdade sobre o que vem a seguir aumenta, depois se afoga em minha boca, em paz, quando vislumbro janelas abertas. Mesmo com a multidão de corpos novos, esta casa está me ouvindo.

— Vamos dizer oi para o Ông Sáu — digo quando o sócio de Ba aparece. Passamos pelo jardim, onde arbustos elevam-se, carregados de tomates maduros e pepinos. Pimentas chili verdes e vermelhas pendem de galhos magros, puxadas para baixo como o lóbulo da orelha de uma garota. Uma pimenta comida pela metade está no chão, sementes amarelas cuspidas por um convidado atrevido. Ông Sáu e Tuấn socializam com facilidade entre os expatriados e os locais, mas não parecem felizes ao me ver.

— A Florence vai vir? — pergunto ao mesmo tempo que Lily os cumprimenta, alegre. O cotovelo dela me acerta nas costelas.

— *Nó bệnh rồi* — Tuấn responde. Nós dois sabemos que ela não está doente. Pessoalmente, não dei muitos motivos para Ông Sáu gostar de mim, mas é o tom gélido de Tuấn que dói, porque ele e Florence são próximos. Ela deve ter compartilhado o que eu disse, ou talvez ele tenha adivinhado. É provável que eu seja fácil de entender, com os fios da minha cabeça tão soltos.

"*Tem um balde de baguetes*", sou tentada a mandar para Florence, mas seria desprezível. Ridículo. Qualquer desculpa para nos conectarmos será transparente depois daquela rejeição angustiada. Um verão — é tudo que isso deve ser.

— A Alma também não está aqui? — Lily pergunta, virando o pescoço para olhar ao redor.

Ông Sáu faz que não com a cabeça.

— Ela ainda está no hospital com o Tommy. — Minhas entranhas se reviram. Não posso me preocupar com nada ou ninguém além desta casa, mas já se passaram quatro longos dias desde o acidente. Até minha irmã otimista faz uma careta.

Pela lateral, Ba se aproxima em sua belíssima camisa de colarinho branco e calça social. Seu blazer está jogado sobre os ombros gelados de uma convidada desde o início da noite.

— Vamos preparar nossos discursos? — ele propõe após conferir o relógio preto e fino em seu punho. Está quase na hora.

— Você ou eu *trước*? — Ông Sáu pergunta, deixando sua cerveja de lado.

— Você primeiro — Ba responde. — E, Jade, você libera o site ao meu sinal. — Quando digo a ele que estou pronta, ele se ilumina, orgulhoso. Tudo está saindo como planejado. Enquanto eles se preparam para a divulgação oficial, ando pela multidão com Lily assumindo a liderança, como se nossas idades tivessem sido trocadas. Esta última meia hora se desenrola com um clamor incomum. Nenhuma batida em chaminés ou pisos guinchando, apenas vozes reais submergindo Nhà Hoa. Trechos de conversas se prendem ao meu tímpano.

— ... *il y a des villas plus jolies*...

— Thomas não está muito bem...

— ... *thức ăn lạ*...

— Posso jurar que essas flores pularam...

Ainda não é minha vez de falar, por isso estou quieta enquanto nos demoramos entre a mesa de doces e nossa maior oferta. Um porco assado está disposto como peça central, a boca aberta como se estivesse preso em um grito perpétuo. Seus quadris estão esculpidos de forma grosseira onde facas arrancaram glóbulos de gordura. Lily assume a distribuição do bolo, acalmando os outros com seu charme — por pior que seja seu vietnamita ou francês. Ela acha que, se tudo isso for um sucesso, Ba vai contratar ajuda para Nhà Hoa e voltará para casa.

Eu conto as velas no bolo de aniversário que me foi prometido, o único jeito de controlar meus pensamentos. Olhares percorrem meu corpo, as roupas de seda que mamãe encomendou para mim. Roupas feitas aqui, usadas aqui, o que acaba por me transformar em um mascote. Não vou usá-las de novo.

A banda ao vivo termina uma música animada com aplausos, que se elevam quando Ba e Ông Sáu pisam no terraço com bebidas novas e microfones. O público pede silêncio uns aos outros durante a introdução de Ông Sáu. Ele alterna entre vietnamita e francês com frequência, provocando risadas. Ninguém mais percebe Ba estalando a mandíbula de lado a lado. O rangido de seus ossos desaparece no barulho de fundo.

Conforme a ansiedade da casa aumenta, a minha também.

— Obrigado por comparecerem à inauguração da Nhà Hoa — Ba diz ao público, sorrindo. — Passamos o último ano renovando esta casa extraordinária, e estamos entusiasmados em receber nossos primeiros hóspedes em outubro. — Os fios de luz se iluminam pelo gramado, aquecendo nossos convidados em um brilho intenso. — Há uma longa história aqui em Đà Lạt. O primeiro proprietário desta casa plantou as hortênsias que vocês veem hoje — ele continua, gesticulando em direção às flores ascendentes. — Muitos de vocês provavelmente passaram por aqui antes e viram como elas se mantêm firmes. A família de minha mãe, os Bùi, trabalharam nesta casa assim que ela foi construída. Estou orgulhoso de tê-la restaurado com sua mobília original e luxos modernos apropriados, e nós os convidamos a ficarem conosco no futuro. Agora, minha filha...

Um sorriso inebriado convence meus lábios a serem submissos. Esta é minha deixa para colocar o site no ar. Assentindo com obediência, mudo as configurações. *Minha vez.*

Ele sorri também, porque este é o momento em que Nhà Hoa está oficialmente aberta. Diversos queixos e maçãs do rosto são iluminados pelo azul das telas eletrônicas enquanto as pessoas visitam o site. Ba ergue sua bebida e diz:

— Participem do sorteio à meia-noite pela chance de ganhar férias gratuitas aqui em Nhà Hoa. — Eu começo a me movimentar pela multidão, e Lily me segue devagar, clicando no site. — Mas não esperem muito, ou estaremos lotados.

Um terço do grupo ri, mas o resto está alheio a todo som. Os sussurros começam durante esta pausa estranha, ganhando força enquanto o rosto de Ba expressa confusão.

— *Putain!*

— O que eles estavam pensando?

— Isso não é engraçado.

— *Có thật không?*

Meu sorriso se alarga. Lily agarra meu braço, tremendo, com uma guia aberta para que eu veja. A página familiar atualiza com uma animação perfeitamente cronometrada.

Dizem que há morte em toda casa antiga, mas e as casas que surgem da morte?

Na página onde nossos estimados convidados deveriam participar do sorteio, eu detalhei a história da casa. Toda ela — o que eu sabia e o que eu recolhi das lembranças de Cam e dos sussurros desta casa.

Há rumores de que, durante a construção inicial da Nhà Hoa, um trabalhador caiu do telhado e quebrou o crânio. As primeiras hortênsias cresceram de sementes alimentadas de sangue. A casa sentiu o gosto e, naqueles primeiros anos, começou a explorar, assim como os serial killer fazem: pássaros, gatos, esquilos, cachorros. Esta casa sabe o que é um acidente crível. É inteligente, manipuladora e teve professores com quem aprender: Marion e Roger Dumont.

Enquanto a inquietação se agita entre nossos convidados, Lily continua rolando a tela e perguntando:

— O que é isso? Jade, foi a Florence que escreveu isso?

Próximo a Ba, a boca de Ông Sáu adquire o formato de um xingamento.

A família Bùi serviu à Nhà Hoa, todos espremidos no único quarto do andar de baixo, e suportaram um tratamento severo de seus patrões. A matriarca da família Bùi era responsável pelos trabalhos de casa, da cozinha, pela jardinagem e até por criar as crianças. Os gêmeos de sua patroa se alimentavam dos seios dela, deixando nada para os pequeninos de sua própria família...

Ba me procura entre a massa que devora a vida imprópria da casa.

Quantas vezes uma comunidade precisa dizer que ele/ela/eles parecem normais antes de encontrar a podridão? Quando alguém diz o seu valor repetidamente, você começa a acreditar. Esta casa é melhor do que a terra na qual repousa. Melhor que as casas ao redor.

A galeria de fotos é um toque especial, já que escurecer o rosto dos Dumont e dos oficiais torna tudo mais nefasto, no caso de camponeses mortos não serem o suficiente.

A foto de minha bisavó nas cortinas, no entanto, permanece sendo apenas nossa, guardada no quarto de Lily entre suas coisas favoritas. Depois de semanas sem conseguir convencer Ba e Lily, me divirto com os suspiros de nojo dos convidados.

Marion tinha a arrogância de alguém que recebe poder. Ninguém era capaz de dissuadi-la da ideia de que algumas coisas não devem ser comidas cruas. Doente e agorafóbica, a senhora da paranoia e crueldade da casa se tornou um viveiro de abuso. Sua cunhada, Lê Thanh Cam, uma local e semifluente em francês, cuidou da Senhora de Muitas Línguas até seu falecimento.

Assombrada. *Ma quỉ.* Fantasma faminto.

Até então, talvez ela e a casa não tivessem uma índole tão diferente uma da outra. Uma morte não era o bastante para saciar seus apetites. Os zunidos começaram logo depois, um som criado apenas para a jovem noiva vietnamita. Enquanto a comida apodrecia, o mesmo acontecia a ela. Encurralada, sem família ou amor, Cam teve uma morte injusta: foi empurrada da sacada. O trabalho em ferro original ainda carrega aquela marca, pronto para ser testado de novo. Nhà Hoa não quer ficar sozinha. Não quer ser esquecida e tornar-se irrelevante, como sua senhora.

As conversas cruzadas da multidão se intensificam. O rosto de Ba torna a ficar rígido, com os olhos vincados.

— Jade — ele me chama, mas não paro. O horror deles permite que eu me erga à sombra da casa, fortalecida por ter feito a coisa certa. Ninguém vai ficar aqui. Com certeza ninguém vai se atrever.

O que está enterrado embaixo de Nhà Hoa, agora que esta casa não pode continuar em silêncio?

Conforme as pessoas dão play no áudio, minha voz trêmula derrama de seus aparelhos, narrando o final da página. A lista é como os créditos de um filme sobre as vidas que viveram ou foram perdidas aqui.

Trabalhador de construção
Indivíduo não identificado #1
Indivíduo não identificado #2
Indivíduo não identificado #3
Lê Thanh Cam
Bùi Minh Sang
Đào Anh Loan

Bùi Thiên Long
Bùi Phi Nga
Bùi Thanh Trúc

De uma dúzia de telefones, minha voz se enrola com o vietnamita, mas ela está tentando. Ela deu o seu melhor para respeitar o nome deles. Devagar, o áudio dessincronizado termina, e a festa fica em silêncio. Enquanto alguns foram embora, o resto observa Ba mover-se furioso pela superlotação de corpos.

Por que ninguém está correndo?

Por que o tio de Florence não está exigindo seu dinheiro de volta?

Por que...

— Minha filha — Ba dá uma risada afiada quando me alcança — ama uma pegadinha. Hoje é aniversário dela. Talvez isso tenha subido à cabeça. — Ele ri de novo, fazendo com que aqueles que estão por perto se juntem a ele.

Eu me afasto da mão que repousa sobre o meu ombro.

— Odeio pegadinhas — grito, quando deveria me manter calma. Consigo ver o escrutínio tomando o lugar do medo de momentos atrás.

— Ela fez isso o verão inteiro — Ba continua, construindo uma história fascinante. — Vocês sabem, colocando lâmpadas inteligentes, escrevendo mensagens sinistras, me assustando pra caralho. *Uuuuuh* — seu grito fantasmagórico e exagerado inspira mais risadas de alívio.

Não não não não.

Levanto meu celular com o site ampliado.

— É verdade — insisto. — É tudo verdade. Tudo que escrevi aconteceu mesmo. — Meu tom de voz passa a ser urgente. — Fantasmas são reais. *Ma* são reais. Encontrei estas fotos no sótão. — Lily continua ao meu lado, mas ela treme sob o olhar de nosso pai.

— Dá pra fazer qualquer coisa na internet — Ba diz, alegre. — Bancos de imagem, rostos de inteligência artificial, Photoshop. — Ele balança a mão com desdém. — Ela não queria dividir a festa, e eu devia ter ouvido. — Minha cabeça balança vigorosamente. — Sinto muito pela interrupção da minha filha. O site correto estará no ar em uma nova data.

Naquele momento de crença momentânea, em que tudo muda, Ông Sáu e Tuấn amenizam a situação ao oferecer uma festa de verdade na cidade, as bebidas por conta deles. O público se move, mas não é o que eu gostaria.

Tento mais. Conto mais a eles. Imploro. Tantas frases começam com "eu" e terminam com ninguém acreditando em mim. Para piorar, começo a chorar.

Sob o julgamento irado deles, sou a garota que faz drama, a mentirosa, a americana. Eu, sozinha, acabei com a diversão.

O barulho me deixa desnorteada — convidados indo embora, janelas se fechando, e minha voz interior repetindo *acredite em si mesma* como um cartão de felicitações estragado.

No interior, o teto e o telhado da casa ameaçam quebrar meu pescoço por vergonha. Eu prometi ser sua anfitriã — melhor, mais calma e mais competente que Marion. A casa me prometeu ser um lugar para onde eu sempre poderia voltar. Acreditando na minha habilidade, ela me contou histórias para espalhar sua fama, e eu a traí.

Seco meu rosto molhado com uma toalha. Os funcionários vestidos de preto e branco abandonaram suas estações, deixando bandejas de comida não servidas. Os *nem* salgados se enfileiram como uma faixa de pedestres cor-de-rosa, as fatias de alho encaixadas no formato de asas de mariposa. *Bánh bao* massudos estão em círculos concêntricos em uma travessa. Polpas de laranjas da cor do crepúsculo enfeitam o cream cheese empilhado em biscoitos picantes. Mas é uva barata e café que assombram minha língua, desesperados para serem removidos de uma concha de ostra.

A porta bate quando Ba e Lily entram.

— *Mày không nên làm vậy* — ele diz com raiva, sem fingimentos.

É com Lily que falo primeiro.

— Não pude te contar, porque *a casa está sempre ouvindo*. — Ela me encara. Sou uma estranha histérica. O vietnamita se embola na minha boca quando olho para Ba. — Meu pai deveria ter me ensinado melhor — digo as palavras como se eu fosse grande, como se fazer dezoito anos tivesse me tornado uma adulta. — Esta casa não é boa para você, ou para nós. Ninguém mais deveria ficar aqui.

— Esta casa é *perfeita* — Ba diz em voz alta, desabotoando os dois botões no topo da camisa, enquanto suor se agrupa em suas sobrancelhas. — E é nossa. Eu te *disse*.

— Vem com a gente — Lily pede por fim, pondo-se entre nós, a imagem da bravura relutante. Ela não quer ser culpada pelo que eu escolhi fazer. — Deixe que as outras pessoas descubram por si mesmas.

— Acha que cabe a você decidir? — Minha irmã pula com o tom duro de Ba, os ombros levantando-se do mesmo jeito que costumavam fazer quando nossos pais brigavam, nas raras ocasiões em que mamãe ficava de saco cheio dele. Mas não, ele foca apenas em mim, os olhos com nervuras vermelhas. — Todo o dinheiro está nesta casa. Você entendeu? Precisamos de cem por cento de lotação, e mais, para recuperar tudo.

Do lado de fora, carros e motos dão partida sem qualquer preocupação, e meu estômago se revira. Está vazio, a última coisa que comi já derreteu e desapareceu. Todo o dinheiro que ele conseguiu construindo casas para outras famílias, gasto em um lugar que ele jamais poderá ter. A faculdade e a mamãe jamais verão aqueles pagamentos de novo. Meu futuro, aquele que planejei, se foi, mas não é isso que dói. Eu já tinha desistido daquele sonho.

Ba nunca planejou uma conclusão. Ele me manipulou desde o início, sem dar a mínima para como isso terminaria.

— Por que você me pediu para vir, então? — Minha raiva é silenciosa, semelhante ao luto, um corpo antecipando a perda. — Eu sabia que não deveria acreditar em você quanto ao dinheiro, mas você não tinha nenhum plano, tinha? De consertar as coisas com a gente? — Nas partes mais profundas do meu coração, eu esperava por mais dias como aquele no lago, quando compartilhamos e conversamos e nos lembramos.

Ele responde, irritado:

— Estou fazendo isso por todos nós.

— Por você mesmo — afirmo, engolindo as lágrimas. — Para a *sua* família. — Aquela que ele está sempre perseguindo, aquela que não pode se dar ao trabalho de entrar em um avião e ver o que seu irmãozinho conquistou. Enquanto descubro o coração dele, o meu também começa a se mostrar. — Eles não são a *minha* família. — Tias e tios e primos que eu não reconheceria na rua. — Eles nem gostam de você.

A palma da mão dele se une à minha bochecha. Fico decepcionada quando minha pele não se desmancha para revelar alguém melhor preparado para isso.

— Chega! — Lily se enfia entre nós dois. — Nós nos importamos com você, papai, e este lugar é assustador. Ele nos deixa... Ele mexeu com a gente, não foi, tipo agora? — Ela ainda quer consertar isso. Ela quer nosso pai de volta.

Mas esta é a expurgação final, e fico grata quando Ba fala, porque não posso contar a ela.

— Eu deixei você, a mamãe e Brendan por causa da Jade. — Ba também não hesita ao dar esse golpe. — A sua irmã me disse para ir embora. Que ela não conseguia mais lidar comigo depois que sua avó morreu, quando eu precisava que alguém me dissesse para ficar.

No momento errado, eu rio.

— *Con là con của ba.* — *Eu sou sua filha.* — Eu tinha treze anos. — Não olho para Lily. Não posso olhar para Lily, ou não direi mais nada. — Não tinha idade suficiente para entender o que você estava me perguntando. Você mesmo arrumou suas malas.

— Você não vai negar? — Lily pergunta, a voz sumindo com o que quer que ela quisesse dizer depois.

— Ele me perguntou se devia ir. — Minha voz ressoa dentro do meu crânio. — Ele queria ir.

Mais uma vez, o que eu esperava que fosse acontecer? Contrariando a minha personalidade, eu não tinha pensado em nada. Apenas agi, e covardemente: permiti que Ba rasgasse pedaços de um diário diferente, amarrotado e descuidado.

Lily soluça, a cabeça inclinada até o peito para que eu não possa ver o modo como destruí todos nós.

— Você devia ter me contado.

Todos somos assombrados pelas coisas que devíamos ter feito. Por exemplo: eu deveria estar me desculpando. Deveria estar implorando por perdão. Deveria perguntar se posso abraçá-la, se algum dia ela me chamará de *chị* pela primeira vez e depois de novo. Ela corre para longe de mim, para fora da casa.

— E agora eu limpo a sua bagunça — Ba diz. A porta se fecha de novo, e sou a única pessoa viva em Nhà Hoa. Sem minha família, me lanço no som: um motor dando partida, o zumbido da geladeira, minha respiração. O passado retorna para me consumir.

Certa vez, Ba colocou um par de sapatos brilhantes nos meus pés e me disse que eles eram mágicos. Que eles me tornavam especial e destemida. Mesmo naquela época, não foi sua primeira mentira.

Até hoje, não posso ver glitter sem voltar treze anos no tempo, parada no corredor da escola enquanto uma garota branca zomba: "Eles são do Walmart".

Naquela época, eu acreditei em magia, em riquezas, em bravura concedida.

Desta vez, foi Ba. Eu ignorei todos os sinais. Não fiz perguntas inteligentes. Estou recebendo o que mereço, porque acreditei no meu pai. Eu o amei o bastante para esperar que ele também me amasse.

língua

IMAGINE DEVORAR AO CONTRÁRIO. DOS INTESTINOS ELES SURGEM, os pés não digeridos, e percorrem entranhas iluminadas por estrelas. Sua risada é nova e rápida, enquanto os membros ficam marinados. Tão perto desta boca, e, ainda assim, ela continua vazia, salivando.

Não é justo. Garota má, *má*. Não é justo ser deixada com fome e acabar como uma segunda opção desagradável na memória. Esta casa confiou em algo insignificante, uma forma tão abaixo dela, e não obstante ela precisa ser lembrada. Ela precisa consertar o que está errado.

Esta é a sua casa, as janelas escolhem bradar. *Olhe para mim.*

31

QUANTO UM CORAÇÃO PODE SUPORTAR DUAS VEZES?

É uma tempestade que começa por dentro: açoita meus pulmões com tudo o que importa e tudo o que não importa, o impacto tão forte quanto árvores centenárias. Bocados de vergonha, raiva, amor, ressentimento, tudo isso se acumulando no canto dos meus lábios. Fios de saliva escorrem até o chão, me conectando à casa.

As palmas das minhas mãos empurram as cavidades oculares, tentando ocultar tudo, mas vejo uma escuridão contundente. Fede a água sanitária. A porta de uma geladeira deixada aberta, larvas no peito de uma garota bonita. Excessiva, insuficiente; sou sempre uma coisa ou outra. Agora, Lily também se cansou de mim.

Gritos ecoam de volta para mim — alguns são meus, outros, não. Este lugar ainda me quer.

Eu corro. Pela casa e através de suas portas, sobre os sulcos de pneus afundados na lama, e sobre agulhas de pinheiro. Para dentro do bosque onde enterramos as caveiras. Uma atividade de ligação entre pai e filha que beira o assassinato. Sinto cheiro de alvejante. Vejo as mãos dele limpando sem luvas e como elas devem doer. Preciso me afastar. Preciso ficar sozinha. Preciso dormir.

Eu sou a única em quem ele já bateu. Ele é o único que me conhece de verdade. Eu carrego o fardo de ser a primogênita, e isso me afunda no chão. Lençóis sem lavar, acolhedores e terrosos, o mais próximo de casa que vou chegar. Aperto meus olhos e os fecho até estar sonhando.

✦

Mamãe lava meus pés, enquanto mulheres de máscara raspam o esmalte em gel das minhas unhas. Eu me lembro disso. Ela mergulha as mãos em esfoliante verde, depois cobre minhas pernas com a textura de areia, fazendo calos darem lugar a pele nova como a de um bebê.

Eu nasci sem falar, então também não falo agora.

Ela está rindo e contando aos outros estranhos:

— Minha filha entrou na Universidade da Pensilvânia! — Seus olhos são gentis, e exigem mais de mim. — É um trajeto fácil.

A cadeira de massagem acerta seu pulso na minha coluna, depois no fígado. Deve ter sangue envolvido.

Vou embora, minha versão falsa diz. *Nunca sei como ser eu mesma com você.*

✦

Neste sonho, Florence me beija primeiro.

✦

Em outro, ela me beija de novo.

✦

E eu peço desculpas. Halle pausa nossa série e pega minha mão, o farelo de salgadinho caindo dos nossos dedos.

— Eu sei que não foi sua intenção.

É aquela hora em que não sei dizer se é o nascer ou o pôr do sol: o horizonte tem a cor do chá de *rooibos* mergulhado em uma caneca azul, com nuvens de açúcar. O favorito de Lily, e ela não está aqui. É só Ba e eu e águas vastas, minhas botas — do tamanho certo — se movendo com dificuldade. Este não é, de forma algum, o Vietnã, mas alguma merda de lago feito por humanos na Filadélfia.

No fim, não importa.

— Você lembra como dar nó na linha? — Ba pergunta.

— Enlace como um cadarço — respondo, e o faço. Meus dedos se movem com rapidez, embora já faça muitos anos, e eu a jogo no lago.

Minha linha de pesca está suspensa, depois sacode, quase se partindo. Ba ri.

— Puxe!

Como ele me ensinou, seguro a vara em um ângulo reto perfeito, e espero até que o peixe fique mais devagar. A chave é ser paciente e cansá-lo. Giro o carretel e espero. Repito. As mãos grandes e marrons de Ba envolvem as minhas, e sou sua filha de novo, na segurança de seus braços.

— Pai — digo. — Eu te amo.

Bolhas irrompem da superfície do lago, desviando minha atenção, e eu penso: bagre, e nós vamos refogá-lo com molho de peixe e pimentas chili; peixe cabeça-de-cobra, e nós vamos tirar suas escamas e salgá-lo sob o sol; truta, e nós vamos cozinhá-la fermentada e coberta por camarões sem cabeça.

O corpo se aproxima, um fragmento marrom-escuro e marfim caloroso. A água se abre, respingando, e eu vejo com clareza.

É a Jade. Sou eu com os *đôi mắt bồ câu*, as roupas deixando marcas vermelhas na pele. O meu eu com o anzol na boca começa a arfar.

De repente, estou no lugar dela, emergindo da água gelada. Braços puxam os meus. Ba se foi. Lily não está aqui. Estou sozinha com uma noiva vietnamita morta. Com o topo da cabeça iluminado por um *khăn đóng* resplandecente, ela está usando seu traje matrimonial.

Vermelho é para comemorações e boa sorte, então Cam deve ser meu talismã.

— Por onde você andou? — pergunto, me envolvendo em meus próprios braços. — Você é real? — Mesmo aqui, neste limbo, eu me lembro de quem era a caixa torácica que rompi. Não cuspa no prato em que você comeu, mas e se a fantasma em quem você confia se transformar naquela que não é confiável?

Lampejos de dor atravessam o rosto dela.

— Eu sempre fui real. — A cadência não combina com o movimento dos lábios, e eu encaro isso como normal. Não tenho mais nada a perder.

— Você poderia ter feito mais — digo, a dor de nunca terem acreditado em mim já atenuada. — Assombrado todo mundo da mesma forma.

Um pouco mais de seu pescoço escapa da gola quando ela balança a cabeça.

— O seu coração é mais parecido com o meu.

Isso não existe, quero dizer, mas mentiras são tão cansativas quanto a verdade. Eu recuo.

— Você podia ter sido direta e me contado o que aconteceria, lá no início. — Nossos olhos se unem, e uma pergunta queima dentro de mim.

— Ela só consegue controlar um de nós por vez? Bom, no mínimo. — Eu e Lil, revezando para sorver a sopa, é uma imagem que jamais esquecerei.

— Elas estão sempre ouvindo — diz a noiva. Marion e esta casa, ovo e galinha, ninguém sabe quem apodreceu primeiro. — Você não deveria ter escrito tudo daquele jeito. Você as deixou furiosas.

Com a Cam é sempre *não deveria, não poderia, não faça.*

— Eu fiz o que a casa queria. — Fiz uma promessa que, de fato, cumpri: torná-la conhecida. Inebriada de alegria, Nhà Hoa não pôde prever como eu contaria sua história. — É linda. É lendária. Ninguém vai esquecê-la. — Os convidados leram aqueles nomes e viram que pessoas de verdade, criados e trabalhadores e rostos desconhecidos e Lê Cam, sofreram nesta casa. Por um curto período, alguém além de mim acreditou. Se importou.

Ela caminha para dentro da água.

— Minha mãe me disse, certa vez, que o casamento é como usar roupas — Cam menciona. Ela raramente compartilha sobre sua vida antes de Nhà Hoa, então eu aguardo, a névoa tão densa que me aproximo para mantê-la à vista. — Mas a família faz parte de você. Eles são seus braços e pernas. Eu salvei minha família ao usar roupas, mas eles viveram sem mim. Você vê a mentira? — Cam pergunta. As linhas douradas do seu *áo dài* já não brilham mais sob um sol falso. Ressentimento envolve seu tom de voz e o ângulo do seu corpo, pronto para lutar. — É possível sobreviver sem um braço ou perna, orelha, nariz. É possível sobreviver à perda de muito sangue.

A náusea se reúne em meu peito.

— Seja mais direta, Cam.

Ela me olha de soslaio, os lábios mais vermelhos que cerejas e papoulas recém-floridas.

— A família nem sempre é necessária. Pode ser você, ou eles. Um dia você terá de escolher. Não faça a mesma escolha que eu — ela diz, sem hesitar mais. — *Đừng quay lại.* — Ela está linda como no dia em que se casou, e igualmente triste. — Se você voltar, não posso prometer que conseguirá sair.

✦

Estou destruída pelo frio real que encharca minhas roupas. Semiconsciente, minha cabeça dói muito. Agulhas de pinheiro criam linhas longas em minhas bochechas quando me viro, vomitando comida não digerida e café demais. O bosque fora de Nhà Hoa continua silencioso. Minha mente acelera com sonhos e lembranças, fixando-se no aviso de Cam.

Ela me disse para não voltar, para tratar a família como partes do corpo descartáveis, mas para onde posso ir, se não com eles?

A névoa torna a luz da lua difusa, colorindo tudo de cinza, enquanto me sento. Ao toque, a tela do celular se acende com o meu rosto e o de Halle. Dormi quase três horas. Nenhuma chamada de Ba ou Lily, ambos provavelmente por aí, ainda desfazendo a minha bagunça. O rosto decepcionado de Lily ficou gravado no fundo do meu olho. É pior do que quando eu a segurei no banheiro. Pelo menos, agora ela *sabe* por que motivo precisei arrancar algo vivo de sua cabeça.

Sempre tenho um motivo, mas ela nem sempre dá ouvidos, e por que, *por que*, sou aquela que sempre precisa se explicar? Deveria ser a vez deles de lidar com tudo. Forço minhas pernas dormentes a se moverem e agarro o tronco de uma árvore próxima.

Cam disse que fez a escolha errada. Ela ficou com o oficial e a família cruel dele para salvar a família dela de uma vida mais difícil, mas ela também ansiava por um lar. Às vezes, procurava por um. Pedia por ele em um limbo tortuoso. Ela se dividiu em duas partes: esposa e filha.

É aí que Cam e eu divergimos. Quando tomo uma decisão, não volto atrás.

Assombrações falsas. Brincadeiras. O site. De um modo controlado, fiz o melhor que pude para arruinar esta casa sem causar danos.

Dou outro passo trêmulo. Todos aqueles rostos que me julgaram esta noite, eles serão os próximos. Ba não vai desistir deste lugar. Eu os imagino ficando no quarto principal, Amantes na Guerra, mijando na frente dos pássaros com olhos acetinados e trazendo o inesperado de volta ao seu próprio país, enterrado no revestimento de seu estômago ou em pedacinhos macios de cérebro. Enojados e chamados de volta ao lugar onde tudo começou.

Ba e Lily ficarão para sempre como anfitriões e criados.

Esta é uma casa que os Nguyen tornaram bonita. É nosso legado, a marca que deixaremos no Vietnã. É por meio dela que temos a certeza de nosso pertencimento, mas estou cheia de implorar por validação. Ba e Lily se esquecem que Bà Cố não morreu aqui. A garota escondida nas cortinas cresceu para ter Bà Nội, que teve Ba, então Ba e mamãe nos tiveram. Nós sobrevivemos sem esta casa.

A minha vida toda, rótulos foram armaduras para negar aos outros as partes mais verdadeiras de mim mesma. Posso interpretar a adolescente desequilibrada e histérica. O que não farei é deixar que a casa dite nossas vidas, então, mesmo que eles me desprezem por isso, *não vou voltar atrás.* Não há como adivinhar quais partes minhas foram mudadas por Nhà Hoa, mas eu ainda tenho escolha.

estômago

DOIS OLHOS AMARELOS ROLAM PARA A FRENTE, E SUAS JANELAS estremecem. Aquele barulho, aquele motor, esta casa sabe o que significa. O anúncio de um jantar. Sim, está na hora de novo.

Hortênsias engolem o motor por inteiro. *Croc.* Mais suave agora! *Croc, croc.* Ela não dá meia-volta. O medo crescendo em suas costas é farto demais.

— Jade? — A voz dela é tão deliciosa, nativa e treinada no estrangeiro.

— Aqui. — Esta casa diz no rangido de sua filha, nas profundezas do estômago.

Ela entra.

32

ESTOU DESCALÇA. O SOLO LOGO ME AVISA, COM GALHOS quebrados e musgo fedorento. Caminho rápido, de qualquer jeito, sem me preocupar com o que possa morder meus pés. Entre ligações não atendidas para Ba e Lily, criei uma lista. Até agora, há apenas um item embaixo de "Soluções": queimar tudo. Praguejando, tento o número de Lily de novo. O soninho que tirei do lado externo da casa reabasteceu minhas células cerebrais, mas cada pensamento ainda me leva ao fogo.

Depois de alugar uma escavadeira, esta é a opção mais irrecuperável e purificante. Quando mais chamadas não são atendidas, meu pânico cresce. Ainda assim, um puxão inexplicável me atrai para a frente com tanta firmeza, que tropeço em raízes de árvore e montinhos de terra.

Quanto mais perto estou, mais forte ele se torna.

Para se encontrarem, formigas deixam um rastro de feromônio. Formigas perdidas, formigas com bússolas internas ruins, e aquelas que saíram famintas, seguem este cheiro. Nhà Hoa está sinalizando para mim, eu acho, de modo semelhante. Nem Cam ou Marion têm cheiro quando aparecem em pessoa, mas eu estou viva. Talvez, ao ter fugido, expeli partes de mim, e agora elas estão me guiando de volta ao lar.

Lar.

Que palavra incrível, significa que não preciso mais ficar sozinha.

Na névoa, as luzes externas brilham como esferas radiantes. No limite do bosque, eu paro. Guardanapos minúsculos percorrem o chão, soprados da festa abandonada. A casa escureceu, projetando sombras inescrutáveis.

Por baixo, deve haver paredes, mas esta é uma versão monstruosamente maravilhosa de si. Em questão de horas, as hortênsias ascendentes invadiram a frente, as pétalas de um branco vibrante.

A casa me notou, é claro. O revestimento crescente de videiras e folhas de Nhà Hoa tremula de um jeito que compreendo. "Eles estão te esperando", a casa promete, e eu sigo em frente para um abraço. Nenhum calor emana da caminhonete de Ba quando eu passo. Eles estão mesmo em casa, e isto é o mais importante agora: estarmos reunidos, todos nós, como uma família.

Eu me inclino sobre a vegetação felpuda ao longo de uma parede. O sussurro da casa é mais baixo aqui, mas as videiras se apertam instintivamente. Flores acariciam minha bochecha, e eu ouço: *Fique.* O aroma açucarado enche minhas narinas.

— Eu vou — respondo, porque sempre precisei de doce para me estabilizar. Minhas mãos se curvam sobre a folhagem, de onde uma dúzia de joaninhas rasteja até minha pele.

Você nunca mais vai precisar mentir, os pontos pretos e hipnotizantes soletram.

Neste mundo, todos estão bravos comigo. Todos têm perguntas demais, e eu nem sempre sei a resposta, ou a verdade. A única saída está dentro da casa, porque ela me conhece e não me julga. Ela pode nos fazer esquecer das coisas que nos machucaram.

— Vou cuidar de você — sussurro, abraçando as hortênsias com mais força. — Desculpa.

Se flores pudessem sangrar, vermelho encharcaria meu *áo dài* verde devido à força com que as seguro. Em contraste com as folhas onduladas, a seda é brilhante de um modo que mamãe não verá, porque nunca dei a ela a chance de me perdoar. De me conhecer. De decidir se ainda me ama.

— Mamãe... — lamento em voz alta, minha cabeça latejando, os olhos secos e sensíveis demais. Ela não está aqui porque pedi que ficasse longe, porque não é...

Deixe-os para trás, a casa exige contra a concha da minha orelha.

Cam disse algo similar, mas é por isso que estou aqui. Para estar com Ba e Lily de novo, meu braço, minha perna. Em uma família dividida como a nossa, todos escolhem um lado, mas eu não quero mais.

— Mãe. Bren — menciono os nomes deles com o fervor de um cântico. Eu fui ridícula, me esqueci que há pessoas esperando e uma casa emplastrada de frases motivacionais ridículas por todos os cantos.

Esta casa me diz que é perfeita, que eu também sou. *Você nunca vai precisar se esconder aqui.*

É mentira. Cam sempre precisou esconder quem ela era para sobreviver. Nossos segredos mais profundos dão poder e influência à casa.

— Halle. — Eu me agarro aos nomes deles, desesperada, enquanto me afasto. Besouros iridescentes caem quando dou um tapa nas minhas orelhas insuportavelmente pesadas. Como se atraídas por um ímã, as folhas continuam a se estender em minha direção, impedidas apenas pelas suas videiras. Do lado de dentro, as hortênsias nos vasos batem a cabeça nos painéis das janelas em tons de aquarela. Ba e Lily ainda estão lá. O que esta casa prometeu a eles? Me afasto, bloqueando o chamado dela com minha voz.

— Mãe. — Eu mexo no celular de novo, passando pela anotação que diz para queimar a casa, e ligo a partir dos contatos favoritos.

Já passa da meia-noite, mas sei que ela estará acordada, lendo seus livros no leitor eletrônico que a presenteamos no Natal passado. Minha mandíbula tensiona, contraindo-se de ansiedade, quando a ligação completa.

— *Đừng nói* — digo. Não fale. Por favor, não fale primeiro, ou vou perder a coragem. Pressiono o telefone na minha orelha, perto o bastante para ouvir o ar-condicionado e os roncos suaves de Bren ao fundo. Eu falei em vietnamita, então ela sabe que é sério. A casa me atormenta, substituindo meu instinto de fugir pelo desejo de entrar nela. Mas não posso deixar minha família e Halle para trás e viver uma versão fodida de uma vida perfeita com Lily e Ba. — Eu andei mentido para você.

O adesivo motivacional do nosso banheiro me vem à mente: "Seja corajoso. Seja ousado. Seja você".

De certo modo, ser eu mesma foi o que me colocou nesta situação.

— Não existe bolsa de estudos para cobrir os custos da faculdade. Ba ia me dar dinheiro em troca de ficar aqui com ele, pelo menos para o primeiro ano — falo rápido no silêncio dela. — Não queria que você se preocupasse ou fizesse empréstimos. Você me deu o bastante com o que tem. Você sacrificou o bastante.

Será que ela vai me repreender em vietnamita ou em inglês?

Eu peso as palavras em minha boca, fingindo que são pesadas o suficiente para me empurrarem em uma montanha-russa de emoções. Cada vez que pensei em me assumir, imaginei Halle comigo. A Halle nada absurda, doce, que sabia os nomes de todo garoto e garota que eu já quis. Exceto essa de agora e a outra que já morreu.

— A Halle não é mais minha amiga porque eu fiz uma coisa horrível com alguém que ela gostava havia muito tempo. Nem mesmo porque eu gostava dele, mas porque ele gostava de mim, e...

Não leva nem um segundo para ela responder:

— Sou sua mãe, eu sei. — A voz dela é gentil, mas eu preciso dizer. Ter certeza, ser direta e honesta é minha maneira de lutar contra isso. Quanto menos segredos eu dividir apenas com esta casa, menos ela pode me manipular.

— Eu queria me distrair da pessoa com quem realmente quero estar. Um dia — falo, e não devo estar dizendo coisa com coisa. Minhas palmas suadas encontram o tecido sedoso, secando-se no *áo dài*. — Gosto de uma garota.

Uma inspiração: minha ou dela?

Não posso mais me esconder por ela, ou ninguém, ou por uma casa. Dou o golpe final.

— Eu disse ao papai que fosse embora. Ele me perguntou um dia antes de partir: "Se algo não está feliz, pode ir embora?". Sim. Eu disse que sim, porque eu estava cansada de recolher as latas de cerveja dele e de sermos ignorados. E é pra onde o seu peixe foi também. Pra dentro do rio Delaware. — Me pergunto o que dói mais: que eu tenha feito isso a ela e escondido, ou que Ba tenha me pedido. — Não quero mais ficar entre vocês.

— Nós podemos... — mamãe começa a falar e, então, para.

Sinto como se eu tivesse vomitado pedras, cada uma contendo um pedaço de mim ou uma lembrança que escondi. Escolhi o pior momento para ter sentimentos. Eu rio e digo:

— Mas preciso da sua ajuda. Me meti em uma enrascada, mãe. Essa casa é assombrada. Tem algo de errado com o papai, e Lily... — Dou uma pausa e mordo o lábio até sangrar, olhando para todos os lados, menos para Nhà Hoa. Ferramentas elétricas, tinta e combustível estão bagunçados na traseira da caminhonete.

Eu não fumo. Eu não bebo, mesmo. Sou apenas uma garota que teve uma vida inteira de pensamentos ruins. Bastante prática, como estudar para uma prova. Um isqueiro seria mais fácil. Um isqueiro *é* mais fácil. Eu queimei aquelas fotografias antes. Esta será apenas uma chama maior.

— Preciso que você chame a polícia, qualquer um que possa ajudar — digo, o plano tomando vida com a raiva despertada. — Porque eu vou tirá-los daqui. Vou queimar esta casa. — O conteúdo da embalagem de gasolina chacoalha quando eu a pego. — Tchau. — Termino a ligação antes que ela possa ficar brava comigo, dizer que sou inconsequente ou hétero, ou mesmo me convencer a não machucar a casa de Ba.

Depois de girar a tampa, jogo arcos de combustível nos degraus da frente. Meu celular vibra, mas eu o ignoro.

— Pai! Lily! — grito. — Saiam se puderem me ouvir. — Jogo uma garrafa vazia para o lado, gritando para eles de novo enquanto os degraus encharcados brilham. Não aguento estar tão perto, tão vulnerável, sem me sobrepor ainda mais aos sussurros da casa.

Como posso expô-la e ainda me manter segura? *Hipócrita, filha ruim, vadia...*

— Halle — eu digo quando a caixa postal me saúda. É meio-dia na Filadélfia; ela vai ouvir esta mensagem logo em seguida.

"Aqui é Halle Jones. Não posso atender agora, então, por favor, deixe uma mensagem e eu te retorno." No final há uma risada abafada, minha, antes de a mensagem cortar, porque nós gravamos saudações adequadas para a caixa postal juntas certa tarde, para o caso de alguém responsável pelas admissões da faculdade ligar.

— Halle — começo de novo, chocada por ainda ouvir nossa versão do passado. Isso me ajuda a continuar esvaziando todas as garrafas que encontro na varanda. — Me desculpa. Você não aceita isso. — Só quero que ela saiba a verdade. — Eu não devia ter beijado ele de volta. Eu fiz merda. Muita. Não gosto dele desde, sei lá, o primário. Ele só estava lá naquela noite. É besteira, porque era a formatura, e eu ainda queria que todo mundo me visse como alguém... normal. Não tem nada de errado em ser diferente. Eu sempre tive medo da minha mãe saber, sabe, do mesmo jeito que você sente medo da sua. O que pode ser pior do que decepcionar a mãe? Ela nunca prestou muita atenção em como eu estava indo bem, enquanto eu ia bem, mas eu sabia que, se fizesse alguma merda, seria isso, mas... Não. Só... Isso não está saindo como eu queria. Halle, quero dizer que sinto muito. Eu sei que não foi só por causa do Marcus que você se afastou. Desculpa por ter jogado na sua cara, como se você estivesse exagerando. Eu escolhi ficar com medo em vez de ser sua melhor amiga. — Há um barulho alto no jardim, de alguém se movendo rápido. *Lily, Ba.* Eles devem ter me ouvido. Fecho os olhos e os aperto. — Estou bem, ok, Halle? Obrigada. Vamos pôr um fim nisso.

Nossa separação não é tanto uma ferida, mas, sim, dificuldades da adolescência. Halle tem outros destinos, enquanto eu encontro os meus. Está feito, o que já é suficiente, e me sinto inebriada por ter falado a verdade, aquela alegria desenfreada surgindo em mim. Eles estão perto agora, eu os escuto, e, com eles ao meu lado, atearei fogo nesta casa, e iremos embora.

Estou correndo ao redor da casa, em direção aos passos arrastados, quando uma tábua dura e sólida me acerta no rosto, batendo bem no dorso do meu nariz. Pela primeira vez nesta noite enevoada, eu vejo estrelas.

33

GRAMA, LAMA, E DENTES-DE-LEÃO SOLTOS BEIJAM MINHAS LATERAIS, roçando em uma têmpora que lateja. Não consigo focar em nada quando pisco. Registro apenas um borrão de luz e som, os pássaros reestabelecidos em suas árvores, grasnando e piando noite adentro enquanto meu agressor expira alto e cospe.

Esfrego os olhos, e recebo todo o impacto da próxima paulada por acidente.

— Você não vai escapar — a pessoa murmura. Eu conheço esta voz. Minha língua brinca com seu nome, incapaz de enunciá-lo. Pontos múltiplos de dor atacam meu crânio, enquanto meu interior é comido vivo por forças desconhecidas. Minha visão se recupera um pouco debaixo do inchaço veloz. Nossa suposta convidada de honra está vestida com videiras e folhas rasgadas por cima de uma calça simples e um suéter azul manchado de chá, sujo com argila do canteiro no jardim. Seu cabelo branco é uma auréola selvagem, e ela olha para mim com sangue nos olhos.

— O que você está fazendo? — pergunto, à toa, já que é óbvio. Ela está me machucando, e pelo ângulo de sua arma, não vai parar. De alguma forma, estou de pé de novo, e tento fugir enquanto tudo ao meu redor gira.

Alma avança com passos determinados, ignorando a pergunta.

A casa não mostra nenhum outro sinal de vida, mas o combustível pungente me lembra do que precisa ser feito.

— Onde estão meu pai e Lily? Marion te obrigou a fazer isso?

Gritando, Alma lança a tábua em minha direção. Farpas de madeira entram nas minhas mãos e se aprofundam à medida que ela pressiona mais.

Meus dedos se enterram na borda. Cambaleio quando ela a balança na transversal.

— Eu vim por sua causa. *Você* nos fez bater — ela rosna. — Você nos fez bater. — Os murmúrios dela continuam em um soluço miserável. — O meu Tommy.

— Sinto muito — digo, as palavras automáticas na tentativa de atenuar a situação. Enquanto ela me mantém encurralada, não há como dizer o que acontece lá dentro.

A voz de Alma treme, assim como a tábua que nos separa.

— Arrependimento não vai trazê-lo de volta.

Sou largada em um oceano de águas congelantes. Ele não pode estar... Mas eu mesma vi as consequências na estrada. Tinha muito metal, vidro e borracha perto de onde minhas pegadas foram deixadas na lama.

— Você estava vindo em nossa direção, não estava? — ela acusa. — Procurando pelo meu Tommy. — A acusação que ela faz em seguida, porém, me tira do choque: — Você estava de olho nele, não estava? Eu via como o olhava.

É sempre mais fácil achar que uma garota é culpada do que um homem assumir a responsabilidade. Enojada, eu digo:

— Porque ele é esquisito.

— Não se atreva a xingá-lo — Alma brada. — Ele está morto. — Ranho escorre do nariz dela até o queixo. Ela deve ter corrido pelo bosque em busca de vingança, sem se importar com quem ou o que ela teria de enfrentar para chegar até mim. — Ele morreu por sua causa, andando à noite praticamente nua. — Ela cospe perdigotos enquanto fala, divagando sem parar.

Eu oficialmente entrei para as lendas urbanas de Đà Lạt: garota praticamente nua causa acidente de carro. Um vazio boceja dentro de mim. Uma fome insatisfeita. É inapropriado estar tão faminta ou desdenhosa quando, em vez disso, deveria estar arrependida, quando deveria estar colocando juízo em uma mulher atormentada pelo luto, mas já comprovei que sou ruim nisso.

— Foi a Marion Dumont — digo. — Não eu.

— Não seja idiota — ela zomba, usando todo o seu peso para me forçar contra a casa. O impacto causa um estrondo no meu corpo, e as hortênsias tentam me tranquilizar mais uma vez. — Eu já vi o seu sitezinho transtornado. Não acredito em você.

É quase um alívio ouvir essas quatro palavras. Ba havia me repreendido na festa, mas as expressões nos rostos dos nossos convidados eram mais gélidas. Não foi só a minha escrita sem remorso que os enojou; foi também as lágrimas que chorei. Com força renovada, eu puxo a tábua de sua mão. Quando ela cambaleia para perto, eu a atinjo duas vezes, com força, antes de correr para longe das hortênsias que começaram a se enrolar em volta da minha panturrilha.

— Você sabe o quanto é caro renovar uma casa dos anos 1920 deixada em ruínas? — Alma pergunta, cambaleando ao me seguir para longe da sombra da casa. Seus olhos escuros observam os degraus encharcados de gasolina. — Thomas e eu nos dedicamos inteiramente a esta casa. Você não vai estragar isso também.

Me vem à cabeça o que ela quer fazer agora que ele se foi.

— Você não pode vendê-la — digo, encostando na caminhonete. Mesmo que fosse comprada por outra pessoa, não mudaria o fato de que a minha família trabalhou duro aqui. — É nossa. — Para viver, trabalhar, queimar. Desta vez, nós decidimos quem permanece.

— *Eu* a fundei — Alma diz. — *Eu* sei mais sobre a história daqui do que qualquer um. Leis fundiárias absurdas, considerando como nosso capital financia todo este país... — Os resmungos dela param quando vê o carregamento da caminhonete. Sorrindo com puro prazer, ela pega um item das coisas de Ba. Uma ferramenta elétrica ganha vida. A broca prateada zumbe, afiada como uma ferramenta de dentista. A broca acerta a tábua, uma víbora em suas mãos. Posso ser jovem, mas ela é mais alta e bastante em forma, provavelmente por todo o esqui, golfe, tênis e trilhas que eles fizeram na aposentadoria.

Tropeço quando ela se aproxima, a madeira fina entre nós rachando devagar enquanto ela mira em minha bochecha. Com um gemido, forço a tábua para a minha esquerda e rolo para baixo da caminhonete. Ela empurra a broca atrás de mim.

— Você é uma adolescente nojenta e rebelde se vingando do pai — ela diz, sua cabeça sacudindo com cada balanço violento. — Então me poupe de suas mentiras.

A broca perfura o tecido. A gola do meu vestido se aperta contra a minha garganta. Eu grito, rastejando para a frente com os braços. O painel traseiro se rompe em uma linha vertical perfeita.

— Mortos que andam. Fantasmas. Ridículo! — Alma continua gritando com raiva, dando fortes golpes com a furadeira. Ela certa o metal, acrescendo o cheiro de algo oleoso. Fumaça preta. Gasolina. Todos os precursores de fogo.

Líquido serpenteia até minhas roupas e enlameia o chão. Uma dor de cabeça ameaça dividir meu crânio em metades perfeitas, e eu me engasgo, escapando pelo outro lado. Ela me alcança segundos depois. Olhando da casa para a minha figura pingando, ela sorri e deixa a ferramenta elétrica de lado.

— Esta é a única ideia boa que você teve — Alma diz, o nariz ensanguentado erguido. Seu tom de voz é doce. — Seja uma querida e queime longe da casa.

— Vai se foder — grito, e parto para cima dela quando Alma puxa um isqueiro. Talvez eu não consiga fugir, com todo o sangue acumulado em minha cabeça e os sussurros ainda tentando me invadir, mas posso lutar. Meu punho acerta seu rosto. Ossos para quebrar, pele elástica para ser perfurada... Não odeio machucar alguém de outra maneira além de mentir, não quando a raiva floresce em meu peito pela forma com que minha casa foi tomada.

Alma quer tanto esta casa, e mesmo assim a casa escolheu depositar seus ovos na minha família. O que nos torna vulneráveis? Somos fracos? Não, não é isso. Afinal, por que não escolher qualquer vietnamita, uma vez que temos, convenientemente, vivido aqui e trabalhado enquanto os outros lucram.

Eu nasci bem longe, do outro lado do oceano, no mesmo país que criou Alma. É nojento como as pessoas podem pensar que somos iguais, quando minha árvore genealógica começou aqui.

A casa está silenciosa, nos observando brigar pelo isqueiro. Não acredito que uma luta de polegares é o que me mantém sem pegar fogo.

O pior já me aconteceu, e isso é apenas merda grudada no meu sapato. Como estou descobrindo, brigar com os mais velhos é uma habilidade inexplorada minha. Eu nos impulsiono para perto da varanda escorregadia.

— Não! — ela grita, lutando pelo isqueiro e jogando-o, com raiva, para longe de mim. Me viro para trás, os dedos procurando pela borda da varanda até encontrar um pedaço de metal.

— *Você* não construiu nada — pontuo. Os sinos dos ventos de Ba pesam nas minhas mãos e, ironicamente, ainda estão desmontados do dia em que causei o acidente de Alma e Thomas. O metal tilinta com o impacto, e eu chuto as pernas dela. Agarrando-a pelo suéter, eu a empurro para os degraus. A força reverbera em meu punho. Eu a seguro pela nuca, evitando com facilidade suas unhas em busca de controle. Bato a cabeça dela no balaústre. Uma rachadura fina se forma na madeira envelhecida. Gemidos borbulham em sua boca, mas ela ainda está tentando me alcançar com as mãos nodosas. Bato a cabeça de novo, até que ela para de se mexer.

Meu peito sobe e desce com ruídos pesados, como se houvesse mãos invisíveis tentando me ressuscitar. Eis algo a ser comemorado: Alma está presa entre os balaústres quebrados, sangue brilhando sob fios de luz. Os braços não se mexem, flácidos como os de uma boneca contra seu torso.

Ninguém observa das janelas escuras.

A casa, Marion — nenhuma delas me ajudou a fazer isso, e eu sorrio.

34

SOU UMA DONZELA VITORIANA. SOU UMA BAILARINA. SOU UMA adolescente suburbana. Sou cada pessoa que sobrevive: empunhando uma arma e o que resta de sua mente. Também sou cada pessoa que não sobrevive: não mais virgem e chamada de amarela, uma lutadora impenitente contra os colonizadores velhos e mortos. Jamais haverá estátuas ou universidades em minha homenagem aqui.

Seguro um pé de cabra em uma das mãos, e a outra aperta um galão com cerca de sete litros de gasolina tirado da caminhonete. Arranquei as farpas maiores das mãos, mas as pequenininhas, que precisam de pinças, permanecem e afundam mais. Encaro a casa, com suas janelas escuras. Meu *áo dài* é surpreendido por uma brisa, sujo, mas tão maravilhoso quanto qualquer vestido. A sujeira gruda no meu cabelo em tiras grossas. Meu olho inchou, obscurecendo um quarto da minha visão.

As portas francesas da sacada se abrem, oscilando como um aviso e um convite.

— Você é tão dramática — digo em voz alta. Percebi que fantasmas não poupam ninguém dos dramas, ou talvez Nhà Hoa ainda esteja animada pela festa. Faz parte do espetáculo.

Nos degraus da frente, me inclino para inspecionar o corpo de Alma. Folhas grandes balançam em seu rosto machucado. Viva.

Combustível mancha a varanda e brilha em poças descuidadas. Sem perder mais tempo, abro a lata para derramar seu conteúdo do lado de dentro. Antes de terminar, preciso me certificar de que Ba e Lily não estão encurralados pela casa. A porta está entreaberta, enganchada na abundância de hortênsias que tomou conta da parte externa. Eu me agacho para evitar que elas me toquem. Depois de ser atacada por Alma, é melhor tomar cuidado.

A casa me envolve por inteiro, mais quente e úmida que horas antes. Tudo está apagado. Os barulhos foram silenciados, como se os ratos estivessem satisfeitos. Os interruptores de luz não funcionam. Já estou suando quando fecho e tranco a porta, para o caso de Alma se levantar.

Quando me viro, olhos verdes me encontram de novo. Marion Dumont me encara de seu retrato. Ninguém responde aos meus chamados, então preciso me aprofundar. Uma casa antiga como esta se assenta com o tempo, e pode ter levado Ba e Lily para dentro de suas fendas. Meu coração está radiante de motivos para falar com a minha irmã. Querida Lily, você viu os ratos? Estão indo bem, não acha? Destruindo tudo? Por acaso consideramos este lugar indigno de salvação?

O tapete de boas-vindas acaricia meus pés, que eu esfrego até estarem livres dos tufos maiores de sujeira e grama. Coloco a lata de gasolina no chão e percorro a mão pela parede embaixo da escada, sentindo cada entalhe, uma prova de que a casa não é perfeita.

— Onde eles estão? — pergunto, e nada responde. Levanto o pé de cabra e quebro o painel. Eu o descasco, abrindo esta casa em busca de seu interior soturno, seus segredos sombrios. Madeira despenca no chão.

"Esta casa nunca teria passado pelas inspeções", Florence tinha dito, e é verdade.

Formigas lotam as paredes, espetadas na cabeça pelo fungo que as controla. A maioria pereceu, soltando esporos para envenenar a colônia inteira, mas outras rastejam por túneis que levam a lugares remotos dentro de Nhà Hoa. Ba tinha recusado casas nos Estados Unidos por menos.

Então, eu viro a gasolina, criando um rastro pegajoso na sala de estar. Verifico a lareira à procura dos pés da minha irmã. Afogo as hortênsias em seus vasos. Eu pisco, e pisco, esperando que minha família apareça no escuro — ou ela, a Senhora de Muitas Línguas. Eu já vi construções semidestruídas, queimadas e úmidas após a visita de um bombeiro; eu não quero isso. Preciso de mais combustível.

Jogo a lata barulhenta no chão. Ba diz que um incêndio com gordura não pode ser apagado com água, e talvez seja verdade. Há óleo na cozinha. Eu preciso fazer este lugar entrar em combustão de qualquer jeito, agora que ele sabe que não somos amigos. As bandejas com restos da festa foram lançadas para fora dos balcões. Algo pisou nelas, transformando os aperitivos em sobras viscosas.

Não há tempo para pensar em quem ou o quê.

Eu me ajoelho ao lado dos armários para pegar todo o óleo. Ba forneceu uma variedade — oliva, vegetal, *ghee*, gergelim e até mesmo de abacate. Jogo o primeiro frasco. Ele se quebra em um único jato. Quando olho de volta, à procura de mais, encontro um pote. O meu pote, aquele que havia sumido do meu quarto. Estava cheio de insetos mortos da última vez que o vi; está vazio agora.

Teorizar sobre comida infestada por parasitas pode ser uma atividade acadêmica; testemunhar a prova de que Ba — sob a influência da casa ou de Marion — complementava nossas refeições com insetos não é nada menos que o cenário de um pesadelo.

Com suco gástrico corroendo a garganta, verifico minha boca à procura de farpas e brotos. Minha pele tem gosto de gordura de fast food americano. Meu dedo sai limpo, exceto pelo sangue escorrendo de um lábio mordido. Eu me levanto, os braços cheios com a minha arma de escolha. Um rangido na sala dos fundos me deixa alerta.

— Pai? — De novo, nenhuma resposta.

Movimentos ressoam no teto, por isso esvazio garrafa atrás de garrafa enquanto subo as escadas curvas. Minha calça de seda está encharcada por inteiro, hidratando meus calcanhares secos. As paredes imploram que eu as escute de novo, mas minha cabeça nada em combustível e óleo. Ba e Lily precisam estar no andar de cima. Minha família estará no andar de cima, e antes de queimar este lugar, eu preciso deles.

Folhas farfalham, cabelo é penteado, perninhas minúsculas correm. Esta casa está viva.

— Você voltou — Marion diz com sotaque francês. Neste corredor de portas fechadas, ela está parada do lado de fora do único quarto aberto, o principal. Pela sacada, a noite gelada de Đà Lạt entra: pinheiro e hortênsia, terra molhada, porco defumado e, de novo, gasolina. O vestido dela é uma mancha de veludo.

— Lily! — grito de novo. — Pai! — Quando minha voz ecoa, Marion me segura, imóvel e acordada. Ela demonstra seu controle sobre mim ao puxar cada músculo meu, até que as garrafas e o pé de cabra ressoam no corrimão.

— Você fez uma grande bagunça — Marion diz, seu pescoço se esticando. — Enganou esta casa o quanto quis, mas agora nós duas sabemos quem você é, ratinha inútil.

Procuro em todos os lugares por um sinal de que eles escaparam, me esforçando para ignorar o torso suspenso dela. Talvez seja melhor que não haja nenhuma indicação de que eles tenham voltado. Se sou só eu, Marion pode se impor sobre mim sozinha.

— Cam.— Tento, fechando os olhos. — Cam. Me ajuda. — Ela me alertou antes. Ela me deu as pistas que pôde. Ela apareceu para mim, e eu preciso...

— O quê, ela não te contou? — A mulher francesa sorri, afetada. Sua falta de cheiro entorpece cada combustível em meu corpo quando uma bochecha ossuda escorrega sobre a minha. Na minha orelha, ela sussurra: — Eu nunca agi sozinha.

✦

Esta lembrança é diferente das divagações anteriores. O mundo se materializa em piscadas lentas: primeiro, o chão com tábuas de carvalho estruturadas com firmeza; cortinas translúcidas enrugadas por mãos ásperas; mastros acentuados que vão da cama até o teto; e paredes porosas repletas de sussurros. Então, no centro do quarto principal e com as costas iluminadas pelo nascer do sol, uma mulher jovem está montada no marido.

De um canto, Marion sorri, e me dou conta de que esta é a lembrança de um fantasma.

Cam está inexpressiva. O brilho em seus olhos é emprestado, reluzindo na lâmina que ela puxa, sorrateira, do travesseiro ao lado deles. Seu marido, fascinado demais pelo robe florido que pende dos ombros macilentos dela, não percebe. Ela o apunhala e sangue jorra. Ela o apunhala, e as mãos grandes dele tentam encontrar a garganta de Cam, mas é tarde demais.

Seu gorgolejo fraco se junta ao murmúrio baixo das paredes, e eu começo a tremer. Em todas as lembranças dela e em nossos sonhos, ela nunca me mostrou o que aconteceu antes de sua morte, o modo como ela, primeiro, matou o marido.

A voz de Marion é suave e encorajadora enquanto convence a cunhada a se levantar. "Venha, Camilla." Em um torpor, Cam escorrega para fora da cama de dossel e puxa a faixa da cintura. "Venha, querida", Marion diz, da sacada. Fecho os olhos antes de ver seu pescoço quebrar.

Quando por fim volto a olhar, Cam se levanta do ferro curvado, um braço por cima do outro, revezando-se para erguer o pescoço comprido. A faixa do robe permanece apertada no corrimão de onde seu corpo pende. O tempo todo, Marion ri e ri, alheia ao terrível erro que cometeu.

Esta casa ficará sozinha por cem anos. Nenhuma das duas ficará feliz.

E Cam, ela é um fantasma faminto, nem mesmo meu incenso pode supri-la.

*

Estou parada na cozinha. As luzes estão acesas novamente, e na minha frente está Ba com um olhar duro. Enquanto eu vivia a lembrança de Marion, ela deve ter me movido de lugar. Ela me ajudou a encontrar minha família.

— Está fresca — ele diz, dando um tapa na carne vermelha do tamanho de uma coxa, disposta em uma tábua de cortar grande. O bambu está pronto para outra marca de faca. A gordura marmorizada atravessa a carne, tão branca quanto os rastros deixados por um avião.

Dou risada. Nesta casa dos sonhos, posso ter tudo que eu quero. Seus zumbidos me dizem isso.

Ele arruma outra tábua de cortar para mim, e eu pego uma faca.

Lily entra pelos fundos, confusa, enquanto Cam caminha atrás dela. Supervisionando. Aqueles olhos castanho-dourados — tão despertos — pairam sobre mim, explicando, suplicando, cheios de vergonha. Foi ela o tempo todo. A escova, eu andando na estrada, a mão na minha para dormir, foi tudo ela. Marion não mentiu quanto a isso.

Casada aos dezessete, morta aos vinte — há uma cantiga de roda em algum lugar, um alerta para as meninas que seguem.

De suas mãos protetoras, minha irmã deixa cair gafanhotos mortos sob a minha faca. *Olhe para mim.* Por um momento, temos um lampejo de consciência.

— Não escute — murmuro para ela, mas Lily segue rumo à sala de jantar, pronta para suas tarefas. Cam se aproxima mais de mim, sobrepujando o cheiro de terra dos gafanhotos com nada, cobrindo o sangue da carne suculenta com nada, impregnando todos os outros aromas com o cheiro vazio de uma sacola plástica.

— O que mais você fez? — pergunto. Não a culpo pelo assassinato do marido, não após os crimes dele e a insistência de Marion, mas Cam escondeu isso ativamente de mim. Ela trabalhou junto com a casa para esconder isso de mim.

— *Chị bảo vệ em* — ela diz.

Uma risadinha incrédula luta para sair.

— Você não me protegeu — me esforço para gritar, mas a vergonha se alojou dentro de mim. A festa foi um fracasso. Lily não está bem. Ba está testemunhando os fracassos do meu desejo. — *Tại sao?*

De início, ela fica quieta, tanto que imagino que vá desaparecer, mas então ela responde em vietnamita e inglês, hesitante. Esta casa não é a única que aprende com seus moradores. Cam tem ouvido a mim, Lily e Ba, absorvendo fragmentos da nossa língua.

— Não quero machucar família, *nhất là em*. — Sua dicção é lenta e clara. — Mais tempo nós *đi chơi*, menos eu sinto *lẻ loi*. Menos solitária. Nós iguais. — Balanço a cabeça em negativa, embora no fundo eu saiba como tem sido menos solitário viver em um sonho ou em um limbo para fugir dos problemas reais. — Mas eles não. Marion pega. *Người Mỹ* pega. Eu pego de volta.

Um arrepio desce pelo meu pescoço. Cam recuperou aquela escova ao me manipular até a casa de Thomas e Alma. Este apelo, por mais corajoso que seja nesta confusão de línguas, não é um pedido de desculpas. Ba entalha a coxa, intencionalmente sem olhar para nós.

— É por isso que você me disse para não voltar? Sou uma *đồ chơi* para você — digo, cansada de ser o brinquedinho de alguém.

O *áo dài* dela é um corte em minha visão periférica, se aproximando até que sua mão morta esteja sobre a minha.

— Não — ela sussurra, as palavras em uma precipitação perfeita de desculpas.

Mais cedo, ela me alertou de que não podia prometer que eu conseguiria ir embora se voltasse, então por que eu voltei? Ela sabia que não suportaria ficar presa aqui apenas com Marion, então que eu, por favor, entendesse. Dedos apertam a palma da minha mão quando ela diz:

— Eu não deixo ela machucar você mais. *Ở lại* comigo. Eu quero você, Jade. — Essas quatro palavras me puxam com força, principalmente meu nome em sua boca, aquele "d" quase inexistente. Não respondo. Se eu a esfaquear, ela nem ao menos vai sangrar. Não há escapatória. Não há futuro se eu ficar.

Quando continuo em silêncio, ela acrescenta:

— Última comida, ok? — Meu mundo começa a ficar turvo e simples enquanto ela me deixa para trás.

— Eu suspeitei — Ba diz, de alguma forma o mais lúcido entre nós. — Mas não sabia. Ela costuma se manter longe de mim. — Ele não se importava, contanto que conseguisse o que queria.

Atordoada, corto a cabeça dos gafanhotos — já que certamente ninguém gosta de ser olhado enquanto come — e as empurro da tábua de cortar em um único movimento. Elas saltam ao redor da pia. Em pedaços iguais, separo pernas e braços. Suas coxas de clipes de papel ganham uma massagem com azeite de oliva. É importante deixar essas partes rígidas descansarem, mas elas ficarão macias o suficiente.

Ah. *Ah.* Eu já fiz isso antes. Enquanto Ba me alimentava, eu alimentava Lily. Meu orgulho em ser capaz de proporcionar conforto se transforma em uma percepção entorpecente.

Há tantas maneiras de fazer com que uma refeição deixe de ser vegana.

A tarde após termos ido pescar — nosso último dia *verdadeiramente* feliz — foi bem diferente do que pareceu. Salgados em molho de soja e fritos com tofu, gafanhotos picados não são muito diferentes de capim-limão.

De várias maneiras, Marion me teve na palma da mão por muito tempo. Minha irmã é outra vítima dos avisos confusos e ambíguos de Cam.

Ao meu lado, os movimentos de Ba com a faca são rápidos e imprecisos, apressados, em comparação com nossos jantares costumeiros. Os tinidos são hipnotizadores. Salteada por menos de um minuto, a carne ainda pinga, crua no meio. Tudo como deveria ser. Cada pedaço, escorregadio com suco de limão e molho de peixe, é disposto com cuidado em uma cama de ervas frescas e cheirosas. Gafanhotos foram adicionados, pelas minhas mãos, como guarnições perfeitas. Cebolas translúcidas rodeiam a travessa.

Incapaz de me conter, minha boca se enche d'água. O conteúdo do meu estômago ainda está na floresta, me deixando vazia e faminta. Platelmintos. Tênias. Parasitas do tamanho de um fio solto. Coisinhas mortais.

"Última comida, ok?", minha noiva tinha dito.

— Merda — xingo, e cambaleio para longe do prato. A compulsão de Cam ou Marion ou da casa enfraquece, e eu corro imediatamente para a outra sala atrás de Lily. Ondas de dor atingem a minha cabeça. Agir por impulso é tão desgastante quanto calcular tudo, mas não vim aqui para morrer. Velas suaves derramam luz sobre a mesa grandiosa, preparada para um banquete. Minha irmã vigia outra garota, cujas mãos foram amarradas para trás. Um pano apertado atravessa sua boca. O cabelo tem um brilho quente e sujo.

— Flo — digo, espantada com seu perfil familiar. Eu não a notei ao entrar.

— Papai precisa de nós aqui — Lily murmura, os olhos vazios, quando eu a afasto com gentileza para desamarrar as cordas ao redor dos punhos de Florence. As palavras são abafadas, urgentes, me apressando.

A corda dá voltas e voltas, uma bagunça indecifrável. Com o máximo de calma que consigo, digo a Lily:

— Sai daqui, e eu te alcanço. Não escute se alguma coisa falar com você.

O rosto de minha irmã é coberto por confusão, mas ela repete:

— Papai precisa de nós aqui.

Respiro fundo. Vamos ter de fazer isso da maneira difícil, então, com eu arrastando todo mundo para fora. A cabeça de Florence se inclina para que eu possa tirar a mordaça. Assim que fica livre, Florence tosse e cospe.

— A sua noiva me derrubou.

— Imaginei — digo, me perguntando se Cam fez isso antes ou depois de me alertar para ficar longe. Há quanto tempo ela planeja isso? Tateio meus bolsos, mas meu celular sumiu, provavelmente perdido durante o confronto com Alma.

Florence se inclina para a frente, fazendo contato visual com meu olho ileso.

— Ouvi o que aconteceu na festa, então vim te procurar.

Você voltou? Como naquele dia no sótão, Florence tinha vindo me salvar. Ninguém me salvou antes. Quero beijá-la de novo, para destruir aquela marca roxa em seu pescoço.

— Talvez você devesse me desamarrar primeiro? — Florence sugere em seguida, como se pudesse ler minha expressão confusa embaixo dos hematomas e da pele inchada.

Não tenho força suficiente para desatar os nós, não importa o quanto eu me atrapalhe com as cordas. Talvez sua melhor amiga esteja certa sobre mim, afinal, pela minha falta de músculos, pela encrenca que eu sou. Florence está nessa situação por minha causa.

Procuro por tesouras ou uma faca na sala, e, ao não encontrar nenhuma, agarro os ombros da minha irmã e a sacudo um pouco.

— Estou falando sério, Lil. Você precisa sair primeiro e pedir ajuda a alguém. — Ela franze as sobrancelhas enquanto assimila a minha ordem, meio voltada para a saída, mas também agarrada a uma cadeira de encosto alto.

É Ba quem responde primeiro, surgindo da cozinha com a travessa que preparamos juntos.

— Todos nós somos necessários aqui, Jade — ele diz, e a porcelana é colocada na mesa com um tinido, indicando a hora do jantar. Como se determinado a finalizar seu brinde, ele levanta o celular com orelhinhas de gato de Florence e toca na tela. — Ainda não terminamos.

35

MEU PAI, O CHEFE; MEU PAI, O RENOVADOR; MEU PAI, O PESCADOR; meu pai, *meu pai,* é tudo em que consigo pensar para combater este pesadelo. Mesmo à luz suave, seus olhos estão vermelhos, protuberantes, e sua mandíbula trabalha mais no lado esquerdo, tensionando e relaxando. Cerveja emana de seu corpo, e, pela primeira vez, não é disso que tenho medo.

— Acabou, é sério — determino, esticando cada palavra, me fixando no prato de comida. Estou parada entre Ba, Lily e Florence, incerta se a qualquer momento Lily vai me acertar pelas costas. Ou talvez eu faça as honras sob as mãos de Marion, embora os fantasmas ainda não estejam aqui por inteiro. Eles duram tão pouco tempo, como incenso úmido ou um pavio não aparado. — Lily e eu vamos embora. Com Florence. É isso. — Me obrigo a olhar nos olhos repletos de vermes dele. — Vou arrumar o site. Fique com a casa, pai, e com seus convidados. Seus fantasmas. Já chega para nós.

— Ông Sáu acha que esta é uma casa ruim agora — Ba diz, casualmente rolando a tela do celular roubado. — De onde você acha que ele tirou essa ideia?

— De qualquer um que possa ver? — Florence propõe.

— Ou ouvir — acrescento. Até esta noite, eu não tinha visto as formigas dentro das paredes, mas elas estavam aqui o tempo todo, tão reais quanto os roedores que roem nossos fios. Houve um banquete sem que eu soubesse.

Ba aponta para Florence.

— Ela estava armando contra nós esse tempo todo, e você deu a ela todas as oportunidades.

Lily se arrasta para se juntar a ele, mas eu agarro sua manga com força, enquanto respondo:

— Armando contra *você*. Mas eu publiquei aquele site sozinha. A casa me contou, então é verdade. — De uma única vez, as luzes ardem, claras demais, e ameaçam se quebrar em pedaços de vidro. O zumbido alcança outra oitava em nossos ouvidos. A casa está furiosa, muito furiosa, e eu me pergunto se ela aprendeu comigo, com nossas conversas tarde da noite.

Ele volta a cerrar a mandíbula ao dizer:

— Você está focando em todas as partes ruins, como sempre.

Não, eu expus a casa como ela é. Por ter sofrido o suficiente com os humores e falhas de Marion, ela precisava de uma chance de ser completa com um anfitrião competente. Eu estava destinada a tornar suas gloriosas histórias conhecidas, mas ouvi os fragmentos — os detalhes casualmente deixados de lado, daqueles que atravessaram suas portas e não sobreviveram.

Ba não entende que estou tentando nos salvar.

— Quem você subornou para conseguir que esta casa passasse nas inspeções? — pergunto. — Nada precisaria ser armado se você fosse honesto.

— Não começa com o papo de honestidade — Ba retruca, e sinto o tapa no meu rosto de novo. Tenho certeza de que o formato de sua mão ainda arruína a minha bochecha, que uma vidente poderia ler o destino dele no que foi deixado ali.

— Ou o quê? — desafio. — Vai assassinar todas nós e depois se suicidar?

Florence tosse.

— Você não deveria dar ideias a ele neste momento.

Lily se solta de mim, virando-se para gritar comigo e com Florence.

— Ele não vai nos machucar! — Um calor denso pesa em seu cabelo, as presilhas douradas de borboleta mal se movendo. Ela não consegue ver que ele já nos machucou.

— Com o tempo, todas as casas têm um pouco de morte nelas — Ba diz. — Não é necessário mais, e é por isso que vamos resolver as coisas agora. — Ele coloca o celular ridículo de Florence na mesa.

— Também tenho tido sonhos — revelo, outra confissão saindo livremente da minha boca para ganhar tempo. — O que ela te mostrou que te convenceu de que isso é o que você quer? — Eu me aproximo. — Porque, pelo que eu testemunhei, não há nada romântico em nossa família morar aqui. Eles eram criados. *Ela* chamou *eles* de parasitas. Bà Cố era jovem demais para entender. — Os pais dela a protegeram, é o que gosto de pensar. Eles não queriam forçá-la a crescer sentindo-se menos importante que as outras pessoas. É o mesmo motivo pelo qual escondi de Lily e Bren o pior de Ba, mas estou cansada de desculpas. — Ela foi horrível para a nossa família, e agora está fazendo joguinhos com todos nós.

Lily inspira, trêmula, quando eu paro mais perto de ambos, implorando para que acreditem em mim. Como descobri, Cam escondeu a verdade de mim. Fantasmas têm seus próprios objetivos, e nós assumimos os papéis que eles não podem mais preencher.

— Marion não saberia o que é moderação nem se essa habilidade caísse do céu. Ela assassinou a última pessoa em quem pôs as mãos. Eu sei que você quer se encaixar neste lugar, e se sentir parte dele — insisto —, mas não há nada de bom aqui para reescrever ou pelo qual desistir da sua vida. Esta casa só se importa com ela mesma. Nunca quer ficar vazia. Não importa o nome que ela assuma ou sob os cuidados de quem ela esteja. — A pior coisa é não ter certeza se o comportamento de Ba se deve à influência de Marion ou à sua ambição, nascida da dor. Só posso continuar tentando. — Por favor, venha com a gente — eu sussurro.

Nós respiramos o mesmo ar estranhamente perfumado, e, ainda assim, ele não demonstra qualquer emoção ao meu raciocínio. À minha súplica. Sua mandíbula fica tensa.

— Ninguém vai sair — ele afirma. Engulo a decepção, enquanto a atenção dele se volta para Florence. — O seu tio não vai retirar o investimento se você pedir. Se eu estiver com você aqui. Então vamos ligar para ele e resolver isso. Mas primeiro, Jade?

— O quê? — A palavra é cuspida, mas meu corpo se move sem discutir. Meus dedos arranhados envolvem os pauzinhos. O rosto em formato de coração de Cam entra em foco perto de Ba, a curiosidade erguendo suas sobrancelhas. Lily abre a boca de Florence e a aperta como eu faria com um peixe fisgado na linha. Um grito abafado sai da garganta de Flo, e ela se debate o máximo que pode em seu assento, os olhos arregalados diante do pedaço de carne crua pendurado em meus pauzinhos.

Como naquele dia em que comemos sem parar, estou apenas me movimentando: seguindo comandos do meu corpo. Como bocas que não coincidem com o idioma que falam, meu corpo faz coisas que não entendo.

O suco da carne pinga na bochecha de Florence. Um único olho redondo a encara de cima, na cabeça de gafanhoto presa ao alimento. Deixei uma passar. É claro que deixei.

É então que algo ressoa, agudo e agradável como o sino dourado de um templo. Minha respiração para quando um pedaço redondo de metal se choca contra a cabeça de Ba. Ele geme, e há aquele badalo de novo, ressoando pela sala. Cam sumiu.

O assoalho range, e uma sombra aparece.

— Mãe? — Soltando Florence, Lily corre e joga os braços ao redor da mulher parada em cima de Ba.

Semanas se passaram desde que a vi pessoalmente, mas não tenho dúvidas de que é ela. Nenhuma assombração poderia imitar com precisão o pijama tie-dye com o qual ela obviamente saiu do hotel, ou o casaco estilo anos 1980 que ela veste por cima. Lily e eu temos versões iguais. Dos dois. A surpresa floresce no rosto de mamãe enquanto ela encara a frigideira em sua mão e Ba desmaiado no chão.

— Ai, meu deus. Ele está bêbado? — ela pergunta.

Deixo cair os pauzinhos.

— Onde está a polícia?

Mamãe arqueia uma sobrancelha esculpida para mim.

— Você me disse que ia colocar fogo na casa. Não vou chamar a polícia para a minha filha — e, esta próxima parte, ela diz em voz alta —, que é minha filha, acima de qualquer coisa.

Estou igualmente aflita e eufórica.

Aflita por ter saído do armário em uma casa assombrada, e eufórica por minha mãe me aceitar.

Ainda assim, ver mamãe é uma injeção de adrenalina que faz o sangue correr pelas minhas orelhas, bloqueando sussurros inquietos. Mas os limites da minha alegria logo se chocam contra as paredes desta casa, porque eu me lembro exatamente do que Ba me disse antes.

Se ela viesse, ele nunca a deixaria ir.

— Por que você está aqui? — pergunto, incapaz de fazer minha voz parar de tremer. Eu falhei em deixá-la brava o suficiente para se manter longe.

Mamãe, com Lily agarrada em um dos lados, larga a frigideira e se apressa.

— Já te disse — ela enfatiza. — Você é minha filha. — Dissolver em seu abraço é quase memória muscular, e preciso de todo meu controle para não chorar. Estou sempre subestimando o que ela, a pessoa mais corajosa que conheço, fará.

— Olá — Florence diz, por fim, o rosto vermelho pelos maus-tratos. — Será que podemos colocar a fofoca em dia depois?

— Desculpa — digo, e me apresso para recuperar a faca da travessa. Tomo cuidado para não cortar a pele dela ao romper as cordas. Me aproximando, digo de novo: — Me desculpa mesmo, por tudo.

— Ele não está bêbado. — Ouço Lily o defender. — Ele só bebeu algumas cervejas na festa.

Minhas mãos deslizam sobre as mãos livres de Florence, brevemente, em um toque que significa mais. Tudo o que quero dizer. Como não há mais tempo, escolho a prioridade mais urgente.

— Ainda gosto muito de você. — As palavras que quis dizer assim que soube que ela tinha vindo por mim. — Mas também precisamos dar o fora daqui.

Ela se firma na cadeira.

— Eu sei. Da próxima vez, vou mandar uma mensagem quando ficar sabendo que você estragou o meu site. — Ela sorri, e eu preciso resistir a me inclinar para a frente.

— Bren está no hotel. O que está acontecendo aqui? — mamãe pergunta de novo, sem entender a merda em que estamos. — A senhora branca na varanda *não* parecia bem. — Ou talvez ela entenda, mas nos ama o suficiente para não ter feito perguntas antes de derrubar nosso pai.

No limiar entre a cozinha e a área de jantar, Ba geme.

Em um aglomerado único, nós corremos para a porta da frente. Eu paro, porém, em uma sombra indesejada. Marion desce as escadas em um vestido de luto, os olhos pálidos atentos a nossa fuga em curso. Ela mostra os dentes cinzentos, furiosa. Eu me separo das outras, gritando: "Vai, vai, vai!". Meus pés deslizam no assoalho escorregadio ao ir até a pintura. Eu a tiro da parede. Ba vai atrás de mamãe, Lily e Florence, e desaparece além das hortênsias altas.

— Vem cá, sua vaca colonizadora — eu grito. Não sei se ela pode sair desta casa, já que não posso confiar em nada que Cam me contou, então é melhor que eu a impeça de tentar. Ela desce pelos degraus, a cabeça serpenteando à frente para ver o retrato em minhas mãos. Ela olha para si mesma. — Esta não é a sua casa. — Eu sou uma reflexão tardia, e este é o erro dela. — Nós não somos seus criados. — Sorrio, e acrescento a frase mais irônica de todas: — Volte para o seu país.

Dou um soco no retrato, o que, sendo bem sincera, dói demais, mas de um jeito muito satisfatório.

Marion me dá o bote. A moldura dourada acerta o chão, derrapando em óleo e gasolina. O pescoço dela se curva ao redor da escadaria, permitindo que sua cabeça me encurrale primeiro. Ela zomba de mim, cruel e desagradável, até que seu corpo se aproxime e suas mãos — suas mãos verdadeiras — me empurrem contra a parede que escavei.

As formigas que ainda estão vivas rastejam pela minha pele, mais numerosas que as traças do nosso último encontro. Suas perninhas minúsculas marcham em meu corpo congelado, enquanto a fantasma ameaça minha cavidade torácica.

— *Mon cœur est ici* — ela fala com sua língua escura. *Meu coração está aqui.* A dor vibra em mim, ágil como a luz, como o sol através dos galhos de árvore quando Ba me carrega nas costas pelo parque. *Aqui*, onde posso testemunhar a idade fustigar seu rosto, onde mamãe pode sorrir sem culpa, onde, por um instante, estamos todos juntos.

— Eu nunca serei esquecida, mas você não será nada — Marion rosna. Ela estica a mão, movendo-se mais fundo que um sutiã de armação quebrado. Meu rosto morto comprará outros cem anos solitários como os de Cam. A cada ano, minha morte se tornará mais um conto popular do que um aviso. Algum dia, mais Marions virão a esta casa e verão o que há para ser tomado.

Outro pescoço comprido serpenteia ao redor de Marion, o emaranhado de suas carnes assustador e anormal, enquanto elas lutam por controle. A pressão se afrouxa e, estremecendo com a dor penetrante em meu peito, eu me mexo. Sacudo formigas dos meus membros e corro até a saída, olhando para trás, para um fantasma que eu poderia ter amado. Cam, que tentou me alertar e depois não conseguiu me deixar partir. Elas tropeçam e desaparecem.

Do lado de fora, Đà Lạt me envolve. Lambe o suor do meu corpo dolorido, da minha cabeça latejante. Óleo pinga do meu cabelo. O calor da casa arranha minhas costas, me incitando a voltar, e eu quase volto, quase me esqueço, antes de ver mamãe se colocar entre Ba e as meninas.

— Fique longe de nós — ela grita enquanto ele avança, persistente. Ele está encharcado de combustível e manca como se tivesse caído.

Nós saímos, minha mente repete. *Estamos fora desta casa.* Eu desço os degraus correndo e me aproximo pela lateral, as mãos erguidas em paz.

— Nós podemos entrar no carro e resolver isso depois — digo. Os passos de Ba diminuem por um instante, enquanto a postura protetora de mamãe relaxa. — Acho que ela não é tão forte aqui fora.

Desnorteada, mamãe aperta os olhos ao ver como Ba e eu estamos parados, inclinados como se a casa participasse da conversa.

— De quem você está falando?

Ba me examina com aquele olhar ilegível.

— Estamos todos aqui agora — digo com gentileza. — Juntos. — Aceno com a cabeça, indicando a estrada. — Vamos pegar o Bren e deixar tudo isso para trás. Somos uma família. Por favor. — Os olhos dele estão suaves de novo, reconheço. No fundo, ele também está exausto.

— Ninguém vai sair — outra voz rosna. Eu havia me esquecido dela. Tenho uma visão completa de Alma, nossa própria Marion. Há madeira ao longo de suas bochechas cortadas, e ela sangra aos montes no lencinho amarrado com habilidade em seu pescoço. Sua mão treme com o isqueiro recuperado. — Te encontrei. — Ela dá uma risada profunda e louca.

No próximo segundo, ela lança a chama em minha direção. Meu *áo dài* encharcado é facilmente inflamável. Escuto minha mãe chorar por mim antes mesmo de eu ter partido.

Não acredito que a última coisa que verei é Nhà Hoa pairando atrás de uma mulher de que eu nem gosto.

Uma mancha escura passa por mim, me cobrindo. Ba sofre o impacto de um pequeno incêndio, que se torna muito maior. As chamas comem algodão e calças engomadas. Um grito sufocado corta a noite, e eu desejo que seja um sonho. Gritando, Lily e mamãe correm e atacam Alma. As borboletas douradas de Lily brilham nesta luz. Alguém me segura pela lateral, mas tudo o que consigo ver é fogo. Laranja, e vermelho, e as menores partes azuis. Uma bola de gude colorida: um presente.

Devagar, Ba se vira. O fogo aumenta, mas ele não dá um pio. Por que não está chovendo em Đà Lạt? Por que não chove, como Ba disse que acontece em julho? O céu não sabe que estamos sofrendo? Como pode não ouvir o teor do meu grito? Os olhos de Ba estão surpresos, porque talvez nem ele acredite no que fez. Mas eles ainda estão suaves, contorcidos em alguma outra dor, e são os mesmos daquele dia no píer. Ele abre os braços.

Ba é uma casa em chamas, a porta aberta para mim.

— Venha comigo, Jade.

Meu pai indo embora, meu pai chamando por mim, meu pai vindo até mim. Este sempre foi o sonho, não foi? Ser querida e levada com ele. Eu sempre quis uma segunda chance de não o desapontar quando ele precisasse de mim, mas *isto* não é o que eu imaginava.

Cam aparece ao lado dele, seu pescoço de volta à gola, sem remorso na maneira com que me convida.

— Venha, Jade. — Eu mal a enxergo perto da chama que é meu pai.

— *Ba thương con* — ele diz, e meu coração incha até quebrar e sangrar em torno dos meus órgãos ainda quentes. Nesta casa dos sonhos, posso ter tudo que eu quiser. Sua proteção e cuidado, uma garota para amar, uma marca no Vietnã. Tantas coisas sussurradas no altar para virar cinzas.

— Ba — digo em voz alta, e as lágrimas vêm, indesejadas. O sal punge partes de mim já rompidas. — Não, não posso. Não vou com você. — As palavras me sufocam. Esta escolha de viver sem ele, porque ele nunca deveria ter me perguntado. Ele nunca deveria ter se arrependido de me salvar. — Ba — eu o chamo de novo. Meu pai queima no gramado em frente à casa onde nossos ancestrais trabalharam, cada parte dele estalando de decepção. Ele deixa cair sua carteira ainda fumegante, depois sobe os degraus até Nhà Hoa, as chamas se espalhando de seus pés para o corrimão e para a porta coberta de hortênsias brancas, de onde Marion Dumont grita para que ele saia.

Florence me abraça com força, a oleosidade de seu cabelo sendo esfregada na minha bochecha, e eu a agarro de volta, desesperada por qualquer ligação à realidade. Ela me segura com firmeza. Ela não me solta. Mamãe faz a mesma coisa com a minha irmã doce e soluçante.

Ba me olha uma última vez, e fecha a porta.

✦

A carne humana queima do mesmo modo que qualquer outra carne, mas uma casa em chamas grita em milhares de línguas. Dentro da madeira, o vapor se alimenta e cresce até explodir em grãos de som. Ele troveja: *pop, pop, pop, pop*, até se libertar, inclinando-se sob seu próprio calor ganancioso. O assoalho começa a vincar, os pregos arrancados e deixados para trás. O metal permanece de pé, mas chia quando os primeiros canos se partem, tilintando como pés desajeitados. As calhas se inflamam como uma garganta com faringite que nossas mãos expostas não se atrevem a limpar.

As flores queimam pior: as cabeças caem no chão, depois iluminam o que está por baixo. Folhas marcam o concreto com suas digitais, desesperadas para escapar. Outras esvaziam seus interiores no azulejo em linhas verdes. As videiras murcham, permitindo que o resto de carbono se vá em sopros suaves, tão irregulares quanto alguém retirado de seu aparelho de suporte vital. A casa não consegue impedir que as raízes se enterrem — uma colcha de retalhos de veias fumegantes que a envolvem por inteiro.

Eu imagino a pequena Nhà Hoa se lamentando no sótão, o papel enrolado como se estivesse na ponta afiada de uma tesoura. Apodreceria do amarelo ao preto profundo. Devíamos ter arrancado o isolamento. Devíamos ter feito muitas coisas diferente. As paredes são torradas até o topo, um triângulo de fogo que rompe seus olhos de vidro. Até os tijolos quebram, um por um, como ossos fraturados. É claro, tudo dentro dela morre: os ratos, as formigas, as traças.

Ba.

O grito deles entope meus ouvidos, mas o mais alto é meu.

Eu nunca paro para respirar, nem uma única vez.

36

ESTAMOS EM SETEMBRO, E O CÉU DA MANHÃ É ROSA-DAMASCO E laranja, um borrão de pele enevoada. A estação rodoviária de Đà Lạt está frenética com turistas e locais comprando lembrancinhas de última hora e garrafas de água para desbravarem as selvas do Vietnã.

Nosso táxi demora-se em um lugar onde é proibido permanecer. Aperto a mão pegajosa de Lily, e digo a Bren e a mamãe que vou demorar um minuto. Eles me observam da janela. Eles me observam o tempo todo ultimamente.

Florence me espera do lado de fora de um ônibus de dois andares, segurando um refrigerante grande com dois canudos gordos. Uma ruiva está parada ao seu lado, o pescoço com proporções normais, e ela usa óculos escuros. Ela mostra a língua para mim antes de entrar no ônibus. Florence balança a cabeça.

— E aí?

— E aí — eu a imito, pouco convincente.

Nós sorrimos, a ponta dos sapatos se tocando, nossas mãos geladas por si só. Segurei a mão dela duas vezes desde a inauguração e o fechamento da casa, com nossos joelhos se tocando e os cabelos cheirando a fumaça. No hospital, eles encheram Lily e eu de medicamentos antiparasitários e antibióticos. Nossos corpos se recuperaram, mas nada mais é igual.

Tem dias que sinto o gosto das minhas lágrimas e quero mais. Saber que é real, não importa o que os médicos digam, exige um nível de ansiedade que sou capaz de suportar, mas repassar os acontecimentos inúmeras vezes não deve me fazer bem. Vamos precisar de terapia. Mamãe chora quando pensa que ninguém pode ouvi-la no banheiro, e Bren não entende. Lily vai de me amar a me odiar e a me amar, como as irmãs fazem. Eu mantenho a carteira de Ba no meu corpo, sempre, para sentir seu peso. A foto de Bà Nội continua dobrada no bolso da frente, e acrescentei mais uma: nela, Florence está mostrando a língua entre os dedos em V. Xadrez azul e verde cobre as curvas de seus ombros. Um filtro aumentou seus olhos escuros no estilo anime. É a foto mais inofensiva que tenho dela.

Florence e eu voltamos juntas lá uma vez, mesmo mamãe não querendo — porque aquele lugar é ruim, e porque Lily iria querer ir e nunca mais partir. Um acidente infeliz é a decisão final após Alma arranjar um advogado, e uma propina deve ter, provavelmente, mudado de mãos. Mas nós sempre teremos a verdade.

Eu voltei, no banco do passageiro do carro que Florence pegou emprestado do tio, que, como já era esperado, me odeia. Sem explicações, deixei um incenso queimando na lateral da estrada. À distância, vi a borda de restos enegrecidos e o brilho sarapintado dos pinheiros; é o suficiente. Deixei outras comidas também: uma bebida de babosa, um pão de ló e *bánh mì*. Não eram as comidas preferidas dele, já que nunca perguntei quais eram.

E Florence e eu, o que mais se pode dizer? Todas as histórias terminam.

— Vá em frente, me convença a ir com você — Florence diz, se inclinando até mim. Ela não vai para a faculdade, no fim das contas, nem eu. Nós perdemos a orientação estudantil (e eu, um monte de boletos de mensalidade), além de não querermos ir. "*Um intervalo de um ano*", ela escreveu em uma mensagem. "*Para ver o que mais há por aí.*"

— Tudo bem — digo, meus olhos nos dela. — Eu te amo.

Ela hesita.

Eu rio.

— Foi o que pensei. — As coisas dadas porque pedimos não são as mesmas, assim como um pai pedindo que a filha fique pela última vez. — Que tal isso, então? — Meus lábios encontram os dela, e eles são gentis; nós aprendemos a ser gentis. Conheço a honestidade agora.

Quando nos separamos, Florence sorri.

— Caramba, o seu protetor labial é péssimo.

— É sabor café — digo com um sorriso. — Talvez você mude de opinião quando crescer um pouquinho.

— Talvez — ela responde, andando para trás com as bochechas coradas. — A gente se vê, então.

— Se cuida, Florence. — Não digo "tchau". Não sei como. Nem inglês ou vietnamita podem nomear a maneira como me sinto, o sentimento profundo em meu peito. Dói, mas é doce, como engolir uma bala açucarada. Como algo que pode me manter saciada.

Um dia.

coração

ESTA CASA É UMA CATÁSTROFE DE CINZAS, ESPALHADAS NO SOLO.

As paredes, partidas como frutas e desmoronando como palha antiga, permanecem apenas na memória. Ela caminha nestas linhas, vista da estrada como um truque de luz.

Sem nome, as cinzas são levadas pelo vento, e os botões de algo lindo criam raízes.

Sempre haverá outra.

agradecimentos

ANTES DE UMA HISTÓRIA SE TORNAR UM LIVRO FÍSICO, ELA É tocada por muitas pessoas e em vários rascunhos. Minha vida foi enriquecida por ainda mais pessoas, que me deram pequenas maravilhas que tornaram esta história emocionalmente verdadeira. Sou muito sortuda por tê-los.

Minha agente literária, Katelyn Detweiler, é uma preciosidade — obrigada por defender o meu trabalho e celebrar até as menores conquistas comigo. Minha editora, Mary Kate Castellani, aperfeiçoou este livro, tornando-o melhor e melhor a cada etapa. Kei Nakatsuka fez uma pergunta que me levou a reescrever um dos meus capítulos favoritos, que se tornou ainda MAIS favorito ("medula"). Obrigada a vocês por entenderem a história que eu queria contar.

Eu não poderia ter pedido por uma equipe melhor do que minhas publicitárias incríveis Faye Bi e Nicole Banholzer, as gênias do marketing Erica Barmash e Lily Yengle, e as líderes destemidas de marketing escolar e de bibliotecas Beth Eller e Kathleen Morandini. Outros na Bloomsbury também cuidaram bem deste livro: Donna Mark, John Candell, Phoebe Dyer, Alona Fryman, Erica Chan, Oona Patrick, Laura Phillips e Nicholas Church. Minha equipe no Reino Unido fez um trabalho esplêndido ao me apresentar para leitores internacionais e criar a capa dos meus sonhos. Hannah Sandford, Stephanie Amster, Laura Bird, Mattea Barnes, Thy Bui e Elena Masci — obrigada a todos!

Livreiros foram uns dos primeiros a me acolherem e me apoiarem. Alyssa Raymond, Bridey Morris, Carrie Deming e Rayna Nielsen — suas palavras gentis me carregaram enquanto *A maldição da Casa das Flores* encontrava seus primeiros leitores. Minha infinita gratidão ao Children's Institute, Southern Indie Booksellers Alliance, California Independent Booksellers Alliance, Pacific Northwest Booksellers Association, New England Independent Booksellers Association, Mountains and Plains Independent Booksellers Association e Midwest Independent Booksellers Association por me convidarem para as suas feiras. É uma honra conhecer pessoas tão apaixonadas por histórias.

Minha primeira leitora e parceira de responsabilidade, Lindsay Fischer, viu o pior rascunho possível e, mesmo assim, disse que conseguia vê-lo como um livro finalizado. Obrigada por não ter deixado de ser minha amiga imediatamente. Minhas primeiras líderes de torcida — Alyson Kissner, Kate Dias e Sarah Mye — são as amigas mais generosas, e aguentaram um monte de choradeira.

Devo enaltecer meu grupo de escrita, Writers' Block, e especialmente Sandeep Brar e Melissa Pinhal, por manterem um lugar que é divertido, seguro e inspirador. Mal posso esperar pelo nosso próximo retiro de escrita!

Minha comunidade de escrita seguinte surgiu do Author Mentor Match. Eu devo muito à minha mentora Alex Brown, sem a qual o Ba de Jade teria construído cinquenta varandas e nada mais. Comprem o livro dela, *Damned If You Do*! Wen-yi Lee, eu assombraria qualquer casa com você. De longe, a melhor DM que recebi no Twitter. Um obrigada gigante aos meus companheiros de workshop na Rainbow Weekend e Tin House, em especial ao instrutor Mark Oshiro, por críticas precisas e apoio quando eu estava insegura.

Ao meu parceiro, Daniel, a primeira pessoa que me disse para ir atrás dos meus sonhos, eu amo você. Você sempre me dá tempo e espaço para fazer o que eu preciso. Você é o meu lar.

Quase tudo de bom que há em mim, eu aprendi com a minha família. Vocês sabem quem são, mas acho que deveriam estar impressos também: Andy, Nhan, Tri, e meu *anh hai* Xuyen, de quem sinto falta todos os dias. Minha mãe merece páginas e páginas, mas vou guardar para os cartões comemorativos que coloco no Google Tradutor para ouvi-la tirar sarro de mim. Eu amo você demais.

Quando minha *bà ngoại* faleceu nos últimos dias de 2020, ela sabia que eu estava escrevendo um livro, mas não sabia o quanto ele tinha a ver com família. Eu revisei a maior parte de *A maldição da Casa das Flores* com ela e este luto em mente, de tudo e todos que eu nunca conheceria por completo. Ainda assim, os momentos com ela foram alguns dos melhores: brincar de esconde-esconde em sua casa, ser (amavelmente) repreendida, receber beijos manchados de batom na bochecha. Sempre me lembrarei de você.

E, finalmente, obrigada a você, leitor, por passar algumas horas perdido nesta história comigo.

Primeira edição (abril/2024)
Papel de miolo Ivory Slim 65g
Tipografias Garamond Premier P, Typeka
Gráfica LIS